宇宙
YU ZHOU

情感
QING GAN

异乡 GU XIANG
YI XIANG

王啸峰　著

市井　SHENG HUO
SHI JING

运动　SI WEI
YUN DONG

家族　JI YI
JIA ZU

 文匯 出版社

一路　FENG JING
YI LU

图书在版编目（CIP）数据

异乡故乡/王啸峰著. —上海：文汇出版社，
2016.3

　ISBN 978-7-5496-1711-1

　Ⅰ.①异…　Ⅱ.①王…　Ⅲ.①散文集－中国－当代
Ⅳ.①I267

中国版本图书馆CIP数据核字（2016）第047501号

异乡故乡

著　　者 / 王啸峰
责任编辑 / 吴　斐
装帧设计 / 刘　啸
摄　　影 / 顾万峰　于　祥　曹　敏

出版发行 / **文匯**出版社
　　　　　上海市威海路755号
　　　　　（邮政编码200041）
印刷装订 / 苏州华美教育印刷有限公司
版　　次 / 2016年3月第1版
印　　次 / 2016年7月第2次印刷
开　　本 / 880×1230　1/32
字　　数 / 200千
印　　张 / 8.5

ISBN 978-7-5496-1711-1
定　　价 / 39.00元

好多亲切的泡沫
（序言）

想一想，我与啸峰互相的亲近感，应该始于我们对苏州城北共同的记忆。

他年轻时曾经是供电局的抄表员，终日骑车奔波在苏州城北。我们初次见面的时候，他告诉我，以前抄过我家的电表，这让我惊喜。细谈下去，发现原来是个误会，他很长时间把一个叫做大海棠的地方当作我从小生活的街区了。但这个误会，也让我感到很亲切，许多误会，其实可以曲径通幽。我有好几个中学同学和老师，家住大海棠，我母亲工作的水泥厂西侧围墙外面，就是通往大海棠的必经之路。现在我想象啸峰当年骑着自行车穿行在大海棠混乱弯曲的街路上，他如何到了我的同学颜某某家里，到了我的中学团委书记顾某某家里。然后我突然想起我自己的一次大海棠之行，很多年前某一个春天的午后，我去了大海棠，寻找团委书记的家。也走了那条混乱弯曲的道路。我现在不记得是为了什么事了，只记得团委书记当时坐在门口，坐在一只小板凳上洗衣服，与她在学校的形象完全不同，我看见她面对一只大塑料盆，塑料盆里浸泡了一大堆衣服，一块搓衣板像桥一样架在盆沿上，她一边洗衣一边跟我说话，手上都是肥皂粉的泡沫。

好多泡沫。好多亲切的泡沫。记忆当然可以喻为泡沫，我们好多的故事，其实是被收集整理过的记忆泡沫，这些泡沫一旦经文字固化，或者成为絮状的乡愁，或者成为坚硬的骨头，成为我们身体的一部分。啸峰讲述的苏州故事，也如此。

我与啸峰的成长背景不同，他的苏州，不一定是我的苏州，他的家庭故事，不是我的，但大抵还属于我的街坊邻居。我能辨别那是苏州屋檐下的故事，多少有些潮气。这潮气，亦让我亲切。当然，钮家巷里的人与事，除了与苏州相关，最终还是中国人的人生与时代，他的祖母祖父外公外婆，说到底，还是我们这一代中国人大家的老人长辈。

我读啸峰的散文，读起来大多亲切有加，最近读到他的短篇小说《井底之蓝》，故事鬼气森森，叙事的腔调独特而耐心，很喜欢，又很意外。听说他已有另起炉灶之意，专注于短篇写作。这应该是一个好消息，作为啸峰的朋友，我拭目以待。

2016 年 1 月 25 日　南京

目　录

宇宙·时空

情感·杂记

故乡何处是?

上世纪的隐情（代后记）

家族 JIA ZU 记忆 JI YI

宇宙 YU ZHOU 时空 SHI KONG

运动 YUN DONG 思维 SI WEI

一路 YI LU 风景 FENG JING

市井 SHI JING 生活 SHENG HUO

情感 QING GAN 杂记 ZA JI

弄堂里的祖母

家族就像一张蜘蛛网，我被困在当中不得动弹。

在我连续写了好多关于外公外婆的故事后的一天下午，小姑姑突然打电话给我，要和我聊聊，希望我写祖母，她的母亲。其他朋友读过我的文章后，也时常问同样的问题，为什么只写母亲这一族系，而父亲那一边基本不提。

我要么回避，要么回答从小生活在外公外婆家，写他们更有血有肉。但是她不知道的是，在我内心，两边的分量不同。我之所以用正式规范称呼，因为与外公外婆不同，很长一段时间祖母离"奶奶"有不小的距离，不仅在物理方位，更在心理尺度。这个距离，决定了我对她的基本情感，决定了最后的情感突破。

实际上，我非常害怕揭开心里伤疤。有人说你从小生活在城市，没有干过体力活，学习、工作也顺利，生活挺舒心，就说你没有吃过苦。那人不懂"墨菲定理"：任何事都没有表面看起来那么简单。人更是这样。

十多年前一个初夏的傍晚，我奋力开着轻摩，女儿坐在我背后。她刚从少年宫书画班出来。快到家，等一个红灯时，我隐约听到电话铃声，迟疑了一阵，才辨别出是自己手机，电话那头，小叔叔带着哭腔说，你赶快过来吧，老太恐怕不行了。

合上手机，才发现半个多小时前他就一直打我电话，未接来电多达二十个。也是这半小时，我最终没有见到祖母最后一面。守灵的第一夜，我一下子拉近了与她的距离。她的身世之谜，像彩色拼图般向我脑子聚拢。

　　如果女儿从少年宫出来的时候，我就看一眼手机，那么我很有可能可以赶到观前街附近的钮家巷，见祖母最后一面。我让女儿自己走上楼梯，妻子在四楼等她上去，直到听见她俩对话，才扭转龙头直奔观前街。而我在女儿这么大时，已经独自乘 2 路公共汽车从道前街一直坐到干将路。我之所以不坐到观前街东下来，是因为我喜欢走一段充满刺激的小路。所有窗户都被倒梯形白铁皮罩盖住，大大的开口往上敞开，像饥渴的人仰头接雨水。我跳着，蹦着，想看看漏斗里传出的嘈杂声音从何处来，但是看不到任何结果。几个过路的面熟人，看到我无忧无虑的样子，边摇头，边窸窸窣窣低声说："这孩子真可怜，他爸爸快要死了，还这么开心。"声音像蚯蚓钻进我的脑子，我低下头，手指紧扣玻璃弹子，想象拉足弹弓射向说闲话的邻居。那条通向祖母房子的阴森备弄，是我走过的最黑暗的弄堂，一年四季、一天到晚，从没有亮的时候。进门的时候，红漆在左门樘标注：18 号，右门樘写着 19 号。摸黑前进的过程中，被车把钩住、马桶绊住、木板挡住。长达十多米的甬道，我看不到希望。

　　我匆忙把车子停在对过人行道上，奔进备弄，黑暗如同三十多年前一样深沉。我撞到了一个高个子，是三姑夫，他出来装个长明灯，人活着谁都想不到，人死了才去点亮几十年甚至更长的黑暗。看到她的遗像和下面的遗体，我跪了下去，眼泪出来了，身边响起一片哭声。我此刻脑子想的是当初大家为她买了寿穴，她终于可以与祖父、父亲在一起了。她的房间很大，一半是水泥地，一半是地板，地板上孤零零地放置着一个大床，我所有关于干净、整洁的警示都来自这片宽木广漆地板。现在，大家动手把床拆了，空荡荡的地板上，我腰间的白布随意扫过杂物和灰尘。这个地方就一直空着了，占领大家庭最高权力的领地，小叔叔他们连想都没想。他们后来最终把这房子卖掉了。最关键的原因必定不是他们所说的这些那些，而是"敬畏"。

她斜靠在带扶手的藤椅里，大家或坐或站，把她围在当中。她不大说话，偶尔点评几句，大家不住点头。这是属于她的地盘，你不高兴，可以走出去，但是只要留下，就得听她的。她的子女们都这么认为。我是例外。我总是想出一些使这个大家庭的人吃一惊的话。因为我没人管，父亲在那个秋天就去世。母亲根本不到观前街来。之前，我没有正面体会她的性情。失去了父母的阻挡，我一下子代表了一房。最初几年，只要我一坚持，她就落泪，想她的长子。

父亲与母亲结婚后，就住在道前街附近的外公家里，我出生在这个独门独院的百年老宅。关于父亲，在老宅里，一些评论与她的评价大相径庭。他从部队转业到市机关当秘书，写稿累了就喜欢喝口酒解解乏。从天天喝，到顿顿喝，终于喝出毛病。这当然是老宅的看法，病从酒来。她固执地认为，病是因为工作辛劳。母亲跟他为了酒的事情三天一大吵，天天有小吵。老宅里的矛头指向很明确：只有她支持！搞不好还偷偷塞给他钱买酒喝。邻居总会在道前街小馆子里看到独自喝高粱"小炮仗"的父亲。被母亲抓住几次后，他学会了藏酒。他去世后一段时间里，我经常能从老宅角落里找出一个个小瓶子。那些不明液体在阳光下晃啊晃，我眼泪就下来了。我没有钱买橡皮筋，父亲病得只能躺在床上了，我的手悄悄伸进储蓄罐的时候，啪的一声，一只鞋子打到我头上，父亲喘着气叫骂我。我擦掉眼泪，仍然镇定地拿了该拿的钱，跑到街上。一路上，我的怨恨升起。阴雨天，那些小瓶子被我偷偷放在弄堂里，一个接一个处决。我渐渐后悔自己的咒骂，毕竟失去的是自己的父亲，同时弥漫开来的是对她的愤懑。老宅里的人对我这样说：祖父去世后，她愈加溺爱我父亲，一切以父亲为中心。一句话：父亲的病她要负一定责任。

我对坐在藤椅里的她发问，为什么支持父亲酗酒。没人像我这样敢提这样的问题。我清楚地看到，她的手、脚在颤抖，身体也随之抖动。"这是'他们'跟你说的吧？"我没有作声。"天啊！我是做了什么孽，让孙子当面诘问我？"每隔一段时间，我必须去看望她，是她与母亲妥协的结果。她不干涉母亲的生活，就必须定期确认我是她的孙子，还姓着原来的姓，还拥有原来的名字和小名。沿着老路线，我闭着眼都能穿过黑不透光的备弄，再过两进天井，然后承受后背被邻居指指戳戳的分量，站到她面前。她对我很好，总是柔声细气，满足我一切要求。我才不傻，知道那是陷阱。看见姑姑、叔叔们被她指挥来指挥去，感觉他们的悲苦。他们脸上露出的笑容是虚假的，也必定被她高压政策控制住的。邻居对她的敬意，当然更是逢场作戏。她对每个人的每个举动都是有目的的，都是虚情假意。我不会上当。老宅里的人早就看透她。她说话、动作、哭和笑的腔调，在我看来都像个演员。

我的少年时代，就这样在怀疑和压抑中度过。我越长越像她的大儿子。起初几年，每次她都会抚摸着我的手，流下几滴眼泪。演戏，肯定是演戏。我只是来吃顿饭，伸出手可以得到零用钱。事实上，我心里非常凄苦，总是想，有朝一日脱离道前街和观前街，就彻底解放了。我的小伙伴们没有"双城记"般的烦恼，但是我知道，他们也各有各的不如意。

她带我到居委会，退休后她是平江路一个片区的居委会主任。星期天，居委会主任更要到岗到位。大家都叫她朱主任。我坐在阅览室里翻看《人民画报》、《民族画报》和《解放军画报》，我最喜欢看解放军战士，我身上穿了父亲留下的宽大军服，同学们讥笑我，我让母亲把衣服改得不像军服，即便这样我还是喜欢解放军。她在外屋接待一批又一批为了鸡毛蒜皮的事情找组织的人，他们似乎很服帖朱主任，她一口夹杂着上海方言的苏州话，显得比其他人来得硬朗，压得住阵脚。夕阳下，我跟在她身后，红光穿透她的白发。我比她小儿子年纪只小一轮。有我在身边，她是否感觉填补了一个空白？她走路缓慢又坚定，"文革"时被"造反派"打得腰受伤，但是不影响走路的气质。我后来才知道，那些气质都有来头。

一百年前，她的父亲往来于长江沪汉外轮上，作为二副，他可以经常带家属上船，往返上海、汉口。她是家里最小的女儿，父亲抱着她，或者拉着她的手，溯流而上，或者顺流而下。

她的胸襟从小就与大江大河关联，她的视野一直从江水延伸到海天交接之处。渐渐地，她精致的性格中融入了豪爽、干练的元素。以至于那个私塾先生把一个手提箱交到她手上的时候，她认真地点点头，二话不说就把箱子带回家。她从年轻的先生眼中读到了"信任"两个字。

先生被捕了，他被指认为地下共产党员，箱子里是一部发报机。"四一二"反革命政变的余波扩散，朱家人人惶恐不安。全家在上海滩换了好几个住处，终于把沉重的手提箱"遗忘"在一幢石库门的深井里。她和哥哥、姐姐三人再次入学，安稳的时日总是短暂的。战争的磨难开始了。日本人疯狂轰炸上海，滚滚红尘中，老百姓的命不如一只蚂蚁。他们忙着把几十年积累下来的财富藏进地板，塞进墙洞。命运牵着她的手，一路逃到吴县黄埭，她父母的老家。大家都以为那里只是短暂避难地。殷实的家庭都这样想：反正我还有本钱，在穴地躲避劫难，回到上海还能翻本。

她和姐姐留在乡下，父母返回上海。姐妹俩经过漫长的等候，迎来疲惫绝望的父母和哥哥。她一眼就看到自己的未来，将在偏僻的乡村度过余生。她会忘记长江、大海，会忘记人潮涌动、货来货往，会忘记三明治、克宁奶粉，会忘记西装、旗袍和百乐门。她会生活在农田、菜地边，会替人洗衣、织补衣物。剧烈的反差，震撼心灵，当时她只有十几岁。

那个位于黄埭边上的地方叫黄泥泾，现在仍有一座桥叫黄泥泾桥。我看着地图，有些茫然。外公那一族，当初逃难，选择太湖边上的香山，山势险峻，地形复杂，加上乡下有人接应，他们的逃难思路清晰、目的明确。黄埭在苏州城北，既无山林，也没有大川。相传春申君黄歇在此兴修水利，黄埭从此民富物饶。逃避战火、逃离大上海的路线千百条，他们最终选择了回归。回归难道真的是最佳归宿吗？

我坐在她的灵柩前，午夜已过，东方还在黑暗中昏睡。打麻将的、打牌的、聊天的，都已七倒八歪地进入梦乡。我的疑问没有一个人能够回答。我上前接续三炷香，对遗像三鞠躬。敞开的门刮进来一阵风。她去世前三天，天井里突然游出一条白蛇，它绕着墙壁，头高高昂起，想要看什么。婶婶把这事告诉她，她从床上挣扎下来，坐到门口。她看到了白蛇。白蛇也看见了她，高昂的头保持了很长时间，渐渐越来越低、越来越低，它向她匍匐而来，头和身体紧紧贴地，在她跟前打了三个S形。她的手无力地垂下，只有眼睛紧盯着白蛇。白蛇缓缓游进墙洞。她没有说一句话。婶婶问了道士。道士说那是家蛇，来向主人道别。18号，她住了五十多年。

我曾经站在黄泥泾桥上，远眺东方。只有这座普普通通的桥，还有"黄泥泾"元素。七十多年前，父母带着她和姐姐，从上海一直往西，不敢走大路，穿越太湖群山，到达黄埭。日军占领了江南地区，轰炸少了。他们又急着想回去，那些财物都被埋着、藏着，像一颗炸弹挂在她父亲胸口，他甚至不能听到任何木材碎裂的声音。老两口潜回上海，在上海郊区与儿子会合。他一辈子在外轮上的积蓄，简单粗暴地暴露在职业抄家流氓的眼底。命比财重要，但是当命又暂时可以维持下去的时候，物欲、情欲又悄然冒头，这时最需要生活的本钱，而他们当时已是一无所有。他们注定要在远离上海，离苏州城也有一定距离的乡下故土，继续活下去。

黎明将要来临的时候，我终于困了。一个接一个疑问还没有发出，她就离开了。我曾经设问几个关键问题，每次话到嘴边，又咽下去。或许，即使我问了，也得不到实情。这就是我们生活中时时处处都面临的"真实的谎言"，我们身在其中，麻木不仁，见怪不怪。

我在"欺骗"、"被欺骗"的环境里渐渐长大。"这不是小孩应该知道的"、"那些事情没什么可说的"，自己独立地思考，在处处掩饰的家庭里，真的很麻烦。我需要去伪存真，但当我接近事实真相时，一切已经太晚。我三十岁那年，女儿也已三岁。一个再平常不过的夜晚，妻子漫不经心地说你妈妈不是外公外婆亲生的，你难道不知道吗？我并没有十分吃惊。什么话都不说，什么事情都遮遮掩掩，就是我从小到大的环境和生态。三缄其口，是一条戒律，似乎能够缓解外部的冲击。和妻子传来的信息一样，关于这个家庭的其他往事，我也都从外部途径获取。这是渐渐老去的普通中国家庭的生态：表面沉默和谐，其实暗流涌动；说教当前，诚信平等缺失。她肯定也是知情人，但她也没有吐露任何话语。如果每个人都把默然承受作为潜规则，那我为什么又要揭开伤疤、打破平衡呢？这个事给我带来唯一的影响，就是突然间拉近我和她的距离。我是她真正的嫡孙。血亲使顽固的基因从她身上流淌到我这里。

要强，这是要命的基因。在黄埭的岁月，是她一生中的低潮，从上海滩女学生一下子沦为乡村织补女工。她开始品尝贫穷的滋味。战火纷飞中，她被嫁了出去。她幻想可以嫁一个踏实健康的丈夫。但是，她已不是外轮二副的千金小姐。小康的上海人家已经成为一个梦。新婚之夜，第一次看见腿有残疾的祖父，她的心一下子沉入深渊。她要寻找寄托，特别是精神上的。她的长子英俊高大，文笔书法都好，使她从黑暗中看到光明。她是如此爱我父亲。以至于其他五个子女在她心中，加起来可能只有那么一小半，甚至还不到。

上世纪50年代"大跃进"，乡下蛰伏二十年，她迎来生命里的转机。祖父作为流动会计可以进城。他直到二十多年后去世，一直在一个单位，做同一个岗位。而她进城，就像登上了一个大舞台。先是在纺织厂，四十来岁还在一线车间搞纺机的技术革新，革新成功，她走上了管理岗位。她的小儿子，我的小叔出生。她成为厂总务科长。总务科长却不搞特殊化，她把分给她的房子让给更困难的职工，自己向房管局租了钮家巷两居室的"公房"。并不宽敞的空间里，住七八口人。但是，她的权威在提升。祖父总是夜间一杯酒，壶中日月长。他想的是把家弄得干干净净，整整齐齐。而她想的是，把家搞得好，把事业做得更好。不久，她被调往另一家区办厂做厂长，达到事业最高峰。从一个普通纺织工到厂长，她只用了十年时间。

她走后"二七"夜里，一场雨下来，雨势越来越猛，我伴着雨声躺着，隔壁的台钟清晰地敲了十二下。一种无形的力量使我想起她。她最遭受苦痛的时候，是半年前的梦里，她呼唤我的小名，说痛啊。我梦醒后久久不能入睡，隔天去看望她，她已靠止痛针维持生命。这一夜，她又来了，是完全解脱的样子。白发皓首，精神矍铄。我想她到了无忧无虑的快乐天堂了，八十五岁在人间也算高寿了。梦里，她慈祥地看着我。我从梦中惊醒后，感觉到一生到此，对她，误解和歉疚将永远亏欠。

只有一次，她用缓慢而又清晰的声音反复告诉我，她真的很开心。那是我们合起来为她购买了寿穴，她只感谢我，这个特殊身份的小辈。在她看来，我是游散的人，无人能够左右我的行为，而当我主动"归队"，她发自内心地喜悦。说完话，她又习惯性地将眼神伸向远方，那里有她的黄金时代，那里有她的寄托和希望。

检查结果出来了，她需要从普通病房转入专科病房。那是冬天，她坐在轮椅上，我推着她，在黑夜里，在医院的便道上慢慢往前走。李秀成忠王府在天空的东面露出峥嵘。她知道自己已经病入膏肓，知道我以前多在演戏。但是，谁又不在演戏呢？老人是睿智的。她还想对我说什么，寒风吹来，一阵咳嗽。我心中一阵战栗，如果她离开，那些混沌嘈杂、温暖刺激的场景也将过去。

很多年前了，满屋子都飘着雾气，喊声应声此起彼伏："酱油在哪里？""起锅了"，"水开了"。这是典型的中国大家庭年夜饭。我一身雪珠，推开落地长窗，一句下雪了，顿时把汤汤水水催得滚烫。十几个人，各忙各的，酒席在不断丰富它的内涵。开水的蒸汽、炒菜的烟气，与窗外冰冷的雾气形成强烈对比。外人看来，这是完美的团圆饭。只有我们知道，每次饭前，还有庄重的仪式。都准备好了，她却躲到属于她的地板房里。祖父和父亲的像高高挂在门框之上，我对祖父的印象仅限几个片段，我们之间没有交流。据说他经常抱着我，用筷子蘸一点酒喂我，我很不适应地皱眉摇头，他就开心地预言，这孩子不能喝酒。他似乎身体一直很难受，张大嘴巴对着窗户费劲呼吸。父亲不像祖父，眉目当中有股英朗之气，这是她的风格。我们对着两张像跪拜、鞠躬，默默怀念天堂里的亲人。这个时候，她什么都不做。我偷看，她像一个木头人，呆呆地坐在藤椅上。有时拿手绢擦一下眼睛，往事令她唏嘘。撤掉供桌，年夜饭开始，她坐在当中，只是举一下筷，示意宴席开始。她总是吃不大下，再多劝也是无用，弄不好脸一板离了饭桌，大家知趣，只顾喝酒吃菜。她拿出一个个红包，分发给我们，这是一种仪式。她给了，其他人也纷纷效仿。她让我吃饭的时候坐在她身边。年夜饭是她最佳忆旧时刻。"你爷爷、你父亲"这样的词从她嘴里蹦出，那个时段伤感才被喜乐气氛盖得住。特别是父亲，在她眼里简直没有任何缺陷，父亲到底是一个什么样的人？来自不同维度的信息，我陷入迷茫。

　　三伏天的傍晚，老宅南厢房根本待不住。父亲坐在竹椅上，他喜欢用折扇，时而轻摇，时而收起，西南方向是连绵的上方山、七子山、尧峰山，尽管只能隐约见到一抹黛色，父亲还是起劲地将东西南北围绕在姑苏城的山说了个遍。山里总有传说，传说中必定有神仙鬼怪，说到惊险处，他故意让我回房拿这拿那。黑魆魆的房间像妖怪的大嘴，随时准备吞噬我。逃出来更可怕，背后似乎紧跟着几条黑影。我喜欢看他吸烟，动作那么轻柔，一支烟吸完，烟灰仍不掉落。他吐出的烟圈一个套一个，最后一个总会从一片烟雾中突围而出，形成一个大大的圆圈，这个圆圈越来越大，笼罩在我们头顶，我以为那是美好生活的象征。冬天的中午，父亲进屋后来不及停稳自行车，就凑到有线广播下面，苏州新闻里正在播出他写的文稿。他焦急地将稿子拿在手上，一字一句地对照广播播出内容，仿佛在对考试答案。广播结束，他露出笑脸，文稿几乎一字未改全部播出。春天，父亲办公室外的广玉兰全部开了，我踮脚把窗推开，一群麻雀闻声飞起。父亲皱眉吸烟，改着一大沓稿子。好不容易飘来的花香，都被烟雾掩盖掉了。这些为数不多的片段，几乎就是我对父亲记忆的全部。在我为她写悼词的时候，这些片段扑面而来。他们在另一个世界重逢了。

提起笔，我才想到，真正与她朝夕相处的日子，只有那个高中的暑假。母亲改嫁，我遇到青春期危机。整天都在想着"逃离、逃离"。暑假一到，我猛地想到观前街旁边的"世外桃源"。我带着自己喜欢的书，在她床边搭个小板床。我料定她会"教育"、"开导"，甚至"洗脑"，但是，什么也没有发生。每天上午她去居委会，下午在家休息。家务虽有婶婶做，她有时也会下厨帮忙炒个菜给我吃。她几乎不管我，只问我想吃什么，或者需要什么。有一次，我早起，陪着她，沿着平江路的小弄堂走一圈。时不时有人走出来跟她打招呼，更多的要求她帮着解决事情。他们说她快七十了，还那么精神，干脆利落，不仅不显老，而且把好多年轻人都比下去了。她展示给别人的永远是光鲜的一面，这与她从小的"外轮生活底子"有关。西方文化里的仪态仪表、餐饮习惯等等，在她心里扎下了根。这段经历既是她的财富，又是她的心病。进城工作后，她最大愿望就是入党，但是，每次政审都被无情打回。她的职务一直是行政系列：科长、厂长、主任。我想，如果让她当上一天的书记，或者支书，那么她的心里一定会泛成红色海洋。

"文革"刚开始的一个初夏的夜里，据小姑姑回忆，天很闷热，八九点钟了，大家还在等她回家吃饭。但只等来了她被送进医院的消息。那时，工厂已经停工造反。造反总是要为自己谋点实惠。厂里的临时工提出要转正。他们与她谈判，她是厂长，不是书记，即使是书记，也要班子集体讨论决定。她与这些工人谈了好多次。我想那样的形势下，她一定将姿态放得很低。同时，她个性中倔强的一面仍不会改变，对无理要求，她决不退让。那天下班后，造反派又围住她。几个小时过去了，她还是那句话，政策不允许的事情不能办。他们悻悻而回，突然，有个人猛地回头，冲上去，一把将她推倒。她倒下时，腰重重地砸在高高的门槛上，整整在床上躺了半年，还落下了坐不能久、站也不能久的"神经官能症"毛病。即便这样坚持原则，她仍然只能在"党别"这一栏里填"群众"两个字。她希望我不要落下她的遗憾。"入党是今后工作、生活一切的基础。"她带我进办公室，一叠红头文件静静地躺在那里，她只能学习那些从街道总支下来的文件。"参阅"和"批阅"，就是一道横亘在她政治生涯里的鸿沟。虽然她早就处于发挥余热的境地，但是，内心的伤痛却是永远的。炎热的下午，也会有亲戚来串门，说的事情我都不感兴趣。但是，等他们走后，她却会跟我说，这个人以前怎样不堪，后来参军入党就有了成就；那个人嫁了个局长，一家子现在生活得滋润。这是一个炎热而又遥远的夏季，过了若干年，回头想想，慢慢发现，她将"要求进步"的观点浓缩在日常生活里，让我觉得摆脱困境的最佳方法，就是自我努力和奋斗，并取得成功。

我从没有碰到过这么多亲戚，从一张张陌生却又似曾相识的脸上，我看出血缘关系。那些从上海、黄埭等地奔丧而来的亲戚，大多上了年纪，坐下就慢慢地讲她的事情。"文革"对她最大的创伤，不是落下"神经官能症"，而是受到污蔑和攻讦。本是再正常不过的工伤，被定性为"旷工"。那个疯狂的年代，有人就会因一己私利而颠倒黑白。虽然她的"旷工事件"最后得到公正解决，但是大家都对诬告的人痛恨不已。她却摆摆手，算了吧，不要计较。钮家巷18号，曾经有过这么多房客，她从来没有收过一分钱房租。远房亲戚的女儿医学院毕业要留在苏州，要有本地户口，她帮着落户到18号。小姑娘一住就是一年，直到医院分配宿舍。临别时，小医生说了很多感激的话，后来却再没有出现过。她姐姐去世后，姐夫成了"五保户"。她把姐夫接过来。大家轮流供养老人，出钱为他开掉白内障。这些都是小事，但是落到自己头上，却未必人人愿意去承担。她是平静地、淡然地做一件件小事，"不望报恩，不求果报"。对我其实也一样。

阳光驱散夜间迷雾之前，我沿着熟悉的街巷，漫无目的地行走。再过几个小时就要与她诀别。在漫长的告别期间，我从未如此深入地了解过她。这个时刻，每家每户都大门紧闭。早起的人，在昏暗灯火里零星走过。我仰望被晨昏线切割的天际，闻到清爽的香樟花香，听到急促的鸟鸣划破宁静。我知道，她并没有走远。她在默默地看着我。记忆看着我，我在记忆中寻找慰藉。

最后一次一起吃饭，是年夜饭。我在自行车书包架上垫上厚厚坐垫，大家把她扶上车，我静静地推着她经过繁华的观前街。新春就要来到，商业街上都是满脸亢奋的笑脸。转过街角，喧闹声缓和下来。她轻轻地对我说："这恐怕是我最后一顿年夜饭了。"这话只有我听见，我没有声张，轻声回答她："不会的，哪能呢。"开口的同时，我也明白了，我们一直在回避可怕的真实。包括我回答她的话，脱口而出也是在腹中打过无数遍草稿的谎言。她使劲摇头："不说了，不说了，新年到了。"我马上顺势说吉利的话。她笑了笑，问酒水是否都准备好了。猛地一家门口爆燃一筒烟花，我停步。她的脸被光彩映衬得红润。过不久，烟花熄灭，黑暗来得比我想象得更快更深沉。顿时，她神情低落，表情严肃。几秒钟，她似乎回看了一生。她即将离去，这是她再清楚不过的事实。"我走了之后，每年年夜饭你们还要一起吃。"她几乎没有留下遗言，这就是她的交代。

最后一次去医院看她，她已经住进临终关怀病房。即使在病床上，她仍注重仪容仪表。她把白发认真向后梳理，虽然身体瘦下去很多，但眼神还是精锐。我说精神好、心情好就没问题。她还是谢谢我来看她。类似的话她说了几遍。这对于我来说既感动，更无奈。我是她的大孙子吗？孙子看望祖母不需要感谢。她终究还是没有当我是最亲的人。走出医院大门，一种无法描述的滋味涌上心头。仅以血缘维系的，多么客套和陌生。有意无意之间，我也在刻意走这条路。也许，在她失去大儿子的那一刻，就确定了她与我的关系始终有复杂的隔阂。

最后一次见到她，她正在发脾气。我从未见过她发这么大的脾气。她崇尚的不怒自威、举止得体，在最后的日子里，一切都被病痛折磨得瓦解碎裂。"痛，打针！"这是她翻来覆去叫喊的主题。我木头般的坐在她床边凳子上。她看见我了，眼神在我脸上一扫而过。她正在受折磨，止痛，就是救命。一针下去，她安静下来，狂躁平息。转身，她又遇到我的目光，可她并没有任何关照，只勉强叫了我一声小名就疲惫地转身睡去。婶婶说一开始一针下去可维持四五个小时，现在时间越来越短。他们得抓住这个空当，该休息的休息，该洗涤的洗涤。她这么爱干净的一个人，已不能控制大小便。她无法容忍这样的变化。"让我早点去吧！"虽然我没有听到原话，但我明白肉体的痛苦和精神的折磨双管齐下时，八十五岁的老人喊出这话再正常不过。

最后一次为她做事，是去她退休的工厂报表，办理相关证明。运河水滚滚向南，岸边厂址已成待拆空房。问沿街商贩和过路居民，无一知晓厂子搬向何方。或许工厂已经倒闭，也就没有必要知道老厂长去世的消息。她的一生，能让我记住的所有东西都在远去，都在毁坏、消失。就像"三七"凌晨，我们把她的遗物一件件扔在火堆里，彻底消失。而在最后一缕火花熄灭的同时，东边的天际也放出一丝光亮出来。人，总是生生不息，薪火相传。

有一年工作特别忙，我没有跟大家一起清明扫墓。初夏的端午节，我去了。没有任何仪式，我只静静站了很久。我拼凑起关于她的片段，就像山林里的风般在我眼前阵阵闪过。我们生活的娑婆世界，注定充满艰辛、磨难，甚至斗争。她用一生告诉我，一切事情都当作理所应当会发生。人生的跌宕起伏，遭遇的逆境和困境，她都坦然接受。如今，她早已解脱，去往极乐世界。时间正在改变一切。她的物理痕迹越来越少，但是，在我心里驻扎得却越来越深。她是我"失散的亲人"，一直若即若离，从未"相认"，直到她生命之火将要熄灭，我才真正认同她，我的祖母，我的奶奶。她是最普通的人，但却又是最独特的一个。她的心是清净的，所以她的人是安安静静的。无论生活多么艰辛，她仍不动声色地以自己的方式传递思想，生命不息，希望不止。

她的一百年

我多么希望这一百年实实在在的，但凡事总有缺憾，她等不及了，匆匆忙忙地，要去和他团聚了。

回忆与记忆，反复出现在暗夜的梦境里。真实与虚幻，让我的触角往前延伸。现在，一百年来印刻在年鉴上的一些人和事，总算与我有点关联了。

2015 年 3 月 17 日

今天大雨。好久没有下这么大的雨了。

春天终于在冷暖空气反复较量中显出嫩绿颜色。女儿在面包房边上的烤鸡店等我。我撑着伞没有找到这个店，打电话给她，熟悉的声音就在背后响起。这几天跟着她都吃些"垃圾食品"，一回东京，她就回归清淡了。

这个假期，她来看我，在南京待上三四天，吃几顿饭，逛几家书店。我们躺在沙发上勾肩搭背聊天，顾不上不知放了多少遍的《甄嬛传》，猛一抬头，她接上甄嬛下一句台词。我们哈哈大笑。我说这电视剧的对话，就是汪曾祺说的"字儿话"，我们聊天才是正常。

我老是用手比画，十几年前的她只有这样长短。"好了、好了，这样的比喻很弱智。"她说了，我才觉得的确不应该再这么讲。一时语阻，我打开窗，夜雨把树木清香送进来，这是我到南京的第四年。五年前，我开始认真记日记，所以在这个城市的每一天我都忘不了，甚至超过了苏州。帕慕克把日记放进《一座城市的记忆》，奥兹把日记融入《爱与黑暗的故事》，最让我感到亲切的就是奈保尔描写的太子港，我没有认为这是小说，每一个人物和细节在《米格尔街》都应该真实出现。日记开头记录女儿中考，青春期的躁动，对我们的反叛，她没有考出好成绩。而我恰恰又在那时离开她们，到南京工作。

每周回家一次，有时还捞不上。那个时期的日记气氛沉闷。描述天气的语言集中在大雨、台风、雾霾等上面。在这些文字背后，潜伏着一个事件。九十出头的外婆得病，医院下病危通知。她一直是个赢弱的人。小时候我拉着她的手，一阵风过来，感觉就会把她吹倒。但是，风刮了几十年，才把她吹到病床上。我带着女儿去看望她，她觉得自己快要走了。一言不发地望着窗外的春天。外面也在下雨，只不过是小雨。女儿没有撑伞。她默默朝停车场走去。她自有心事。我看到了一根线，从外婆连到她身上。

时光静默，春天的白玉兰开了又谢，人事平安。女儿继续在她书桌上的墙面，贴励志语录。把成绩搞得更好，其他暂时都放下。每周送她去补课，已不像前几年可以悠闲地一边捧读《燃烧的原野》，一边等她下课。一个接一个的任务，我似乎眼前没有完结的时间表。即便在高考送考路上，也接到了头皮发麻的任务。那么，这又是什么样的任务呢？我只能苦笑。最苦难的日子，我跟着外婆过。她的破旧围裙前有个大大口袋，一分钱、一粒糖、一根皮筋，她都留给我。从她手里抓过东西时，她总会关照："省着点。"而我却在想另一个问题，她的手为什么比别人来得厚实粗壮？

今年春节晚，女儿春假回来2月初，我带她去拜年。外婆又伸出厚实的手，跟我们紧紧握手。她几乎听不见任何声音，如果不识字，那就隔绝了与外界的沟通。好在她还能看报，知道国家领导人正在强力反腐败。但是今年春节她气色不好，预示着又有大病降临。平时她只睡半小时午觉，从春节起，下午就躺下。女儿拆了一个熟鸭肫干给她，她三口两口就吞下，嗫嚅着说嘴里没有味道。我第一次到南京，在新街口的南北货店买了两串鸭肫干，一串送给带我来的师傅，另一串带回苏州给外婆。她把肫干浸在水里半天，晚饭前切成薄片，加酒加糖蒸，起锅时淋几滴麻油，红红的一片可以配一碗泡饭，入口硬香咸鲜。但她只是动筷尝一片，之后就静静地看着我们吃。女儿两个大大的箱子里也放了南京鸭肫干等食品，这里吃的东西便宜，又配她胃口，妻子总嫌带不够。

第一次飞东京，朋友圈好多人问我们流泪没有。没有流泪。我只是在她进安检前挥手的一刹那，眼圈有点热。类似的情景还出现在女儿进高考考场前，她也对我挥挥手，轻松自信走进戒严线。虽然此前日本学校已经提前录取她，但是她坚持参加高考，坚定得几近固执。那三天里，我负责接送，其余时间躺在沙发上看哈米特的《马耳他之鹰》。侦探斯佩德说："让他不安的是,他发现自己越是努力去合理安排生活中的大小事情,就越与生活的真相格格不入。"比起中考来，女儿已经乐于接受命运的安排，即使最难啃的数学，她也微笑面对。

女儿与外婆相差七十二岁，女儿的出生，家族成为"四世同堂"。现在，春暖花开。女儿宿舍门口的神田川樱花绽放如雪。外婆静静躺在江南温润空气里，等待奇迹出现。

2015 年 3 月 28 日

今天晴天。阳光穿透紫藤花，空气中弥漫着香气。

上周日我有点犹豫，是否带上女儿一起去医院。隔天，她就要飞往东京。我在电话里征求女儿意见，她坚持要去。我不知哪里来的蛮横："算了吧，那里是隔离病区，我代你问候吧。"驶进高架隧道，眼前一黑，哎呀，如果女儿不去看老人，极有可能会是永别。但是我脚下还是加了油门。

这个城市变了，把普通老人们狠狠抛弃。时间像一块小小橡皮擦，每天每月每年都在抹去一点点。那些曾经属于他们的小街、弄堂、小河、河滩，正在消散。橡皮擦更在轻轻抹去他们。

到了这个地步，再不可能带外婆出门闲逛了。而最后一次陪她去石湖，已经是一年半前的事情了。那次到现在，她没有出家门一步。

贴着车窗，她贪婪地凝视着一切。贴着水面，她一只手撑着拐杖，另一只手紧紧搭在栏杆上，眼睛紧紧盯着绿色湖水，像在思考什么。妈妈大声问她景色怎样。她回头看看我们："蛮大蛮好的。"在湖边她走了两百米，坐轮椅三公里。我和她拍了一张合影，我们一起眺望上方山，远远地看得见弥勒佛金身。再往西，就是姑苏山，姑苏姑苏，因这座山得名。外公的墓就在姑苏村里，他静静地等待陪伴他六十六年的她的到来。

下午的病房有点闷热。另一张床上躺着一个女孩，她被厚厚的塑料幕帘遮挡，光光的头很是刺眼。外婆脸蜡黄，没什么精神。我们告诉她女儿安全抵达东京。她点了点头。随后有点气愤地抱怨："唉，这个样子死不死。"上次病愈后，她耳朵全聋，外界消息几乎只靠两张报纸。抱怨占到她一整天的大部分时间，耳朵听不见，腿迈不开，不行了不行了，最后的结语就是这样。我们笑着说些安慰话，但是没有效果。人老了，整个性情都改变。

走出病房，妈妈摘下口罩，对我们伸出两个指头。我和妻子互相望一眼。事已至此，只要她没有痛苦地离去，就是最好的福报。妈妈又说到邻床的女孩，刚刚工作，白血病。多么好的青春年华，就这样遭遇不测，也不知道她还有多少个两个月。

外婆在苏州这个城市生活了接近一个世纪。她的一百年，是最普通市民的一百年。记住了她的一百年，就记住了城市平民的百年变迁。

上世纪 20 年代初，郁达夫和芥川龙之介在同一年来到苏州。这是一个什么样的苏州城？我回到家，躺在沙发上闭上眼就是那些黑白图片。年代久远的景象似乎就会失去色彩。第一次到这个城市的郁达夫写道："我觉得苏州城，竟还是一个浪漫的古都，街上的石块，和人家的建筑，处处的环桥河水和狭小的街衢；没有一件不在那里夸示过去的中国民族的悠悠的态度……我想没有比'颓废美'的三字更适当的了。"然而，同样第一次来苏州的芥川龙之介却没有产生什么"美感"："狭窄的大街两边也和别处一样，挂满了招牌。光凭这些景致就够叫人难堪了。而在那么狭窄拥挤的街道里，还要让驴子通过，轿子通过。……你看还有两三个年轻女人，头发梳得油光锃亮，还故意把罩着黄绿色和淡紫色衣服的屁股，一扭一扭地走路。"那是 1921 年时苏州城的情景。那一年，外公出生，在司前街上。过了两年，外婆出生，在施林巷里。

他们是姨表亲，以表兄妹相称。直到外公父亲病重，有人出主意要以长子的婚礼来"冲喜"，表兄妹一夜之间成为了夫妻。嫡亲姨母突然变成婆婆，我没有问过外婆当时的心情，因为我有困扰自己的难题。初中生物课学了遗传知识，我为自己是"近亲结婚"的"产物"而忧虑，尤其是数学题解不出，隐约感到智商不高的根源在外公外婆身上。其实我多虑了，这实在与我并没有什么关系。

两个都是殷实家庭，外公是范仲淹一族，书香门第。外婆出生商家，也算小家碧玉。小时候，我跟着她去黄鹂坊桥，探望她姐姐，她牵着我的手穿小弄堂，从升平小学门口经过，再从施林巷穿到景德路。那所学校就是她上世纪 20 年代上"高小"的地方。"要不是家里规矩大，不够开放，我读上去绝对没有问题。"毕业回家，她就学习苏绣。她指着中心小学的门，告诫我读书一定要好，就像她若干年前，成绩总是第一，要不就是第二。我嘴上敷衍着，心里想着成绩好也就读了六年书。

我喜欢在老宅里"猎奇"。"咔擦、咔擦"，外婆在客堂里切着大白菜，整齐的声音使她安静满足。我偷偷溜进房间，垫着小板凳去摸五斗橱上的"百宝箱"，"哗啦"一下，里面的大小珠子、红绿丝线、各式绣针掉落一地。外婆从客堂里奔进来，骂了我几句，仔细收拾落在地上的东西。我帮她捡绣花针，被她阻止。她拿起红红的丝线。一根线在她手里一转一分，两根线出现了，魔术师般又一捻，四根了。微风穿过客堂间，她戴着老花镜，我和花狸猫趴在她膝盖上。她叹了口气："现在手艺和眼睛都不行了，刺绣本事都废掉了。"说完，她眼光从眼镜上方移出，久久望着天井里的那棵枇杷树。花狸猫叫了一声。她站起身，继续烧菜做饭。

2015 年 4 月 5 日　清明节

今天阴雨，入夜暴雨。阴冷空气让我情绪低落。

昨天也是阴雨，外公墓地两侧的柏树，分别开出黄褐色和红褐色的花，一些针叶掉落在墓碑上。我注视着他身边那个红彤彤的名字，实实在在感受到他们再相聚的时间不会长了。

女儿要去日本留学的消息，我在纸上写了大大的几行字，交给外婆。她慢慢起身，拄起拐杖，进了里屋。听到她把放大镜搁在玻璃台板上的清脆声音，以为她马上会出来。可是，她一直不说话，呆呆地坐在窗边。

1937 年 8 月 15 日开始，日军开始轰炸苏州城，炸弹首先落在东善长巷。那里离老宅直线距离不超过五百米。轰炸开始到城市被日军占领，城里十之八九百姓被迫逃难。外公外婆两家一起逃到香山坟客处避难。这极有可能是他们婚前聚在一起时间最长的一次，但是几乎天天提心吊胆过活。女孩子剪短头发，换穿男孩子衣服，往脸上涂灰抹黑。外婆他们回城，发现家被洗劫，仅剩下背在他们身上的几个包裹。

我们走的时候，同她告别，她望着我，轻轻地说："东洋赤佬不是东西。"她缓一口气，"不过现在好了，我们强大了，去东京？蛮好蛮好，但还是要当心。"她心底，深埋着恨。家道中落，就是从逃难开始。我用手轻轻抚摸她的手，安慰她，放心吧，没事的。

下午我坐在她床边，紧紧握住她的手，有点凉意。她没有什么精神，刚开始也不说话，一开口有些刺耳："我快走了，却还走不了。"她把双手摊开，显出无奈的动作。那是什么样的无奈？恐怕只有到了这个年纪的人才会有。我想起杨绛的一百岁感言："我已经走到了人生边缘……我很清楚我快'回家'了。我得洗净这一百年沾染的污秽回家……在这物欲横流的人世间，人生一世实在是够苦。"她比外婆大十二岁，虽然她发现了"人生最曼妙的风景，竟是内心的淡定与从容"，但是，生命是平等的，外婆的无奈与杨绛的淡定，都是对生命的各自理解。

生存时间越长，遭受的苦难越深重。床上的光线并不明亮，但是她脸上的每一条皱纹还是那么明显、深刻。她喜欢翻看日历，旧年挂历拿下来，新的一年一定要自己挂上去。八十岁时，她在方凳上垫了个小板凳，慢慢爬上去，还没有把旧历取下，人就重重跌落地上，她虽然清瘦，但股骨还是断了一根。我问她，为什么一定要自己换呢？她说："到了时节就要做相应的事情。"

对幼小的我来说，最大的"时节"就是春节。外婆把大年夜前要办的事情列出一张表，每个空格里都有一些数字，那是"备用券"和"专用券"的编号。我站在一条长长队伍的最后，看着她排在另外一条队伍里，寒风吹起她花白头发，拎着菜篮的她的手，冻疮正在溃烂。于是我想，如果有一天，我能有一点钱，就要买最好的冻疮膏，涂在她那双每年都会肿痛的手上。这样，就能够恢复绣娘细腻柔软的双手。如果还有钱，就买好吃的给她，而她似乎没有饿的时候。

菜和饭永远都不够。我们吃得很快，她看着我们吃。等我们吃完，把剩菜全部倒进自己饭碗，背过身去，认真地一口接一口，慢慢吃完。夏天，发着酸馊味的饭菜她吃。每一个吃空的咸鸭蛋壳，她都要再去掏掏。然后把蛋壳捏碎，可不能让"蛇虫百脚"在里面繁衍。冬天，靠泡饭加萝卜干度过漫漫寒夜。在心疼每一个瓷碗或者玻璃杯不当心碰碎的同时，连忙说声"岁岁平安"，仔细把碎屑用报纸包裹起来，"天寒地冻，拾荒人脚踩到就麻烦了"。

她静默生活，与世不争。上世纪 60 年代初，精简下放，她离开刺绣厂岗位，回到家里，一分钱都没有拿的日子一直过了四十年。她没有埋怨一句话。只是有时，她会跟我说起那个阶段的生活："我呢，不会骑车，只有走路，家里到厂里要穿过半个苏州城，回来要烧晚饭，还要准备好家里人的午饭再出门。"我看到一幅淡淡水墨画，细雨里，她拎着针线包和饭盒，走在微湿发亮的石板路上，匆忙充实。

她把手艺都用到外发加工上。在满街老少都做外发加工的队伍里，出口皮手套加工最有技术含量。机制定型的皮一片片地扎成一捆，从领料窗口拿出来，黑色、赭色、红色的，猪皮、羊皮、兔皮的，我想象着那些货色乘上飞机，飞越千山万水，戴在友好的阿尔巴尼亚、朝鲜、罗马尼亚、坦桑尼亚等国人民手上，而其中的一双上有我剪错毛边时留下的痕迹。后来，青春期无边无际的幻想也是从一双手套出发的。"这批货急的啊，三天之内要交货。"发料阿姨铁青脸上没有表情。每次她都说这句话，就像每次会议都是重要会议，领导每次讲话都是重要讲话一样。

童年，我对辛劳的最直观印象，就是外婆凑在白炽灯泡下一针一线地缝手套。温暖的被窝里，想着可能还有那么多人在和外婆一样守在昏暗灯泡下，寒冷又孤单，我很快就入眠。醒来发现，她还在灯下，右手一上一下地飞舞。有时，她竟还在拆着刚做完的活，自己不满意那些难度高的"挑筋"。老花镜反射出的光亮划破浓密黑暗，但她充满忧虑。

2015 年 5 月 16 日

今天晴天。雨止后的天，扑腾腾热起来。

昨天雨雾弥漫时，妈妈打电话说外婆已经不认识人了，可能就这几天了。我心一惊，立刻跳出一句话："外婆真的要到外公那里去了啊。"玻璃窗挂着的雨水缓缓下行，我的泪水不停渗出。铁灰天空中，仍有一只鸟疾飞。

踏进房门的那一刻，我已经做好充分思想准备，她不会认出我。这个从小带大的孩子，今天回来看她，却再不相识。她浑浊的眼睛无力地凝视我们。出乎意料，当我探下身时，她主动伸出右手，枯黄的、被岁月侵蚀的、失去温润只剩下筋骨的粗粝的手，握住了我不再年轻的双手。她以清晰缓慢的声音依次喊了两声我和妻子的小名。之后，她便不再说话。她已经做好一切准备。意外惊喜后，我更加担心。上周她还反复对我嘀咕："我要长眠了。"而此刻，她一直在凝视空中的某个点，静默无语。用黯淡眼神向看望她的人道别。

女儿昨天通过 Facetime，问老人情况，我并没有告知实际情况，就说现在早餐吃几个小馄饨皮，中午和晚上喝点白粥，仍然每天一杯绿茶，还吵着要鸭肫干吃。女儿轻松地笑了。其实这是一个月前的情况。

两个月前，我和女儿走在南大校园里，这样轻松自在的机会并不多，我打算在这个温柔的夜里，告诉她一些家族里的事，但是几次开口却又把话咽回去。她的奶奶、我的妈妈并不是太婆亲生，这样简单的话，让我直接说出口，艰难而痛苦。当初我从妻子那里听到这个事实时，女儿刚刚出生。妻子不知道细节，我也没有再问任何人。在外公、外婆眼里，我怎么可能不是他们的亲人？我的童年记忆，零星而模糊的片段里，只有外婆慈祥微笑、轻柔细语才是温暖的。走出南大，我突然发现，坚持不说，也是一种力量。真相就是这样，一定要翻过这一页，才能完全暴露出来。初春时节，我觉得还是早了点。而现在，我正静静等着这一页翻过去。

我们坐在客厅里，商量外婆后事。有人提高嗓门后，自觉降了调子下来，虽然明知她一点都听不见。我在心里悄悄地盘算着日子，即便到了现在，我仍然心存侥幸，或许还能支撑一个阶段，特别今天见到她有这样的状态。如果一切将发生在我看不见的未来，那么，我认为现在就是永恒。三年前，也几乎到了绝境，就靠最后一针，把她又拉了回来。惊心动魄，不亚于传奇。这个城市有八十岁以上老人二十二万人，把每个人的经历都编写出来，就是一本城市简史。回家路上，我望着刚刚开通的又一条高架路，想那些老人也许不再有机会跑一圈新高架，这个古老的城市对于他们日渐陌生。包天笑先生在《钏影楼回忆录》里，描写的一百年前观前街上新开"吴苑"茶馆里那些趣人趣事，早就随风飘散。

那是一张两寸黑白照片，方方正正。外婆抱着我，坐在老宅前天井客堂前。她齐耳短发整齐地挽到耳后，右手护在我胸前，身体微微朝右倾斜，眼神微敛，似乎刻意让手上的胖小子出境。胖小子才两岁，眼里充满好奇，急着往前扑，一只手刚想抬起来抓牢什么。一缕头发耷拉在"桃子头"上。老宅的一切直到被拆的那一刻，与照片上的情形都相差无几。敞开的客堂落地长窗，边上放着一根就地取材的丫杈，中部好看地曲了曲。透过客堂，后天井的隔墙上斑斑驳驳。那些年，在墙跟前走过的人，演过的故事，都定格在外婆的记忆里，封存起来。她的眼里隐隐含着忧郁。家庭经济正处在极度困顿期，她围裙口袋里常常窘迫得一分钱都拿不出来。艰苦的日子几乎望不到边。我把照片放进皮夹，带在身上。我时刻提醒自己，即便在最困难的日子里，她都天天关照我正直做人是第一。

这是另外一张。她一个人静静地坐在藤椅上，拍照之前，我把她头发稍微理一下，齐耳短发的样子让我心里一怔。我用手势让她知道配合我什么。她看着镜头，依然用淡淡的微笑迎接一下又一下的"咔擦"声。时间过去了四十多年，她怀抱的胖小子，已经变成半老头子。他的女儿刚刚踏上东京的土地，开始留学生涯，她利用业余时间写下心情故事，在国内文学专栏上发表。整个镜头里只有外婆一个人，她把心爱的拐杖插在藤椅茶杯圈内，带着近百年的沧桑和艰辛，默默对着镜头微笑。在无声世界里，她有最值得敬佩的处事原则。老子说："我有三宝，持而保之：一曰慈，二曰俭，三曰不敢为天下先。"

他们跟我说，就选这张吧，你拍得好。于是，我下高架，来到数码照相馆，营业员问我做什么。我一时竟说不出一句话，还好那地方都是熟人，他们看着 U 盘里的内容，问是不是派那种用场的。我点点头。他们安慰我，高寿了，福气啊。推门出去的一刹那，燠热扑面，我听见身上细细的崩塌声。

那个深夜，太湖雾霭沉重，大团大团的云盖在湖面，压得我不能喘息。挂上电话，手机上一个个图标被我手指滑动，往上、往上、再往上，消失在蓝色天空。我选择蓝天背景，从没想到那是天堂的位置。关掉手机，手机对我说再见，我刚想到，对外婆，已经没有再见这个词时，手机就颤抖了一下，彻底关闭。她两天前呼唤我们的小名，成为她留在人世间最后的话语。

我浑身时而冰冷，时而又燥热。昏睡与失眠，已经分不清两者之间的差别。

清早醒来，感觉世界似乎与往日无异，微风轻轻吹在香樟树枝头，湿润的空气中闻得到白兰花、栀子花和茉莉花的浓香。但是，对我来说，这世界改变了，我们失去了她。她长眠了，在这个江南最美的季节里。这个世界丢失了近一个世纪的复杂却又单纯的记忆。

梧桐树

南京的法国梧桐曾经是市民的骄傲。复旦大学一位新闻系教授在二十年前问我这样的问题："如果侬是记者，哪能来表现南京梧桐之多，绿化之好？"我当然答不上来。他很得意地卖关子："能不能采访公交公司呢？"我更是在他潇洒的手势前，低下了头。

上海老师思维超前："阿拉到南京公交公司本来采访节油事情，结果没人睬，都在场上用油漆补车上的刮痕。一打听，原来是梧桐树又多又密，枝杈划伤车身。"原来如此，老师后来调转枪口，统计每年修补划痕的油漆总量，证明这个城市绿化茂盛。

晚上下细雨，刚好把地面濡湿。我走出单位大门，一拐弯，梧桐树散发的清香扑鼻。一群青年劈面而来，男女交错，两个还牵着手，轻快地瞄了我一眼。我抬头望见正在春天里发绿、展宽的梧桐叶。年轻，一切都美好。我暂时忘记前方一百米正在隆隆施工的地下铁工地，随着记忆，回到了我的青葱岁月。南京对我来说是个完全陌生的城市，即使我在这里一直待下去，还是不会熟稔。我像候鸟一样，工作之外就回苏州，不在这个城市久留。

苏州梧桐也不少，我也看到咔擦一声，被虫蛀空的一段树枝压在我前面一辆车上。梧桐不名贵，却在生活每一个角落出现。平平常常、普普通通，却最能深入我心。因为人，而熟悉树；因为树，而牵挂人。

苏州。湿漉漉的雨季来临的时候，我刚刚谈恋爱，你总是扎一根马尾辫，在橡皮筋外套一个蓝色小绒线圈。你喜欢走在我前头，辫子晃啊晃的时候，我看到了摸得到的爱情。雨不影响在梧桐交错街道上行驶的自行车，刚开始的时候，我们各骑一辆。后来，我骑车，你坐在后面书包架上。宽大的叶子挡住细雨，星星点点落在我们身上，满街溢满木叶香气。叶子盛多雨水后，开始向下斜泻。停车，我穿上一件黄色雨披，你躲在里面。没有紧急的任务，没有很大的压力，没有应付的事情，没有每时每刻牵着你的手机。那时，时间空间都可以自由支配。穿过一整条临顿路，接着又是一条凤凰街，古城在车轮下转动。外面嘈杂，里面安静。你抱着我的腰，贴着我的背，听我心脏跳动。风声、雨声都被阻隔。我在梧桐道中漫游，仿佛任凭雨打风吹也可以骑行到世界边缘。我想，生活可以包裹在自己天地里，外面再大风雨，两个人的小天地还是温馨自然。冒出这样的单纯想法是因为我当时只是一个公司普通职员，你只是一个工厂普通工人，我们收入很少，常常为钱发愁，但是有大把大把青春可以挥霍，有很多时间讨论不切实际的想法。

刚刚踏上社会，我们还不知道事情不只是看结果，更多要听弦外之音。调动我工作的一位领导，严肃正统，对下话很少，对上或者作报告滔滔不绝。我很敬重和佩服他。那天大热，中午时分，科室里的人都避暑遁形。我在赶一篇稿子，知了在梧桐树上聒噪，胳膊肘压住被吊扇扬起的方格稿纸，纸上立刻留下汗渍。领导悄悄出现在我身后，咳嗽一声以示存在。我转身打个招呼继续写。他的声音绵绵地飘过来："你的事情某某托的我，办成不容易。"我心里瞬间透亮。以前的敬畏、尊重滚到爪哇国，瞬间拉近了我与他的水平。月黑风高的当夜，我送礼上门，他坐在狭小的厨房兼餐厅，菜盆、饭碗狼藉。他不停出汗，我不停地为他点烟。"好吧，我出席你们的婚礼。""您人到就是对我最大关爱，一定免礼免礼！"刚出门，就遇到一阵好风，梧桐树叶挤眉弄眼，发出笑声。我也朝他们笑笑。其实领导和我们想的、做的都差不多。后来，他老婆经常通过科室电话找我，我有时只能一面微笑地看着端坐在几米开外的他，非常艺术地回答他老婆一针见血的问题："他早上几点到单位的？今天晚上有什么活动？"次数多了，我应答自如了。非常简单，把"他"换成"我"，对方一听完全明白，我自然又妥帖。如果说这就是后天"情商"的培养和锻炼，那我接电话时看到大街上梧桐树高大威严，不为外界所惑，感悟到为什么有些人情商始终提不高，他们智商高得没有必要用人情世故来弥补不足。生活在进行，工作在深入，接下来的可以形容成"沟沟坎坎"是绝不为过的，其实都是类似考验，小的、大的，积累下来，形成宝贵人生经验。

我和你经常闹矛盾，你总认为自己是对的，我就不这样认为。几句话不投机，你就不睬我。你住的小区，是全市出名的工人阶级大新村。宽阔的进口，两排高大舒展的梧桐树日夜站立迎接宾客。心里不舒服，我就经常在这条道路上走走，从头到尾走完，心中不适缓缓消解。看到星空、大海、高山，人会觉得渺小。我在梧桐树下，同样感受到沧海桑田。树的生命几乎都比人寿长，但是梧桐总是遭人戕害。后来流传一个段子，说一前一后两个市长，莫名其妙地想砍老梧桐，人们在比胳膊还粗的树枝上系上绿丝带，希望能够拯救民国以来就在这个城市的大树。但是还是有不少被砍伐，有人说那又是一次大屠杀，杀的是大家的长辈、祖辈老人。结果，两个市长都进去了。

小百姓真实生活就是不停地龃龉。你带我去亲戚家发请柬，礼金也顺便收了回来。有家亲戚嗓门特别大，凡事都是人家欠他们似的，但是为人却周到。那是百姓本色，无须掩盖什么，更不惧怕得不到什么。后来，我慢慢地有了这方面的恐惧。刚开始的那次，我至今都认为是对你最大的歉疚。刚结婚的那年春节，具体为了什么事情记不大得了，还是为了钱吧。我把一叠新钞向你扔过去，花花绿绿的钱还没有落地，我就觉得自己的过分。但是，脾气还是没有改变，性急的背后，有性格问题，更是修养不足。冬天的梧桐树看似了无生机，其实孕育着希望，等待春天绽放。

那时，你的单位贴近观前街。午休的时候，我骑车二十分钟来找你。我们总是挑便宜的小吃，十块钱的云南过桥米线算是高档消费。饭后逛街自然也挑降价商品。你常常为省下几块钱欢欣鼓舞。节约为的是尽快买房、买车，更重要的是迎接新生命到来。你还骑自行车，我总是有点担心。那次，你做完产检，一个人骑车翻桥越坡，刚到楼下就觉得不舒服，勉强打开房门，就晕倒在地，眼睛睁开，时间已经过去了半小时。你拍拍身上的灰尘，继续烧菜煮饭。晚上才告诉我，我吃了一惊，不让你骑车，甚至不要上班了。你执拗地照常工作。

我们有了个小小的"她"。我把她托在手心里的时候，外面大雪飞扬，更增添了屋内的暖意，我想着自己并不幸福的童年，对这个胖胖的小生命发誓，要给她所有的爱。我深一脚浅一脚地走向北寺塔旁边的卫生防疫站，领取新生儿疫苗。有人大声喊我名字，一名警察正在清扫积雪，他是我中学要好同学。我们一起吃了碗双浇面，庆祝她的诞生。雪霁初晴，梧桐树悄然褪下所有叶子，冬日暖阳射进我们晦暗内心。

她出生不久，政府开始更大范围的改制，把企业卖给私人。你所在企业也要转制。观前街一夜之内，高大梧桐树去无踪影，他们说经过专家论证，法国梧桐不再适合做行道树，什么虫害多啦，什么枝干低妨碍交通啦。研究表明最适合的是香樟树，虽然我也喜欢香樟，但是如果放在街道上，我更欣赏梧桐伟岸姿态和淡然品质。私人老板不希望养人，你就下岗了。工作还没着落，会计师考试艰难进行，又遇到股票不景气，她一天天长大，你突然掉右侧头发。医生说你这是焦虑。要好姐妹约你去学车，消解你胸中块垒。考试通过那天，一车子徒弟请师傅吃饭。我在家看书，她安静地画画，她胖胖的，一直很乖，画作已经参加小小展览。小姐妹打来电话时，我正躺在沙发上看村上春树的《青春的舞步》，我沉醉于村上营造的"无关乎其他人和事"的"只属于自己的生活"。饭店大堂已经关灯了，你喝醉了，倒在卫生间。小姐妹在旁束手无策。我背起你，本来瘦瘦的，那天分量特别重。我靠在梧桐树下休息，你突然说自己能走路，其实在说梦话。这是一个分水岭，以前你总认为自己能喝点酒，之后你很少端起酒杯。包括庆祝什么纪念日，你都淡然处之。唯一例外的，你老是会提那件金利来T恤衫，花了两百块给我买的，这是我收到的第一个礼物，二十多年前很贵重。有个阶段我发胖，金利来包紧，想送给亲戚，你就很生气。

4月是苏州最好的季节，多雨又温和。出门的时候我们没有带伞，你提醒我，但是我抱着她再拿伞觉得麻烦。我们坐公交车横穿大半个城。天空开始阴沉，团在空气里的水分开始释放。她坐在我腿上，雨丝打在红润的脸上。她乌黑明亮的眼睛正对外面的世界着迷，在寻找谜底中慢慢长大，湿润甜糯的气候将会渗透她心灵。更重要的是，这方水土养育出的"灵性良心"，不能随时间流逝而磨灭。我们去儿童乐园，然后再去吃一顿西餐，鹅肝酱、牛排我们都只点一份，你说自己吃不大下。直到现在，我还怀念这顿西餐，肥美而又恰到好处，都是少吃多滋味带来的餍足。餐厅外下起大雨，灰蒙蒙地找不到回家的路，梧桐树被洗得嫩绿。我躲在墙角挥手拦出租车，浑身都湿透，终于拦截成功。她在桑塔纳颠簸中安静地睡着了。我和你互相看了一眼。我们没有车子，挤在两居室的动迁安置房里。

她从不肯一个人睡。我就只能睡在小房间。一张硬板小床上扔了个席梦思，我打开台灯，开始看书。看着看着，我会爬起来，打开笨重的台式奔腾PC机，写上几段。报纸的副刊编辑如果约个小稿，我就会一本正经地在单人床上仰卧几分钟，眼睛盯着天花板，当作一件神圣的事情。你通常是第一个看到那些稿子的，通常不发表任何意见。我如果再追问，你就以"不要烦我"来回答。当时居住的那个小区，住的大多是近郊失地农民，几乎没有绿化，稀稀落落种了几棵香樟树。写稿子的间隙，我望出去的都是直筒楼房，满眼灰色。我从天花板上读取的信息是升职、薪水、买房、买车等现实的事情，写到稿子里就变成希望与沮丧并存。我曾经在一篇文章里写别人家的灯火，都是温馨可人，窗内每一个人在橙黄光线下，都显得幸福无比，这是幻觉。你在灯光下，急促地炒菜，我帮不上忙，你老是指挥我做这做那，我们家的灯火并不温馨。下水道堵了，水管里也流不出一滴自来水了，奇怪的是，整幢楼没有一点声音，难道他们都不用水？你对我摇摇头："买房子吧。"

快子夜了，你坐在餐桌边，我蹲坐在小板凳上，我们还在算。订了两套房，选择哪一套？还是买了小一点的，楼层低一点的，环境安静一点的。人算总不如天算。退掉的那套房，两年内价格翻了三倍。我们选的那套房子，进出要经过一条窄窄陋巷，后来地铁又从正下方经过，不方便又不安静。买了房，贷了款，车库没有买。生活总有点缺憾，才真实，满足吧。这话你常挂在嘴边。

其实如果不下雨，不冷也不热，你的那辆轻摩可以带着我们两个，在干净的街道上舒心地行驶。她从小就高人一头，站在踏板上，有时拿一个小风车，风车哗哗转，她很兴奋也很威武。她学画的地方离家比较远，每周一晚上，我接送她，风雨无阻。有了轻摩，一家三口，想到哪里就到哪里，那时苏州没有这么大，可惜后来车子被偷了。多年之后，我们买了一辆小车，她已经不需要我们接送了。后来，又换了一辆大一点的车，我也离开苏州工作了。

　　周五回家，周日赶到南京。刚刚熟悉的道路，被告知封掉三年。我在这个陌生城市，只得另寻出路。黄昏，我离开单位，混入车水马龙、嘈杂人群。8月的天，我却冷得要命。戴上耳机，横穿马路，滚滚红尘里灰蒙蒙一片。是梁静茹的歌声："总之我是一个人，默默走回家，又静静关了灯，是否该提醒你祝我生日，更快乐。"刹那间，眼泪差点滚下来。

　　秋天，南大校园落下的第一片叶子，是梧桐叶，仰望木叶掉落，感觉飘飘荡荡就是我的主题。那段时间是我至今为止最受煎熬的日子。四十多岁的男人，工作繁忙，每时每刻承受压力。候鸟般生活，使我更注重"自我"。家庭是一艘船，你是船长，我转为乘客。晚上九点过后，南大操场上空荡荡，我低头绕圈跑着，一圈又一圈。人越来越少，气温越来越低。四周的梧桐树像哨兵注视着孤独夜跑人。我从司令台开始数"哨兵"数量，一圈下来吓了一跳，居然超过百棵。熟悉的事物往往忽视存在的根本，一百棵聚拢在一起，就是一大片梧桐林。分散开来，默默守护，我经常忽视它们的存在。同样，离开家，才知道你的重要。

　　女孩在长大，她有了自己的心事，你和我不再是她心里话最想倾诉的对象。中考的时候，她就没有办法集中精力应对，差点失利。我们仍对此麻木又不敏感。面临小高考、高考，你终于看出端倪。那时，我已经在南京熬过最艰苦的日子。接电话的时候，我又在南大跑步，气喘吁吁地连问你为什么？怎么会？你都无法回答。我想了一个晚上，也没有想出好的办法来。只能与她好好谈一次。

　　坐在时速三百公里的高铁上，一切景物都是一闪而过，春夏秋冬也一晃而过。我想了很多开场白，设计了好多问题，结果一个都没有用上。她说知道我要讲的所有道理和说教，但是她自有主张。有一句话引起我的注意，她说我们不关心她，列举了几件私密小事。关心与传播的道理差不多，都需要一拍一合，缺少了一个巴掌，怎么也做不好。我和你商量，采用冷处理方法，相信她会处理好。算算十几年的家庭教育，主角是你，你对她的言传身教，已经深深印入她的心里。倔强、坚韧、有主见、不人云亦云。要命的青春期，更要命的女孩子的青春期，如顺水行筏，岸上的我们很难掌控。她思想的一点变化，就会引发很多涟漪。我和你能够做的，只是争取小筏子不漂出视线。事实上，青春期的感情，就像黄梅天，说变就变。一个阶段过后，一切销声匿迹。她开始冲刺高考，你抓紧后勤保障。

　　还有二十天就要高考了，《舌尖上的中国2》里的中提琴河南妈妈，我自叹不如。她表现出的坚强、坚守气质特别让我敬佩。这个妈妈映射的难道不是你？买菜，洗菜，烧菜。最简单的事情里，存入了最深的爱，那些饭菜，得到升华。应对变化无常的她，你使足了劲道。你时常看那些韩剧，一部又一部，这是陪她的必然结果。在这个教育体制下，她算不上太优秀，但是，在你和我的眼里，她就是最优秀，并且今后会更优秀。

　　她走了一条异乎寻常的路。有句话很时髦：要么读书，要么旅行，身体和灵魂总有一个在路上。而对求学来说，出国和高考，则必选其一，如果两者兼顾，太累，甚至两脚都可能踏空。中考，她选择普通高中；小高考，她选择高考道路。临近高考，她又选择了留学。你跟她转都来不及。我也纠结。先于高考的国外大学入学考试，在细雨蒙蒙的 4 月的上海。早晨，你让她多吃点，可是她吃不下。你说自己比她还紧张，其实我也紧张。这次不录取，只有高考一条路。录取，到底参加高考还是放弃高考？

4 月底放榜，她的名字赫然在列。你关照她小心仔细地再三核对准考证号码。她的小伙伴们都笑了起来。就此停止，还是继续高考？绝大多数人劝她放弃高考。她却说："不经历高考的人生不是完美人生。"我看到这句话后面你的影子。

6 月 7 日，她坐在我的电瓶车背后，奔向考点。她突然问我："那些淡淡的香味从哪里来？"我愣一下，深深呼吸，这是梧桐树的味道！梧桐树像迎宾树，欢迎高考的孩子。我拍到了她进考点的回眸一笑，自信、淡定。她和同学们一起走进校门的照片，我起名为"这一步"。这一步对大家都不容易，对她更不易。你仍然在家烧菜，每道菜你都从美食杂志上学来，戴着老花镜看了，记下。是的，你不知不觉就在包里放上一副老花镜了。

高考成绩公布，她上了本一分数线。接着，被一所 211 院校录取。又要做选择题了，是继续出国，还是在国内完成学业？你和我都不起决定性作用。在拿到第一笔奖学金后，她选择了前者。十二年辛苦，换来两张录取通知书。她仍然不算太出色，但是她一直在寻找适合自己的学习、生活道路。高考成为她自信走路的开端。

每次回到家，你总陪我散步。城市的面孔隔一个阶段就会有变化。高考后，生活变得松弛，时间变得闲暇，走路也多出了里程。行道树品种多了起来，香樟、水杉、银杏等，减少的

是梧桐。你说："恐怕这些树都没有松柏长寿。"这是你经常
看到那些城市戕伐梧桐树产生的误判。唐松汉柏各地都有，法
国梧桐也不差。法国梧桐不是梧桐树，而是悬铃木，它的故乡
在亚洲大陆。一千六百多年前，鸠摩罗什从遥远的西域带来悬
铃木树种，栽种在陕西等地，人们称它为鸠摩罗什树，可惜的
是，过后便无人继续种植。陕西户县鸠摩罗什庙前，至今尚存
四人合抱的古树干。四百年前，这树由欧洲人嫁接后，法国人
带回树种，种在了上海霞飞路，才被称为法国梧桐。

　　夜深的时候，沐浴更衣，我开始抄写《金刚经》。这些经
文来自鸠摩罗什的翻译。异乡，独自在静谧房间，点亮一盏灯。
每天一字一句静静抄写。一笔一画都让我内心趋向更平静，每
一句偈语都在我内心点亮一盏灯。悠长岁月里，这么多人诵读、
抄写这部经书，数量可比"恒河中所有沙数"。一有浮躁心事，
我便睡不安稳，半夜醒来，心里冒出来的第一句话就是："什
么都是小事。"多好啊，弘一法师、圣严法师的书籍压在床头，
微然有光。天将启明，我可以继续安然做梦，你和她在家乡也
必定安然。"持于此经，乃至四句偈等，受持读诵，为人演说，
其福胜彼。"我盼望什么，过好现在，一步一步地，珍惜感恩。
她已成人，即将高飞。而我和你，也将迎来我们的二十年。

　　南京开始热起来，夜排档摆到梧桐树下。彻夜喧嚣、激情
四射、吆喝、猜拳、拼酒，甚至斗殴，都在自然而然中发生，
又在梧桐树密密匝匝影子里消散。我紧闭两道门窗，油烟味、
呼喝声仍像蛇般游进来，我闭上眼睛，暗自默念："一切有为
法，如梦幻泡影，如露亦如电，应作如是观。"

市井 / 生活
SHI JING / SHENG HUO

宇宙 / 时空
YU ZHOU / SHI KONG

运动 / 思维
YUN DONG / SI WEI

一路 / 风景
YI LU / FENG JING

家族 / 技艺
JIA ZU / JI YI

情感 / 笔记
QING GAN / BI JI

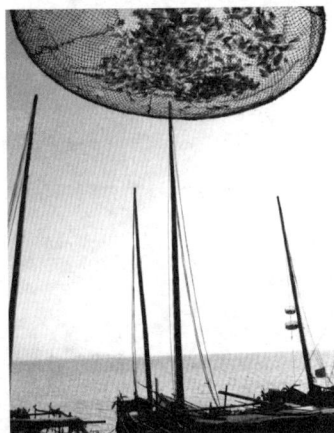

二姐

夕阳把我的影子拉得很长，脑袋尖尖地像把锥子，我摸着头，拐进采香弄。二姐迎面走来。我们擦肩而过，互相没有说一句话，甚至没有多看一眼。每次放学都是这样，我有点沮丧。交错几十米，我偷偷回下头。她短发笔直，后背笔挺，书包搭在右肩，日本动画片里的样子。

二姐长得与刚刚兴起的日本动画片主人公很像，圆圆脸上均匀分布两堆浅浅雀斑，一双细细长长眼睛。大姐是滚圆大眼睛，小雄也是"水泡眼"。二姐难道不是他们家亲生女儿？漫长青春期里，困扰我的疑问很多，这是其中重要的一个，由此漫延出去的遐想，没有边际。

回家丢下书包，仰头喝干一大茶缸凉白开，胡乱卷起几个本子冲出老宅，我对外婆嚷道："去小雄家做功课啦。"我和小雄站在他家窄小阳台上，数路过采香弄的我们班女生。多于五个，小雄赢我三颗彩色弹子。反过来，我赢他。我们为来回路过算一个还是两个争吵不休时，脚踝被扫帚急急打到。二姐趁焐饭的空当，扫地、擦桌椅、叠衣服、铺被子。小雄爸在看书，小雄妈在织毛衣，大姐总是不着家。每天我都在"日光接火光"中熬到吃晚饭。小雄妈习惯性说声留下吃饭吧，这是提醒我该回去了。有时她会加一句："你二姐都准备好了。"我却更加快了下楼的步子。

一天临走时，突然下起暴雨。我连楼都出不去。外婆应该
料到我留在小雄家了。没有餐桌，二姐把晚饭摆上一个矮方桌，
小雄爸坐在竹交椅上，咪一口"五加皮"，夹一筷子菜，任何
菜到他嘴里都"吱吱咂咂"生动起来。我和小雄各坐一只小板
凳，小雄爸对面空着。雨雾翻滚着飘进大门，小雄爸迎着风雨，
微微仰头咽下一口酒。二姐给我端来饭碗，米饭在碗里小丘般
隆起。菜摆放整齐，简单细致。她们却不上桌，盛饭后夹点菜，
在一边静静地吃。二姐靠在窗口，筷子机械地翻动米粒。我越
过她的剪影，看到外面那棵正被狂风暴雨打击的柳树，柔软的
枝条俯下又弹起，左右挣扎摆脱雨水侵袭。她即将初中毕业，
父母对她成绩没有兴趣，近来一直在讲故事。"我们厂又招了
一批技校生。""技校生进厂马上能转正。""厂长都讲现在
技校生最实惠了。"收拾好碗筷，二姐进东房，拉上房间当中
的蓝印花布帘。白炽灯的光芒瞬间分成两个部分，分别投向两
张床。门口一张小的是小雄的，布帘内大姐二姐合一张大床。
我听见里面窸窸窣窣的声音，小雄折一架纸飞机投进去，"啪"
一声，二姐把灯关掉了。我们瞬间沉浸在黑暗中，我的心被揪
得紧紧的。

隔天二姐填报志愿，放弃高中。班主任要家访，被她拦住
了。老师坚持让她写下"服从"两个字，她犹豫了一下，同意了。
她考了高分，转读四年制中专。小雄爸浓重的河南口音，对二
姐的选择，他总是那句话："小孩子的事情我们可不管呢。"
他说"小"这个字，发音与吴语相似。说"可"、"管"这些字，

又与"小"字对比极度强烈。外公说评弹演员起角色，特别是官员，一定要走"中州韵"，应该与河南话有很大关系吧。方言里我中有你、你中有我的音韵，让我莫名产生一种亲切感，挡不住偷偷摸摸模仿他讲话的冲动，我想自己祖上有可能来自"中州"吧。他们没有施加二姐压力，只不过平时抠下一分钱两分钱，就叹气说日子难过。大姐到了该挣钱的年纪，却不知道在做什么，他们也从不提起。二姐每次听到这些话，只会加快手上干活的速度。

秋高气爽的日子里，大姐回了家。睡过了中午，睡到了黄昏。小雄爸的巴掌已经拍到大姐脸上方不到一尺，小雄妈怒吼着把巴掌推开："老不死，国民党土匪，你关进去，我被批斗，他们沿街讨饭，你还有脸动手？要打你去打河南生的野种！"小雄爸涨红脸，收手，背着手，"噔噔噔"走出大门。小雄妈大眼睛红红的，不停用白手绢擦眼睛，"呼"一声关上西屋门。我和小雄对视两眼，写字的手慢了下来。二姐在小方桌上做作业，一边看着旁边煤炉上的米饭。她抬起头来，淡淡地说："老是这些话，烦都烦死了。"

大姐醒来，忙着打扮。不时问二姐："这个发型怎样？""眉毛再往上画一点？""哎，我是不是胖了啊？"二姐基本以"哦"和"好"应付。大姐像花蝴蝶一样从我们眼前飘出去，走廊里高跟鞋"咯咯咯"声回荡，不一会儿，采香弄里也有了声响。我挤到二姐那里问她问题，她耐心解答，还笑着说："你怎么也搞得像小雄一样笨了呢？"她的短发也晃起来，碰到我胳膊，我心里酥酥的。她散发兰花般气息，靠近反而没有，远远地却游丝般侵入我鼻子。她低头在纸上一笔一画认真解题，我拿着这些纸片研究，那些笔画坚硬、直来直去的正方形字印在我脑子里。

"乒、乓"，门被猛地撞开，大姐非常凌乱地扑进来，快速钻进布帘里。我们竖起耳朵，却听不到一点动静。她重新出来的时候，头发仍然散乱，眼神飘忽不定，高跟鞋换成了布鞋。她轻轻走到二姐身边，低声催促着。二姐把笔一扔，屋前窗户边、屋后阳台上粗粗看了一遍，坐回小方桌前，简单地说："没人啊。"大姐蹑手蹑脚前后张望，神态渐渐自然起来。一口气喝了一杯开水，拿起一本电影画报，"你喜欢刘晓庆还是张瑜呢？"她声音渐渐大起来。二姐没有搭腔。外面突然响起口哨声和大声喊名字的声音，几个人一起大声在喊，大姐的名字，后面跟着难听的后缀："某某某，×××……"大姐拿着电影画报的手僵硬了，坐在凳子上，脸渐渐失去了血色。

小雄和我躲在窗户后面往楼下看，几辆自行车歪靠在黄色围墙上，三个花格子衬衫面朝二楼喊话。最矮的那个还留着八字胡，喊得最起劲，声音又尖又细。胖子戴着蛤蟆镜，叼着香烟。被一个披肩长发女子搂着的，是个穿着超大喇叭裤的高个子，白白净净，他偶尔喊几声，一喊，另外两个声音就大起来。

二姐什么时候走到他们中间，我们都没有注意到。只看见高个子掰开女子的手，往前走了几步，跟着他移动视线，二姐就出现在我们视线里。我诧异地回头看一眼小方桌，微风正翻动书页和作业本，一支粉红色铅笔掉落墙角。二姐被他们围住，像一瓣广玉兰掉进枯枝败叶中。一阵风吹来，那些枝叶转眼间不见了踪影。刚才热闹的院子，清静下来；那些探出窗户的头，缩了进去，"呼呼呼"，一扇扇窗关紧。二姐不紧不慢地走向楼梯，在她转身的同时，我和小雄，包括躲在我们后面的大姐，都看到了那张黄纸。窄窄的，半尺长，随着二姐的走动，一根火舌般撩拨二姐的背部。

我冲下楼梯，转到她身后，一把撕下用泡泡糖贴在白衬衣上的黄纸条。现在，我和她面对面，她用疑惑的目光仰视我。我忽然发现，自己已经比她高出半个头。我举起那张纸，对着歪歪扭扭的字，一个个指给她看："×××（大姐名字）：逃得过初一躲不过十五。"二姐劈手夺过纸条，撕个粉碎，甩在地上，用力碾踩。"臭流氓！臭流氓！"我没有问二姐下楼说了什么话，使他们短时间离开院子，从留下的纸条看，二姐给他们施加了压力。大姐却一直追着她妹妹，从厨房问到布帘里，"你到底说了什么话啊？"二姐始终一声不吭。大姐又开始哼电影插曲，小雄爸溜了一圈进了门。小雄妈从西屋出来，高声喊着二姐摆桌子吃晚饭。我收拾作业本，顺手捡起那支粉红色铅笔，夹进本子。似乎什么事情都没有发生，这是一个温馨家庭。

冬至前后的傍晚，东屋早早昏暗起来。小雄爸可能累了，合衣躺在小雄床上。我和小雄把头深深埋进作业本里。一阵寒风钻进来，带来一股饭焦香，二姐在外间做功课、看煤炉。我们猛一抬头，两个黑影站在我们面前。"嘘！老头睡着了。"大姐的声音。两人在我们对面悄悄坐下，大姐侧着脸对他笑，他的脸完全背光，我却感觉那张黑暗里的脸应该是比较熟悉的一个人，以至于如果灯火亮起，我会跳起来说："原来是你！"

暗暗地，两人亲昵起来，你摸一下，我推一把，大姐还轻轻尖叫。小雄爸在我们身后手脚牵动一下，翻了个身，脸朝了墙。他们立即停止了动作，不久，两只手又搅在一起，在桌子上轻轻滑来滑去。

二姐进来喊吃饭，两只手一下子解开了。"我们不在家吃饭。"大姐轻声说"我们"两个字时，就像新媳妇回娘家，既脱离了大家庭，又表明根还在原地。二姐还是一句"随便你"打发大姐，她没有说你们。两人站起来探身看看老头，蹑手蹑脚走出屋，与二姐身体交错的一瞬间，门外极度虚弱的光线照到他侧面。我差点叫出声来。贴黄纸条那帮人的头，那个白皙皮肤高个子痦子。二姐把脸扭向墙角。她拒绝将他们送来的礼物交给爸妈。大姐几乎在求她："我们好不容易搞到外汇券，在友谊商场买到的，一定要给他们的。""你自己给。"二姐还是当那个人像空气。高个子先走出门。大姐好话说尽，把袋子往门口一放，快速跟出去。二姐开始盛饭，小雄爸翻身起来。小雄妈从邻居家串门回来，看到门口的东西，随手拿了，放进西屋。

很长一段时间我没有见过大姐，也没人提起她。二姐喜欢上足球，她把电影杂志卖给废品收购站，买回《足球世界》。我很开心，自己崇拜的普拉蒂尼，二姐也喜欢。当时正处在西班牙与墨西哥世界杯之间,法国欧洲杯上普拉蒂尼的完美表现，让我在二姐面前讲起话来滔滔不绝。她只在看足球节目戴眼镜，我有些观点经常惹得她回头看着我笑，眼睛眯成一条缝。紧张激烈时，她对我高声呵斥："不许说话！"射门失败时，她指着我："都是你这个乌鸦嘴。"但是放学路上，我们碰到依然不打招呼，与荧光屏前的热烈形成强烈反差。我甚至想象，只有发生地震、台风、洪水等灾难时，我们遇见才能把手交给对方。又过了一阵子，连见面的机会都少了。

小雄家属于住房特困户，他爸厂里给分了两套房，采香弄的房子要脱出来。我是精壮劳力，搬东西有力量又有热情，二姐给我水喝，让我歇歇再搬，她和小雄住在七楼。大姐似乎连在三楼的父母处都没有被保留房间。七楼阳台上，几只纸板箱杂乱地堆着，破损口挤出几本电影画报，我猜应该是大姐的东西。我熟悉的小方桌，还是被放置到门口，小雄妈说以后就摆摆杂物，反正地方现在大了，靠窗放的正方形带有玻璃台面的餐桌，四个人吃吃饭正好。不知道搬家那天是不舍得启用新桌子，还是习惯使然，我们仍然围着小方桌吃饭，七八个小凳子，把小雄爸妈、二姐都挤出去，搬家的小伙子们饭量很大。二姐学校隔壁技校足球队来了几个小伙子，个子都不高，却个个敦实。最显眼的是一个"扁头"，上下奔跑，不知疲倦，多重的东西都敢往肩上扛，我看着这个"愣头青"就想笑，但是二姐递给他水和毛巾的次数多了，我的脸就沉下来。吃饭的时候，"扁头"还不停左顾右盼，其他人都吃好了，小雄就催他，他一愣，不到半分钟就扒完一碗饭。大家看着"扁头"急急忙忙的样子，开心地笑着。我发现，整个屋子充满阳光，二姐的脸红红的。

后来，我上了高中，小雄上了技校。开始每周我骑车穿过大半个城，来到近郊小雄家。二姐开始在工厂实习，工厂一般周日不休息。大姐偶尔出现，还没结婚，身边也没有男人，现在她煮饭、打扫卫生。后来功课紧张，我去得少了，大姐二姐都没碰上。据说大姐又跟一个男人去了南方，这次把纸板箱等都卷走了。二姐做了厂技术员，唯一的女技术员。我仍然看足球，只是不再崇拜普拉蒂尼，一看到电视里的他，心里就梗梗的。

秋雨迷蒙的星期天午后，书怎么也看不进。套上雨披，骑车来到小雄家。他不在七楼，我返回三楼，敲门。二姐开门。她戴着黑框眼镜，电视机开着。她笑着叫我小名，让我进屋，把雨衣挂在楼梯转角口，进厨房泡了一杯绿茶出来。我和她并排坐在沙发上。二姐说，他们都出去了。我说，没事，我等着好了。电视正在播出足球赛，我和二姐一边聊天一边看球赛。外面的天阴着，足球赛大多时间沉闷。时间长了，话的密度就小了。她厂里的趣事、我学校的情况，包括小雄技校的事情都讲得差不多了。很长一段时间，我们都盯着屏幕，没有一句话。我忽然想起"扁头"，就问起那支技校足球队。她转过头，眼神透过镜片发出亮光，认真地说当时父母的话还是很有道理，那些技校生全部被她所在的厂招了进去，分配在数控车间。现在缺技术工人，今后这些人会带来厂里技术、管理模式的变革。他们的表现还是很优秀的。她说话的声音逐渐大起来，时不时地嵌入几个管理学的名词，我坚持认为这是她对事业、对厂的热爱，却不知怎么地，眼前还是不时冒出她下车间与"扁头"在一起研究车床、铣床、冲床的镜头。光线越来越昏暗，我突然想起采香弄的小房子，我离那里很近，几乎是家庭中的一员。现在，小雄爸妈对我越来越客气；小雄烫了谭咏麟发型并且话少了许多；大姐追求幸福的旅程越来越远；二姐身边朋友多了起来，笑容也多了起来。而我却越来越成为这里的局外人。

足球赛结束，大门被打开。先是小雄妈进屋，她看着我和二姐，先一愣，却马上把一袋刚出炉的桂花糖炒栗子放到我面前。小雄和小雄爸后进门，二姐跟我打个招呼，又进了厨房。我跟着小雄上七楼。我们在高高的阳台上剥栗子，看新村里穿着彩色雨衣、撑着花伞来来往往的人。小雄说在舞厅跳舞时认识一个女孩子，有机会带给我看看。他们的生活都色彩斑斓起来，而我还在黑白世界苦苦挣扎。我们把栗子壳漫无目的地往下扔，在楼房间形成一道又一道黑色抛物线。楼房像一个个纸盒子，有的窗子里已经亮起了灯火，看似温馨的每个单元格，不知蕴藏了多少的哀怨和忧愁，我永远不可能了解他们的状态。每一户都是一个迷宫，只有拥有钥匙的人才能打开。我没有钥匙，更得不到钥匙。不等小雄妈喊吃晚饭，我就匆匆下楼，在三楼拐弯处顺手摘下雨衣，转身加快步伐。冲出楼房，雨势更大，我用力踩自行车，雨打在我脸上，眼睛都睁不开。回到家，顾不得换湿衣裤，先把那支粉红色铅笔放到五斗橱顶上。

此后一段时间，我总是回想与二姐独处两三个小时的场景。摁下盒式收录机按钮，保尔·莫里亚乐队的《爱情是蓝色的》飘出来。我从书堆里探出头，窗外总在下细雨，淅淅沥沥洒在香樟树上，树叶变得光泽明亮。我却有点伤感，这么长的一段时间，自己的言语，只是数得清的几段，该说的话没说，该问的事情也没问，比如：那年到底她对高个子说了什么？"扁头"是不是真的与她做了同事，甚至有更进一步关系？最关键，关于我，二姐怎么看？我为自己总是不敢切入主题、懦弱个性感到难过和羞愧。

小雄比我早结婚。喜帖也是他转了几个弯才托人送给我的。有些朋友是一辈子的，有些是阶段性的，小雄对我来讲就是后者。他热衷跳舞，喜欢打牌，我有点追不上他的步伐。有一次，他叫我过去。一群人在七楼打牌、跳舞，小雄表演霹雳舞、走太空步，噪音和烟酒味充满整个屋子。小雄介绍我认识他的女朋友，一个跳起迪斯科来双肩与头部一起抖动的矮个子圆脸女孩。我一直注视着二姐的房间，门始终关着，我大声问小雄，二姐到哪里去了。他凑到我耳边说，结婚啦，搬走了。那次过后，我没有再去过他家。小雄也没有与我再联系。人一生每个阶段都有不同朋友，一辈子的朋友很少。回过头看看那些"消失的朋友"，可以明白一些道理。青春岁月勾肩搭背、同进同出的弟兄，某一日分别，很自然地打个招呼说再见，却一直没再见。虽然生活在同一城市，许多年不见，提不起碰头的愿望，虽然可悲，却很现实。

小雄的老婆就是那个矮个圆脸女孩，有点出乎我意料。我在闹哄哄的婚礼大厅踟蹰。她先认出我，拉拉小雄的西服，朝我招手。我被小雄拉在他们中间，三个人对着照相机、摄像机咧嘴笑。一个高个子男人在我眼前晃了一下，我有点眼熟。我同时看见小雄爸妈，高个子男人向他们走去，我也跟过去。他在前面叫"爸爸妈妈"，我在后面叫"叔叔阿姨"。一瞬间，他和大姐紧握手的样子跳进我的脑子。小雄妈热情地把"大姐夫"介绍给我。我们握了手，他的手白皙、柔软、冰冷。一个穿白裙子的小女孩跑过来叫"爸爸"，他把一个花冠戴在她头上，女孩大大的眼睛，雪白肌肤，对着照相机摆夸张造型。一个穿西服带领结的小男孩追过来，嚷嚷着："姐姐、姐姐，快去排练，马上就要开始了。"男孩眼睛细小，虎头虎脑，脑袋有棱有角。二姐跑过来领两个小孩，她抬头看见我，笑着打了个招呼，匆匆忙忙拿些东西，转身离去。我有点措手不及，没有一点反应。她转过大门的时候，侧脸喊了一声，马上有人跟在她后面往前走，看背影我就知道那是"二姐夫"，他理了短发，从后面看，更加扁平。

二姐戴着黑框眼镜，头发烫得短短的，走路仍然笔挺、快速，她的男人有点跟不上她的步伐，不停地小跑几步。宴会大厅熙熙攘攘，一会儿他们就消失在人群里。我走进大厅，过一会儿，我应该会见到小雄家的每一位成员。欢快的乐曲声中，一场演出就要开始。只不过今天的演员明天就沦为低俗看客。这是我对"高贵婚礼"的理解，普通人基本上都没有达到高贵的标准，将他们一天之内捧成圣人，隔天就被打回原形，这就是一出低俗喜剧。

耀眼的灯光、浮华的盛宴让我陷入虚幻，不同维度的空间，都有不同故事在演绎，在这个版本里，二姐和"扁头"走上他们的轨道，大姐与高个子的关系错综复杂，爱恨情仇就此展开。也许在另外的维度里，我与二姐是亲人，却与小雄素不相识，不断变化身份的我们，不应在意失去什么。也许，在看不到的角落，感知不到的地方，我们总能如愿以偿。

石 强

　　那段经历已经过去了二十多年，差不多被汹涌的现实生活冲得无影无踪。偶尔，在寂静的深夜里，脑子里会突然冒出石强和他老婆，两个人站在一起的情形，让我笑出声。但随即而来的是无边无际的黑暗，我被裹挟着，在时间流里飘荡，轻柔、刺痛、孤独、悲伤。我悲叹的不只是最好年华的白白溜掉，还有莫名的对自己无关或者关联不大的事情的缠绕。

　　我不能闲下来，一空心里就发慌。抄表的日子就像一条蛀虫挖你脑髓，空荡荡的脑子时常产生幻觉：今天应该休息还是去干活？

　　那时候，我的一天通常是这样的：外面香樟树上有了鸟叫，我才拔出任天堂六十四合一游戏卡，扔在一盒子黄色卡当中，最多的已达二百五十合一，但是精品肯定是专题卡或者四合一卡。躺在床上，精神仍然兴奋，游戏总是以失败告终，明天怎么应对，脑子里要有个对策。迷迷糊糊中醒来时间已近中午，慌忙爬起来，骑车赶到抄表现场，老人们开始埋怨我去得太迟，害得他们一上午什么都没做成。还有请假在家等我的，必定是上次多抄或者估抄了，这次要把账算清。我走路像跑步，一个大圈子兜下来，完成现场任务，骑上车往单位赶。

　　有时候食堂里有菜肉大馄饨，我会提前一天跟同事讲好，替我买一份。我一边吃大馄饨，一边看工段长他们几个打牌。我不是喜欢打牌，而是挤进这个小圈子，让工段长知道我出勤正常。下午做账时间更短，隔壁会计室里几个阿姨要给我介绍对象，她们聚在一起对着我指指点点，吓得我 BP 机号码都不敢让她们知道。还有个先下手为强的，直接告诉我周日下午三点在小公园大光明电影院门口见面，还不许多问。我本来真的想去，后来几个弟兄过来打魂斗罗第三代，一起劲就忘了时间。

　　还有几个老师傅也关心我，没到下班时间就约我到一位师傅家里喝茶，喝茶聊天没多久大家都沉默了，我赶紧拆开刚买的红塔山散给他们抽。"还是打牌玩玩吧"，有人拿出早已准备好的牌。第一天玩到晚饭前结束。第二天有人提议来点"浇头"，虽然来去很小，但是我的牌好，还是赢了几包烟钱。打游戏、睡觉、抄表、做账、打牌、打游戏，首尾相接，我天天做白日梦。

　　我几乎碰不到家里人，打牌回来，他们已经睡觉。我醒来，等候我的只有几个冷大饼、几根冷油条，超过碗沿的油条头耷拉下来。三餐没有规律，想吃就吃，想喝就喝，身体发面似胖出来。父母倒不觉得胖是坏事，只是对作息没有规律无比厌恶。

　　打牌时碰到一件事，让我对自己也厌恶了。著名的巡抚衙门旁边，有曲尺形弄堂，崔师傅一家就住在折角处的一个深宅大院里。把自行车扛过三进堂屋，来到崔师傅家客堂，没有任何寒暄，坐下就战斗。牌局没有时间，烟雾缭绕之间，我输了，可以站起来说：结束吧。反过来，没人喊结束。

那天难得我开门红，天慢慢黑下来，牌局才开了个头。崔师母手拉着孩子出现的时候，外面一群鸽子飞了起来，骂声被遮挡许多。老崔声音软糯而执着："不要管她，赶快出牌。"孩子被抛弃在幼儿园，独自坐在将要暗透的大教室里。妈妈穿着纺织厂里的白围裙，戴着白帽子，满脸是汗。她一把拽下帽子，"只知道赌赌赌"，扔下孩子赶回自己的岗位，三班制纺织女工一次只能请半小时假。老崔叼着烟，眯着眼，研究手上的几张牌。孩子哭着喊饿，过来拉爸爸的手，老崔不耐烦地甩开小手。

天全暗下来了，其他屋子传来饭菜香，我们手上的牌张张变得面目狰狞。孩子捧着几块苏打饼干看《猫和老鼠》。电视屏幕微弱光线里，我似乎看到乌黑小脸、肮脏小手。小手正伸过来抓住我心里的某样东西，我不得安宁。我推开牌桌，站起来，没有拿桌上的钱，拎起自行车往外走。漆黑的备弄，长长的甬道，我走了好久，才看见街面上的灯火。灯光里五光十色，我冰凉的手，渐渐热了起来。

那一夜，我没有碰游戏机，坐在漆黑房间里，我对未来想了又想。第二天，我去找了老韩。老韩住在我家楼下，他早早从单位基建科长位置上离职，做起室内装修。他中午也喝酒，我拎了两瓶"会稽山"去。他收下黄酒，但是对我直摇头："工地上杂七杂八的人多，事也多，你应付不过来的。"我说自己闲下来就被人拖去打牌、打游戏，长期下去不是个事。远大理想也没有，空余时间赚点外快，挺实际的。他点点头，叫会计，就是他老婆，帮我印两盒子名片。"项目经理"名片拿到手上，我明白，有项目就有钱，没项目拿不到一毛钱。

老韩的摩托车有股浓烈的汽油味，我坐在后座上，背包里还插着抄表卡，虽然离第一个工地还有点路程，但是我已经强烈地感受到脱离旧生活的快感。

街道办事处腾出整个二楼来搞歌舞厅，我们来到楼下，就听到沉重的撞击声和令人崩溃的电锤声。老韩从背后拍了一下石强的肩，他一哆嗦，停下电锤。老韩介绍我们认识。石强是工头，本来工地上都是他说了算，现在他除了带好队伍，其他都要请示我。我把抄表卡往包里塞得深点。石强比我矮一个头，肩膀却比我宽一半，猛一看像"跳马王"楼云。送走老韩后，我们没有话说了。

他不停地搓双手，木匠总会粘上胶水、木屑，搓几下再握手，表示对人的尊重。但是石强并没有停下来，仿佛要把皮肤都掰开来。我盯着他肥厚双手，走廊里飘来栀子花香味，现实就是这么别扭。一阵电锯轰鸣声后，他突然把手伸进裤兜，拿出一张皱巴巴的纸。他指着一串蝌蚪文解释这是今天工地急需材料，反面记着一些材料商的电话和地址，他把纸头塞给我，扛起一根刚开好的木条爬上梯子。我习惯性地解下腰间 BP 机，上面有几条单位总机的号码，又是那帮牌友。而我完全不一样了，在一家家木材店、五金店、油漆店里，我掌控着局面。还是那些单位，还是那几种材料，我一下手就狠狠杀价。"兄弟，你这样拼命，我真的第一个碰见。""那是你还没有到最低价。"当我非常一本正经地说出这句话的时候，才感到老板的话里有话。木材店老板笑着说："你小子肯定为你爸妈的公司服务。"
我勉强挤出一点微笑，默默吞下别人的嘲讽。

　　我的账记得很细，以至于过了一阵子，老韩都不让我每天
去报账。报账时，他眼一闭，大材料价格听进去，一杯黄酒也
就下肚。"好"字出口，其他不需要再听。我上午早起，中午
到单位交差，饭后跟工段长吹一会牛，发几根烟，看几局牌，
然后溜之大吉。我喜欢看石强哭丧的脸，他的无助显出我的灵
光。他来自农村。一个偏僻乡村的农民跟上了老韩，就像李逵
碰上宋江，前进道路一下子明朗起来。

　　街道办事处还没有结束午休，工地上静悄悄的。午后光线
越发强烈，香樟树上的黄雀也闭了嘴。石强躺在水门汀上直挺
挺地打盹，脸上盖了一张报纸，一呼一吸，报纸颤抖。我扔一
根红塔山在报纸上，他醒了，翻身坐起来，找到香烟，小心收
藏起来。眼前遍地狼藉，工人们都走了，除了帮工小胖。我有
点震惊，心里在琢磨是不是应当马上向老韩汇报。石强看出我
心思。"我正在从老家往这里调人。"似乎那个村子到处都是
备用的木匠、漆匠、泥水匠，似乎这事情最正常不过了。来了
就会走，工钱清一下就跑路。走就走了，有活干的地方多着呢。

　　工人结伙离开石强后的一天晚上，老韩让我和石强一起到
他家里去一趟。走上漆黑的楼梯，石强划亮了一根火柴。他并
不抽烟，我问他带火柴干吗，他说老板抽烟。我想他兜里一定
揣着一包烟。石强身上攒了零散烟，放进一个硬红塔山壳子里。
老韩可不抽他的烟。他只是瞅准时机，帮老韩点烟。不点烟的
时候就木头般低头坐着，灯光把他矮小敦实的身材扩大成一团

浓密阴影。老韩扔给石强一沓钞票："找几个好的来干活，不要把我的牌子做塌。"石强哦了一声就出了门。老韩又咪了一口黄酒，点出三张一百元，递到我手上："干活交给石强，其他事情你要多辛苦。这两天热，跑工地累了，买点冷饮吧。"这个意外补贴让我瞬间想起工段长。他没有一天不板着脸，只有被上级表扬后，他才会叫我们小王、小张、小李等等。全工段五六十人，似乎永远不及他一个人的脑袋。公鸭嗓子一响，走廊里回声不绝。不是有人账做错，就是有人表抄错。他把账本扔到你面前，你就感觉这个月奖金已经预付了几副牌钱。

我揣着外快，走下楼梯。在新村门口追上石强。我找了一个街道办的小饭店，要了几个炒菜，几瓶啤酒，和石强聊天。好多人的拘谨，都能被酒精冲开。冰镇啤酒石强似乎特别喜欢，左一杯右一杯。话渐渐多了。一年前，他还是小木匠，工地上不声不响干活，没人注意他。老韩视察工地，从高速运转中的锯板机边走过，绊到电线，锯板机向他倾倒，飞轮直扑他的胸口。在大家都没有反应过来的时候，石强就滚到了机器下面，用肩和背顶住。大家手忙脚乱地恢复正常。石强被老韩看中，做了工头。大家不服他，经常怠工、敲诈，他从不声张，一个人默默把活干好。他喝酒脸红，告诉我做完这个工程，要回去结婚时，头也低了下去。我敬他一杯，他说不用的，我感觉有点奇怪。

街道办的办事员大声叫着让我接电话，老韩在电话里说马上过来，让我和石强衣服整理一下。不知道有什么重要任务，我们毕恭毕敬地站在楼梯口候着。天已经很热了，街道办催得又紧，歌舞厅已经开始油漆。烟味、漆味、燠热腐臭味，一切都是这么真实，白日梦远离我躯体。老韩上楼，到书记办公室拿了一把钥匙，打开一间办公室。那是一个狭长套间，外面两套桌椅，里面一个大办公台、一个老板椅。我和石强，一个项目经理，一个工程经理，坐在外面，等一位远方客人到来。老韩躲到书记办公室。

重庆客户走进来时，我们差不多在打盹了。我招呼客户坐下，石强出去叫老韩。两人见面差不多要跳交谊舞，你推我让的热烈气氛感染了我。双手举到半空，想鼓掌，猛地意识到这不是演戏。顺势落下，恭请两位大佬落座。去重庆开码头，石强一听眉头就皱起来。客户挥挥手，有伟人气质："哪个大的地方，韩总你太委屈自己了。"做生意，争论到最后，就是个钱的问题。谈判陷入困境。书记偶尔路过门口，立刻被老韩拉进屋子。"远方客人来，我们要好好款待。"书记说了几句客套话，走出房门时邀请客人晚餐。老韩连忙点头："一定，一定，我来安排好。"受老韩眼神支使，我和石强赶忙"下班"。

项目经理斜背着挎包，手拿抄表本和电筒，在拙政园大门前碰到重庆客人，无论如何是一件交代不过去的事情。我不再睡懒觉，晚上打几关游戏，接着摊开一张张当天的收据或发票，简单做账，点一下"公款"，收支平衡，睡觉。拙政园像是刚刚开门，我已经抄完大半条街。我想装不认识都不可能，两批游客中有一个空当，他和我再近一点的话，就要碰鼻子了。"你还这么忙啊！"这是我听到的最幽默的招呼语。"您游览拙政园啊？好啊好啊。"这是我所能说出的最贴切的话。小小的惊恐，在我离开重庆人后十分钟显现。找了个公用电话打给老韩的大哥大。"哦，这么巧啊？碰上他？不要紧，小事一桩。"我没有再见过重庆人，只知道不久后，老韩一个人去了趟重庆，合同签了下来，老韩陪书记又去了一次。

重庆工程一展开，苏州的工地就匆忙收尾。我穿梭在市中心和枫桥两个工地间，石强有时在这里，有时在那里。夏天快要结束，枫桥工地旁的臭水沟孕育着生机勃勃的小龙虾。石强随手捉一只田鸡或蛤蟆，撕下一只腿，绑在尼龙绳上，刚没入水面，就有钳子抓上来，一提绳子，小龙虾更紧咬不放。塑料水桶一个多小时就满了。石强说工程快结束了，晚上给工人们改善伙食。我突然说，我也参加。石强抬头看了我一眼："我自己烧啊。"

为了助兴，我跑到枫桥镇上买了一箱啤酒、几个熟菜。燃油助力车突突突在街上跑的时候，我迎着夕阳，微风里有秋天的信息。老韩忙于重庆的事情，两个收尾工程都是我在管理，压力中有兴奋。

一时间，我都很难相信自己坐在派出所的问询室里。要不是正前方那只挂钟僵硬地以电子跳跃展示时间，我就只感觉时间的凝固，空间也不能辨识。狭窄房间里充满十三香的味道，这是石强的手艺。

我认为局面就应当像工段长、街道书记那样把控，讲规矩、守规则。石强也是新手，他把一帮工人从家乡找来，承诺的高于行情的工钱迟迟没有兑现。每天挤牙膏似的动用工程预付款，石强有私心。他怕这笔钱用完后，老韩还没有续款，自己的婚结得会难堪。老韩近期行踪不定，再说石强也没有讨工钱的勇气。吃着我买的熟菜，胡乱地剥着小龙虾，工人们开始跟石强拼啤酒。一切都是由开玩笑闹大的。

老韩把我们从派出所领出来后，第一句话就是："你们谁都不许跟我去重庆。"好在派出所所长是老韩朋友，打架双方都承认酒喝多了，自己人玩笑开大了。

老韩在臭水沟旁暴跳如雷："活干不好，造反本事倒不小，要不是我保你们，全得吃官司。"各色匠人都是面无表情，石强更是把手搓得皮都要掉下来。望着老韩远去的摩托车红色尾灯，石强的眼睛也红了。他要讲故事给我听，黑夜的边缘已经有点泛亮，我急于回家睡觉。水沟里蛙声、蟋蟀声响成一片，他从硬盒红塔山里拿出一根烟，扔给我："我这是第二次结婚。"

我接过他的烟，两个都不吸烟的人，在黎明即将开始的时候，吞云吐雾。郊区的巷子里，这时候有了动静。黄鱼车一辆辆从我们身边驶过，里面装的东西温暖而实在：蔬菜、水果、水产、点心等等。一夜没睡的结果，让我们感觉像警察，不管碰到熟人还是生人，都想说给他们听，这一夜的变迁。我对石强说，今天你就回老家结婚去。你在这里反而影响大家情绪，反正收尾了。他对我看了两眼，转身进屋。

匠人们横七竖八地躺在新铺地板上，每个人都把被子裹得紧紧的。两头尖、当中宽，活像木乃伊。石强跟在大大小小黄鱼车队后面，低头走着，他的背宽得可以盖住一辆黄鱼车。我在二楼阳台上看得清他铺盖卷里露出的一双筷子。匠人的背上就是一个家。我突然觉得他并不是回去结婚的，这个念头一起，打了一个寒战。

石强的确是回去结婚的。我买回大饼油条和豆浆，就叫喊大家起来。关于石强的底细，他们一个比一个清楚。那是个二婚头。村里穷，家里更穷，石强刚成年就做了人家的上门女婿，被欺负得不成人样。老婆在生产时难产死了。石强跑出来打工，想脱离与那个家庭的关系。老丈人指使亲戚找他回去，告诉他入赘等于做儿子，家里需要一个强劳力。工地上的弟兄帮忙，石强挺过一个个关口，拿最低工资，做最苦工作。直到救了老韩。善事果报不断。老丈人去世后，亲戚各忙各的，没人再找石强了。

现在石强要与同村寡妇结婚了，同样来自那个村的匠人们脸上油光泛红，忘记了昨夜群殴的事，尽全力想象着两个二婚头的新婚生活。漆工思维缜密，见多识广，会从高架木梯角度看众生。他通过寡妇"拖油瓶"眼睛看石强，他说感到既愤怒又恐惧；他又通过寡妇眼睛看石强，那一块块精壮的肌肉，就是饥饿时放在桌上的红烧肉。他一说开，噱头就不断。大家懒得干活，围着他哄笑、打闹。我靠在墙角，今天是结账日，不用去单位，选择一个舒服的姿势听匠人们胡言乱语，没过多久，就沉沉睡去。

石强提了一把斧子，突然向我砍来，我不知道如何是好，撒腿就跑，脚像灌了铅，心里动得飞快，脚上只迈出一小步。石强似乎也受了很大阻力，追赶的步伐仅比我快出一点点。我们之间的距离越来越小，他再伸一下手就能砍到我的背。"啪"
一声，石强被一颗子弹击中，倒了下去。一个老头站在我面前，
手里的枪还在冒烟。我说那是梦啊，一定是梦。老头面无表情
地再次端起枪，对准我。耳边一阵嘈杂，匠人们叫我的名字，
似乎出了什么事情，他们试图把我唤醒。我得意地从梦里醒来。
问我身边的匠人发生了什么。他们大声地喊着，石强被人砍死
了。"是石强砍我！石强被人用枪打死了！"我柔弱的声音一
点不起作用，只能跟随他们来到臭水沟边，一个男人趴倒着，
背上一把斧子，与梦里砍我的斧子同一把。"那不是石强！"
可惜我的话没人听。一群人哄上去，把人翻过来，大家就愣在
那里，齐刷刷地回头盯着我看。我走过他们让出的通道，走近
瞄了一眼那人的脸，听见一个老头一声冷笑，那脸似乎和我的
一模一样。

　　我醒来的时候，石强蹲在我身边。阳光照在他蓬松的头发
上，显出一朵朵乌云。乌云一颤一颤，石强在动脑筋算账。刚
才梦里呼啦呼啦跑来跑去的匠人，正是赶过来领取工钱的。他
手上已经没有一张钞票，工地却像打着火的汽车，安静却有力
地向目的地前进。我向他描述梦中老头的样子，他说有点像他
前老丈人。我问他结婚的事情。他抓了抓头皮："欠着乡亲们
的钱回去结婚，这婚没有什么结头了。我准备让她过来，现在
人工缺，当个帮工。我们都是这种人了，不在乎形式。"那天
分手时，我冷不丁冒出一句："你是不是真的很想砍我啊？"
他摇摇大脑袋："我不会砍你，但是……"他指了指身后忙碌
的匠人们，"再拖下去，他们真的有砍你的心了。"他转身面

对我，充满血丝的眼睛突出眼眶："你坏了这一行的规矩，你什么都不懂！"我愣在那里，夕阳倒映在臭水沟里，居然也美丽动人。

当晚我去老韩家，推托单位工作忙，不再去工地了。老韩急于开辟重庆新天地，希望这里工地尽快结束，眉毛打了个结："总归要等工地收工吧。"我再次表示了坚决态度，补充说了一句，石强把工人工钱付清了。老韩"哦"了一下，点了几张百元钞票给我。带上老韩家门的一瞬间，我感觉不会再去工地，不再与匠人打交道，唯一遗憾的是与石强不再相见。

时间就这样平淡地过了两三年。老韩买了别墅离开了破旧楼房。我也快要搬离了，正准备结婚。在不紧不慢的恋爱过程中，我换了好几个工种，终于到了必须按时上下班的岗位。新婚房子是单位福利分房，一个姓曾的老师傅把他才住了六年的房子脱给我，搬到新区住新房子。他已经是第三次住新房子了，在后来最后一次福利分房中，他又拿了一套新房。而我们总是拿别人脱下的房子，等我们有资历去争取新房子的时候，福利房取消了。

那是一套两居室房子，楼层虽然高点，但是有两个朝南房间。我们很满足。一想到就要离开天天烦我们的老人，我们就加快装修新房的进度。石强，早就从我心里冒了出来。我设法联系到老韩，他愣了一下，随即马上想起我们两个。"石强没有去重庆，听说他要回去结婚。我重庆回来后，就没有见到过他。他也没有联系过我。工钱？我当然全部付清的。"

通常是这样的，到朋友或者同学新房里，感觉不错，就会表扬几句。他们连忙介绍这个木匠、那个漆工。那天我在几家小店买了木匠指定的几种钉子、胶水后，婚房工程开了工。这是几个小伙计临时搭起的班子，我样样看不顺眼。我想摆一些小工艺品，就让他们做一个小博古架，做了拆，拆了做。我失望，他们也快绝望。出门前，我嘟囔了一句："要是石强做就好了。"一个木匠听见这句话，大声叫我回来："你说的石强是××县××村的石强吧？"

新房占了两个朝南房间的优势，客厅就不通风，靠大门采光。石强和他老婆走进来的时候，屋里暗了下来，我抬头一看，"楼云"后面跟了个"郑海霞"。房子快收工了，他老乡才叫石强过来会会朋友，来早了，说不定生意丢了。他照例几个房间检查一遍，向几个匠人关照了几句。匠人们基本上你说你的，他做他的。只有他的同乡木匠，不时停下手中活，应付两句。那时主卧室流行贴墙纸，我们买来的墙纸要对花样，搞得漆工手忙脚乱。"一米开外看不见贴缝，贴墙纸才合格。"石强三年前就这么说，我们三个笑着站在一米外看墙纸。他老婆不耐烦了，一手把漆工拨开，"嚓嚓嚓"，就把墙纸撕下来，重新上糨糊，一张又一张墙纸平稳贴上去。她一双肉手噼啪敲打后，凑上前仔细对准花样，刷子过水，一遍又一遍地在墙纸上上上下下按摩。她不需要凳子，上下左右封堵着进攻的队员。

晚饭，我们席地而坐，还是熟菜和啤酒。只是我和石强面对的不再是他的兵，也不在臭水沟边。他老婆不说话，躲在他身后，他给她夹菜，她就吃什么，从不伸筷。其实她再躲也一直在我们视线范围内。一百瓦施工白炽灯下，她面目清秀，常带着羞涩的笑意。那种大一号的笑意，我理解为包容和大度。啤酒倒进大碗，石强总说，好了够了。与我一碰，却又是一饮而尽。村里的人基本都不跟着他了，小胖都自己拉队伍了，现在的行情，有单子最重要，人一呼百应。单位生意当然最好了，家装他也不嫌啰唆。我问他是否还记得那个梦？他看了我一眼，夹了一大片牛肉给老婆，转过头去的时候，笑着说："什么梦呀，我记不得了。"

博古架我始终不满意，临走时，我请石强指导指导。他顿了一下，拿出卷尺，左量量、右量量，说隔天做好送过来给我看。昏暗路灯下，一高一矮两条人影走得很慢，从楼上看下去，像母亲搀扶着孩子，一步一个脚印地往前进。她似乎回了一下头，她看到的只能是整片的楼房，还有，窗户里透出的各色灯火。

一个大孩子敲开了房门。我把新博古架摆放到位。石强没有来。小弟站在门口没有走。我欣赏了半天才发现小弟有话要说。他伸出两个指头。我关上门，再回头看这件两百元的家具，是石强的还是他老婆的主意，我不得而知。本是一个多好的朋友重逢的开心事，现在飞进了一个有铜臭味的苍蝇。博古架变得匠气十足、面目可疑。我摔门出去。房子开始搞最后一遍卫生。

新婚月余后的一个夜晚，我躺在沙发上看书，目光略微抬起，博古架映入眼中。一米见方的空间分三层，每层随意地分割若干方格、半圆格、圆格，相交处木榫契合。我站起身，细细抚摸，我不懂木料，只感觉细腻紧致，赭红色漆浑厚透亮，暗藏的木纹疏密有致、深浅分明。石强精心雕琢，他老婆的大手包着砂皮来回在木料上摩挲，上一遍漆，磨一遍，如此反复四遍以上。环顾屋中做的、买的家具，竟没有一件比得上博古架的设计、做工和漆工。

　　我顿时有了打电话给石强的冲动，他 BP 机号码却早被我撕碎。我认为他是一个俗不可耐的匠人。那天我明白了，我才是真正庸俗的、自以为是的家伙。

萝卜丝饼

　　"十一"过了没多久，老街上的法国梧桐就开始悄悄落叶，踩在宽大的脆叶上，听得到秋天的声音。

　　我只顾低头快步走路，在石皮弄口，差点撞上一个人。春宝开口就骂："小赤佬眼睛瞎掉了。"侧过身体让我通过，将两只手里的东西往弄堂墙上靠。以往，头上不知要吃到他的几粒"毛栗子"。今天他腾不出手，我很侥幸，也不敢多嘴，只是回头偷偷瞄一眼。春宝右手一只煤炉，左手一只铁锅子。春良比我矮半个头，跟在哥哥身后，端着一盆刨好的萝卜丝，拎着一桶面粉糊。擦肩而过的时候，他给我一个诡秘的笑。

　　我步子慢了下来，头扭向弄堂口。黄昏下饥渴的身体，好像已经闻到老街上飘来的莫名香味。裤子左面口袋里有三分钱，拷酱油的零头。一个两分的硬币，另一个一分的，我的手在口袋里把这两个钱币搓来盘去。终于，我下定决心，快速跑回老街。

　　春良把刚从"王友吉"买来的菜油倒进锅子，蹾到煤炉上，煤炉在家就生好的。小伙伴们都围了过来，我看到他们咽口水的样子。等油热的当口，春宝自然点上一根"飞马"，而春良来回运输做萝卜丝饼的"器材"：滤油铁丝网架、饼托子、小漏勺、长短竹筷、长柄调羹、零钱罐、黄纸片等。

　　春宝闻到油熟的焦味，稳稳坐到小靠背椅上，左手拿住托子，右手用长柄调羹挖一勺调匀的灰色面粉糊到托子里。有了这个底，开始加切得像粉丝粗细的萝卜丝，白白的萝卜丝里青翠的是葱花。生怕饼不扎实，他横使筷子把萝卜丝压紧。"三明治"的上面一层，面糊再铺上去，不见萝卜丝出头，就成了。春宝还有一个招牌动作，左手"绕饧糖"一样三晃两晃，面上的那层糊糊渗到托子边上，饼余出来结实、模样好。托子在油里"潜伏"的时候，春宝开始做第二只。春良的手不知不觉搭到托子长长的柄上。

我们总嫌饼从托子里出来的时间漫长，就在边上催春良，"好了好了，不冒泡了！颜色焦黄了！"春良技术水平不到家，不敢表态，睨视阿哥。春宝一点头，他马上反转托子，轻轻在锅沿上一嗑，胖胖的萝卜丝饼在油里沉浮飘荡着。我们的眼睛盯得发酸。突然，一个人进入我视线，很快，高高大大的身影开始压迫我们，伙伴们不由自主让开一条道，他不客气地排到第一个。其实，春宝手也一停，我看到他眼里瞬间有惊诧。

"您也来买啊？"春宝恢复平静，语言老练。

每个地方，每条街，都有灵魂人物。钟主任就是这样的人。老街居民中唯一上过《人民日报》的。这个主任领导的是一家副食品店。工作自然做得出色，全心全意为广大工农兵服务。但是最关键的是，他创造了学习领袖精神新方法，把学习融入工作、生活的每一个角落。我路过"张长兴"，橱窗里也挂着钟主任店的宣传画，一帮人坐在面粉袋上读《毛选》第五卷。钟主任戴着帽子，穿着围裙，微笑的牙齿都很白。我想到他屁股底下的面粉。他在画面中央偏左一点的位置，男女服务员半圆形围着他，他的脸微微有点侧，光线射上去，左脸略有阴影，却更真实、权威。帽子漏出鬓角里的一小缕白发，我兴奋地捕捉着这些细节，时光真无聊。太阳光肆无忌惮烘着宣传画，画的颜色还没有褪尽，钟主任说下来就下来了。朱红小门总关着，即使打开，里面紧接着一条备弄，幽暗深长。老街这么多房子，他家和紧邻的"司监"成为我们的盲区。

我每次走过小门，就告诉自己，里面有个大人物。与他同一条街生活，有时也多点吹牛素材。大人物接触越少，在我心中榜样力量越强。但是，信仰就是在那天黄昏的萝卜丝饼摊前坍塌的。

"对对，我想买两只。"钟主任的声音似乎也是第一次听见，我虽然没有听过梅兰芳京戏，但固执地将两人声音画等号。

春宝不客气了。"一只四分半加半两粮票；两只八分，一两粮票。没有粮票，一角钱两只。"

钟主任摸出分币，一个一个数到春良手心里，又交了粮票。过马路的时候，一辆自行车猛地驶来，老人赶忙避让，手一抖，黄纸片上的两只萝卜丝饼跳了一下。我们的心也随之跳了几下。钟主任惊慌地伸出臂膀把油腻的萝卜丝饼拢在胸口。从仰慕到失望，只需看到几个动作、几个片段。再大的人物，到头来也是要抓牢两只即将掉落的萝卜丝饼的。

买作业本的三分钱，不够买一只萝卜丝饼。胖肉、东东在身边，问题就不大了。我没有向他们借钱，拿起一只刚出锅的饼，大方地让凑了一分钱的胖肉咬掉一口。结果，贪心的胖肉仅仅把牙齿印留在萝卜丝饼当中。我左右手来回倒腾这块受伤的饼，追问胖肉："来一口吧，有你的四分之一呢。"胖肉捂嘴，摇手。

我轻轻咬住微焦表面的一角，慢慢撕开，不停吸气、吹气，牙齿和萝卜丝的温度都稍稍下来了。粘在脆皮上的萝卜丝使清甜味渗入面糊，与面糊里的咸鲜味形成绝配。我幸福地感觉嘴里硬腭烫出了一个大大的泡，正好细嚼慢咽。一切都暗淡、无声，只有萝卜丝饼腾起的香味最真实。伙伴们早就吃完了，眼巴巴看着我。我把十个手指都舔了个遍，转手向他们抓过去。天快黑下来了。

黄昏，春宝的摊头成为老街社交中心。没有人再去说春宝闲话，春良似乎手艺也好了起来。有时春宝忙着与相邻搭话，停下手抽烟，春良就接过家伙做起来。他做得比哥哥要"煞"。皮焦肉紧。水分控得更干，在嘴里有嚼劲。我让春良更焦点，他不肯，说影响卖相。大家都说看见春良这张脸就想到萝卜丝饼了。笑声绕在黄昏电线杆上。

冬天毫不客气地来了，围在春宝兄弟摊边上吹牛的相邻少了，都是买好就走。只有我们几个不时跑过去看看买卖成果。春宝的伙伴们在盘门打架吃了亏，匆忙拉走还在余萝卜丝饼的春宝，奔回去"复仇"。春宝把滚烫的油锅留给春良，我们很开心。路灯亮了很长时间，网架上只剩下孤零零的两只干瘪萝卜丝饼。春宝还没有回来。我、胖肉和东东陪着春良。起风了，我们都把目光集中在两只饼上。春良站起身，朝南面望了几望。弯腰撤摊。随手把两个饼塞到我们手里，一掰、一分，我们一口就把几乎没有热度的饼吞进肚子。嘴里留着油香，我们一起帮春良收摊。

　　春宝从此没有回家。在盘门狭路相逢的两帮弟兄刚交上火，就被警察团团围住。二十多个人，碰上"严打"，全部进去了。春良守着摊子，我们围着他。边上一下子多出来好几个萝卜丝饼摊。

　　春宝父亲佝偻着腰，从弄堂口出来，北风吹瘪了他的蓝鸭舌帽。春良搀着母亲跟在后面，手里拎着一纸包"齐天兴"点心，一步一拖走向钟主任家。据说"司监"里拘留待判的人多得睡院子，两人一组铐着。在钟主任家能听到哨声和警察喊话声。他们进到钟家不一会儿，我们就在朱红小门外听到备弄里传来哭声。断断续续、时隐时现的哭当中，夹杂着不完整的表述。越不清晰，我们越是将耳朵往门上贴。钟主任把三人送出门，嘴里说着，放心放心。春宝父亲紧握他的手，不住鞠躬称谢。春宝母亲红肿的眼急迫地越过钟主任，向"司监"方向眺望。

　　春宝的一个伙伴被判死刑，他用磨尖的螺丝刀刺进一个打群架少年的左眼。听到这个消息，大家都很紧张。春良已从萝卜丝饼生意争夺战中撤退。我们成天围着他，他的话也不多。每次"司监"一开大门，春良总是第一个跑过去，我们跟在屁股后面。终于等来死刑犯执行枪决的游行。一辆接一辆卡车开出来，犯人五花大绑，光头被两侧警察按低，哪个是布告上的哪个，谁都分不清。车挤出一条人缝，人群一片嘘声。我注意到，春良眼里出现了血丝。

　　我们几个对萝卜丝饼的兴趣一下子淡了，不知道是不是春节来的原因。那年春节春良没有跟我们放爆仗，他陪着父母熬着过节。春宝曾经在打架时敲断人家腿骨、打断肋骨，人送外号"胥门打虎将"。他们被这个阴影重重压迫着。

　　春天总会带来好消息。钟主任步履轻快走进弄堂，一切舒缓了。春宝父母送钟主任出弄堂，恭卑笑脸上泪水纵横。春宝被判十年徒刑，新疆劳改，钟主任出面的结果。获知消息之初，春宝父母为终于没有失去儿子而欣慰。渐渐地，他们得知后来打架的都轻判时，开始背地里说钟主任不卖力。拖春宝去复仇的伙伴只判了三年，而且关在句容。于是，春宝母亲天天走到朱红小门口，大声播送新疆天气预报。绍兴口音浓重，有一股直刺脑门的冲劲。零下多少度、暴风雪等等一个个说下来，对比句容简直是地狱。多少次，她拉住路过相邻，声讨窝在大门背后的钟主任一家。时间长了，大家麻木了。春宝"发配"新疆是钟主任搞的阴谋，似乎一天天在变真。

　　夏天，情况有了变化。春良陪母亲去了一趟劳改农场。老街静了不少，我觉得缺了什么。萝卜丝饼摊从吉利桥一直蜿蜒摆到了三多桥，我提不起尝一只的劲道。

　　春良和母亲回来后，他几天不出门，母亲也再不上街聒噪。我对东东说，春良反常，肯定有新念头。果然，春良主动找到我们。打开一个大纸包，四个黄澄澄、油亮亮的萝卜丝饼静静躺着。热气飘起的时候，我捕捉到一丝异样香味。当我咬下第一口，就知道不再是以前的饼了。饼里渗入狂野、粗放，包裹了一个少年的心思。

　　那个夏季，春良疯长个头，已经反超我半个头。夕阳下，他肌肤黝黑，突出的喉结急迫地上下跳动。我只皱了一下眉。春良就小心地凑上来："味道不好啊？"我故意咂吧咂吧，目光投向高大的梧桐树，若有所思。胖肉、东东争抢最后一个萝卜丝饼。春良似乎不大紧张了，团起油腻腻的纸头，随手往墙角一扔："可能你不习惯这口味。"我马上回应："你在里面加了秘密武器。"春良眨眼笑了，转身回弄堂。

春良的萝卜丝饼摊重新开张，价钱高出其他摊头不少。一块三夹板竖在煤炉前，"怪味萝卜丝饼"几个萝卜丝样的字出自春良手笔。到第三天，春良的父母都出来帮忙做饼，买饼的长龙拐进了石皮弄。队伍里已不止相邻，下班路过的，跳下车就排队，有机灵的，托排在前面的同事带买。一个人往往要买十个、二十个。排在后面的心情沮丧。天擦黑，还是长龙一条。

同行熬不过去，也来排队。春良看见，笑着收钱，客气地将饼装进自制纸袋，交到竞争摊主手上。门前冷落的摊主们，静下心来一起研究怪味配方。研究成果出炉，他们在面糊里放大量的胡椒粉，聪明的甚至点缀以花椒。一时间，"纯味"、"原味"、"辣味"各种萝卜丝饼招牌挂了出来。有些摊主，又以买二赠一拉客。我们也受了诱惑，买了躲在墙角吃。正巧弄堂里经过几只猫，我们连忙把僵在手上的大半个扔过去犒劳它们。

春良一家在老街拆迁之前就离开。那时候，老街只剩他一家萝卜丝饼店了，他租了东东爸爸的一间小门面。据说春良带着父母去了新疆。临走时，春良对我说："怪味很简单，用的是新疆家常调料。"我笑着说："夏天去的时候学的吧，我猜到了。"春良又和我一起笑，然后沉默。春良走后，老街萝卜丝饼摊又冒出好几家，我彻底失去了吃的兴致。我唯一想尝的，就是春良独创的"怪味萝卜丝饼"，可惜，春良至今都没有碰上过。

鼓楼初生活

　　三年前，我从苏州到南京工作，开始每周两地的来来回回。我主要任务是写材料，带领一帮小伙伴日夜不停歇地写作、修改，但还是免不了被推倒重来。每次汇报，我总是一个人夹着厚厚稿子，从楼下走到楼上，都会闻到一股油漆味。开始，我以为是装修味道，后来醒悟，那是我正在冒烟的灵魂发出焦煳味。

　　南京生活拉开帷幕后，我生活半径基本没有出过鼓楼。早上从鼓楼旁的宿舍出发，走路一刻钟到单位。晚上顶着星月下班，回到十平方宿舍，我焦头烂额地躺在床上，像极了一条鱼被扔到岸上。工作压力、生存环境、地域文化、人情世故等各方面都是初体验，对我这个四十出头的中年男人是极大挑战。

　　艰难磨合期里，烦心事也接连不断。疼爱我的外婆被诊断出胃部有问题，她虽然高龄，但我还是希望她能过百岁；女儿高二刚开始，功课压力之外，又有早恋倾向。如果没有跳出时空思考问题、看待现状，那我真要疯掉。好在我没有放弃私人写作。利用碎片时间，在夹缝中写作，看不见太阳，但是星月温柔、鼓楼安详。

一

七年前，扎着马尾辫的孩子，在夏令营结束的那天，说了一段话，大体是不知道爸爸为什么天天早出晚归的，参加了夏令营，才知道爸爸的辛苦。这些话，在阴霾的白天，穿透层层叠叠的文档，扎进我心头。什么是永恒？除了时空，就是爱。

美国密歇根男子里克·范贝克和女儿组成"马迪队"，一起参加了七十多场铁人三项赛，而他女儿坐在一辆特殊的手推车里或小艇中，她是一名脑瘫儿。父亲带她奔跑、骑车、游泳，仅仅因为她是如此喜欢待在户外。范贝克在博客中写道："她是我的心，我是她的腿。或许有一天她会离我而去，但她永远在我心中，真切地激动着我。"

孩子在成长，她也不容易。我只想做好一个父亲的职责。从小我缺乏这样的爱，抱着襁褓里的她，我轻声告诉她，要尽我所有，给她更多爱。

四十多岁的人了，还是背井离乡了。在复杂关系网中，生存很累。人群裹挟着你走，不容半点自主。越陷其中，越感到迷茫。我羡慕自由行走的人，羡慕那些穿工装服的人，他们简单充实。香烟、啤酒、扑克牌。我时刻在为自己打气，时刻要以时间为考量，深度磨合，艰难地爬行。只有在南大操场上奔跑起来，才释放。

操场上的人逆时针一圈一圈地转着，不时有人加入，有人退出。进来的像我，陷入困境；出去的也像我，我不拘泥于这个跑道。大家默默地走或者跑。突然，一位老人呵斥女孩："你就是不能好好坚持！"女孩停下脚步强辩："那么多人，我一直在变道，哪能跑得畅快？"竞争的人多，阻碍也多，跑得慢点，甚至走一走，也在情理之中。可老人却不这样认为，连跑几圈都坚持不了，那以后什么事情能做成？这是我们的逻辑，都为自己的固执找理由。

耳边似乎响起了这样的旋律："你是我的眼，带我领略四季的变换；你是我的眼，带我穿越拥挤的人潮。"

二

走回十平方米宿舍的路，经过鼓楼。六百多年前，朱元璋建造了这座帝国首都标志性建筑，每天报时提醒大家光阴易逝，劝勉百官勤政、百姓敬业。现在，鼓楼无声无息。平地凸起的鼓楼岗因鼓楼而留存，它挡在五条主干道中央，中山路绕过鼓楼向南而去。路上车流人流嘈杂污浊，插上耳机就听到梁静茹的歌曲，第一首《比较爱》："别说了，再说我就要哭了，总之我是一个人，默默走回家，又静静关了灯，是否该提醒你祝我生日，更快乐。"一种伤感突然混进灰尘、尾气间，酸透了鼻子。

鼓楼逐渐隐入高楼间，我耳边出现"沙沙沙"的秒表声。要命的催促声，穿越时空逼迫我脆弱神经。怪不得明朝官员听到朱皇帝召唤，就做好去而不返的准备。时间过去了那么久，有些东西还是没变。一根鞭子时刻悬在我头顶，遮住了自由天空。

幸福，就像玻璃窗外的风景。拼命撞窗户的苍蝇，总有机会飞出去，体内一点一滴集聚起希望和力量。但不能像荷兰人那样。他们计划每四年向火星发送四名宇航员，在那里建立起基地，在基地上度过余生。这是一家叫"火星一号"公司提出的计划，这个计划的起始点是2023年。宇航员的任务只有一个，用余生去寻觅火星生命迹象。

很多科幻电影都演过这样的主题，不同的是，这次来真的。我想着那颗红色星球，望着星际那条虚无的行进路线。知道自己将在绝望之地度过余生，那些宇航员该是怎样的孤独断灭。相比之下，苍蝇还看得见光明；我还在马拉松途中，终将跑完全程。并且，越是煎熬压迫，完成后越是轻松畅快。

想起霍金的思考：人生到底是否有意义？如果有，那么意义何在？出乎我的意料，他首先搬出来的是哲学家笛卡尔，笛卡尔面对镜中的自己，判断肉体与思想是分离的，他可以想象灵魂飞到半空，往下俯瞰肉体的场景。却做不到闭上眼睛不去想任何事情和东西。因此，"我思故我在"。

但是，米兰·昆德拉说"庆祝无意义"：我们首先是活着，被人控诉、被人审判。然后我们走向死亡。……死的人变成死了很久的死人，没有人再记得他们，他们消失在虚无中；只有几个人，极少数极少数几个人，还让他们的名字留在记忆中，但是由于失去了真正的见证人、真实的回忆，他们也变成了木偶……霍金却不是去研究笛卡尔，甚至哲学，他从物理学入手，认为人类的情感，应当也如同宇宙编码一样，说神秘就神秘，说有规律就有其规律。宇宙一百七十亿年以来的变化、发展规律，都是人类想象的规律和变化，因为有些规律或者定律，只存在于演算、推演和逻辑中，并不能得到科学证明。比如夸克的存在。夸克由三个质子组成，愈想去拆离质子，它们之间的引力就愈大，这是一种科学的推断，无人可去证明。人的大脑也是如此，数千亿的细胞，可以及得上银河系的所有恒星。它们之间的变化，产生极富变化的思维，使人类总是生活在自己营造的模型中。如果这个模型失去，或者模型损坏，那么人类意义就会打折扣。

卡尔萨根曾经语出惊人：我们人类的思考就是这个宇宙的思考。霍金更是将宗教、哲学等抛在脑后，说出了全新的人生意义：人生意义就在于我们每个人在我们大脑中建立的现实模型。大脑不仅感知现实，同样也赋予现实不同的意义。

到底是有意义，还是无意义？我站定在昏暗十字路口，四面都显示红灯。我并不惊讶。人生说有意义，就有意义；说没意义，的确一点意义都没有。

雷暴天，站到高层建筑窗户边，眺望金陵万家屋顶。我想起海明威在巴黎时的窘境。那时，他还没有碰到司各特·菲茨杰拉德。他望窗外的屋顶，给自己打气："别着急。你以前一直这样写来着，你现在也会写下去。你只消写出一个真实的句子来就行。写出你心目中最最真实的句子。"我望着远空闪电，也说自己会写出一个个平凡却又服帖的句子，生活也会平淡适意，只是要慢慢来，不急。

三

如果人能够跳出当前时空看问题，就是圣人。大多数人想得到，做不到。平淡生活，觉得缺乏刺激，少了激情。但是忙碌起来，又觉得压力沉重。因此，凡事跨出一步前先回头思量，才是正道。

鼓楼四周覆盖高大法国梧桐树，每次走过，都会踩到一两片宽大树叶。据说民国培植时，有意将树枝分叉压得很低，并且每树只留三叉，代表"三民主义"。我工作后不久，第一次到鼓楼，会议安排在鼓楼广场附近。宾馆不能打长途，我拿着硬币走上大街，想给两百公里外的女朋友打电话。一路上电话亭都改装了磁卡电话，我一直走到鼓楼广场的电信营业厅外才打成。不经意间，我望见夜幕下的鼓楼。拿电话机的手有点僵硬，微弱电流变成历史河流。电信公司承载了鼓楼部分职能，沟通、告知和发布。几百年前帝国首都的人们怎样作息，几百年后我们的后代将如何生存？其实这是很蠢的设问。我连二十年后自己将到鼓楼边上工作生活都无法预知。

鼓楼附近南大学生散发青春活力，与他们并肩行走，总会生出两种截然相反的感触：一是羡慕他们花季岁月，而自己正加速老去；二是青春也没什么，他们随着岁月变迁，阅历增多，将变得与我一样俗不可耐、心力交瘁。

运动与音乐结合，产生叠加效应。记忆、遗忘，交替进行。我常产生这样的幻觉，走过一扇门，就会遗忘刚才一件事。记忆的闸门，那是时间的边界。门是空间的边界。穿越边界，到达另一空间，把记忆留在刚才的空间。

可我对每一个细节都记得清楚。过度敏感，使自己压力增加，不会说不，不将责任推诿。我烟酒都不行，希望用长跑，甚至马拉松麻木神经，用枯燥的文字疏导焦虑。现在，我正走过一扇门，希望侧身而过后，记忆中痛苦因子减少，快乐渐渐漫上心头。

四

总是有一两件事情，让我鼓楼夜行有点趣味。

台风来袭，起风降温。难得轻松的雨夜。我撑伞顶风从鼓楼出发，走向玄武湖。白天黑云压湖的景色已留在心里，此刻，我想黑夜里的湖该更有魅力。一会儿撑伞，一会儿收伞，忙得不亦乐乎的时候，才发现走错了路。

打开手机导航，原来，从鼓楼要走中央路，我抄了近路，直行，是溯中山路而上，到达中山北路。如果坚持不懈往上走，那我很可能来到中山码头，当年迎接中山先生灵柩回宁奉安的第一站。走错路的好处是自己总会心存希望：不远处是目的地了。直到各种提醒在耳目中闪现，才明白自己的走，原来只是一种浪费，浪费体力，浪费时间。但有时就是为了获取未知明天，盲目行走。其实，明天的变数永远无法揣摩。甚至明天有没有，也未可知。当我不断地压迫自己，使自己当前生活更糟时，我看到的，只是那些幸运儿的幸福生活。对我而言是幸福，对他人而言，恐怕不一定是幸福。而我很可能一直这样下去。选择了这条路，不能回头，错就错了，就保持自己的行进节奏吧。

又一天，终于明白，半小时内走进玄武湖，不大可能。于是穿过繁华的鼓楼，经过湖南路后，忽地折返了。玄武门就在眼前，却一下子没有了兴味，自己也感觉奇怪。只是设定了一个小时往返时间吗？也不尽然。上次未走正确的路，没有到达目的地。此次，目标近在咫尺。我难道是《世说新语》里的王子猷？

王羲之第五子王子猷在山阴居住时，一晚大雪，他醒来酌酒，吟诵左思《招隐诗》，忽然想起戴安道，就夜乘小船，一夜才到，但当他走到戴家门口，却不敲门就返回。当别人问原因，他说："吾本乘兴而行，兴尽而返，何必见戴？"

我喜欢王子猷身上魏晋名士之风，洒脱不拘，落拓无忌。此后，人多媚骨。我没有古人最洒脱的纵情随性的游荡，骨子里也不是这种性格，但有时却是好多压抑积累一通，成为负担后，易怒易变。我总希望改变，或许若干年回望，此时此刻才称得上刻骨铭心。

五

周五入夜才回，周日傍晚已离开。人生中是否应当多这些来回？

又到秋天，我记起了张季鹰。"人生贵得适意尔，何能羁宦数千里要名爵！"张翰当时在洛阳，齐王司马冏执政，授为大司马东曹掾。王室争权，张翰托言秋风起而怀"莼鲈之思"，作诗高歌："秋风起兮木叶飞，吴江水兮鲈正肥。三千里兮家未归，恨难禁兮仰天悲。"于是回到了故乡芦墟，后来因此免除了官场争斗之灾。

秋风、莼菜、鲈鱼、适意。这几个词在过去的一千七百多年里,勾起多少人的思乡情呢?或许孤独岁月能磨炼人的意志,或许艰苦时间可以加深对世界的认知。但是看到满街陌生、冰冷的脸,遇到天天上演的无聊戏剧,就想念小小的温暖的圈子里的平静生活。

这个时候,台风来得很多,大家都在微博上发布蓝天白云的消息。将到9月,台风往北直上的多了,自然界就是这么严谨,该来的总会来,该去的总会去。搞乱规律的总是人自己。然而随着人的逐渐强大,一些自然现象也有了人的改造痕迹。人来到这个世界上苦难大过快乐,这是现实宇宙的宿命。

来的车上,去的车上,同样的景致,不同的心境。想着想着,我坠入梦乡。有时候,我几乎认为自己进入了另一个世界的入口。真切又合乎逻辑,我正往宇宙暗黑深处坠落。猛地,我醒来,车子在飞奔。我却仍怀疑梦里的人在等我回去,梦里的事等我回去处理。隔绝我思想,隔断我与梦里人联系的,就是这个冰冷的现实世界。张季鹰的形象也在我梦里,他对我说:"何不归去?"

我归不去,只能把自己的想法逐日记下来,停下笔,就让灵魂自由飞翔。忙碌的时候不要拼命。来来回回多了,心情可能也会随之淡然,我无所求,也就无所谓、无所惧。抽空看古人笔记体小说,更淡然,更有古风、古意了。

六

9月1日,学生开学,我们在秋天继续上班。

心情谈不上好坏，空荡荡没着落。相信宇宙，相信轮回，知道凡人凡事只是微尘般的轻。结果还是无用。只是跳出去看一眼，看开点而已，最终还是要回来，落在俗物尘世间。

有人说到蛰伏，我就想到蝉。幼虫要经过漫长的等待，这个过程短则一两年，长则十几年，最长要十七年。幼虫又得经历黑暗漫长的蛰伏生涯。

玄武湖边已经听不到此起彼伏的蝉鸣了。偶尔有一两只还在对抗着时节。宽大梧桐树不时掉落叶子来了，倒是荷香阵阵袭来。那些蝉的幼虫是否都深深地转入地下了？或者还在踌躇？是否也和我一样，在一条黑暗走廊里摸索，前后都没有灯火。

我又一次拉开窗帘，打开一扇窗，远远地，玄武湖在眼底，还有紫金山。什么都在变，连湖、山都在改变。那么还有什么改变不了的呢？蛰伏背后的意思大概就是一鸣惊人了，但却不是我所愿。我的大自由，我的大境界，在哪里？这个秋天充满挑战。冯友兰先生最后在编写《中国哲学史新编》时，感到大自由、大飞跃，我也这样期待。

午夜的铃声，唤醒记忆。如果手机一天只接到一个电话，那么，就是为了等候这一声铃音。

七

很晚了，我才拿起司各特·菲兹杰拉德的《崩溃》。

现在的生活，已经把自己的时间切成碎片，不容分说地挤到了角落。在接近午夜的昏暗时光中，菲兹杰拉德对我说："必须在努力无用和务必奋斗这两种感觉间保持平衡；明明相信失败在所难免，却又决心非成功不可。"他以惯有微笑轻轻地说："自我就像一支箭，不停地从虚无射向虚无。"他把一生都描述成一个垮掉的过程，外在的是来自外界巨大而突然的打击，另一种打击来自内心，第一种似乎很快、很突然来临，而第二种打击发自无声，一切都在静默中。三十九岁的菲兹杰拉德，那时就已觉得他崩溃了。

初秋阳光还是很猛烈，但颜色已向金黄过渡。昨晚农历七月十六，大而圆的月亮高挂中天，云层浮动，月亮游走，我开车穿越迷宫般的官渡里立交，月光、灯光、霓虹光，开着窗，呼呼而过的风声，今夕何夕呐？在一个新地方，一切都要全新构建起来，而我已不是大学新生。深夜里，我仿佛听见自己内心崩塌的声音。从外表看这几乎来自外部作用，但我知道，这来自内心。荒野里，顺风而呼，声传远处，逆风而喊，无人闻听。这是一个很现实的问题：吃饭还是思想？顺风即吃饭，逆风即思想。听到"咯咯"的崩溃声，我只能想象其中的无奈。崩溃后又怎样呢？菲兹杰拉德说自己渐渐地也成了世俗之人，甚至比世俗之人还世俗。他麻木了。我也会麻木。那些文字我反复读了三遍。

弗吉尼亚·伍尔芙在《一间自己的屋子》里说："当我搜索枯肠时，我发觉去做什么人的伴侣、什么人的同等人，以及影响世界使之达到更高的境界等等，我并没有感到什么崇高可言。我只要简短而平凡地说一句，一个人能使自己成为自己，比什么都重要。"读这些文字，我感到的是绝望。基本上绝无超越这种境界的可能。一直在努力使自己的心静下来，时常把遥远星系作为渺小地球、更渺小人类的参照物，从此解脱世俗尘事。这实在也是一种崩溃，让我所有理念的崩溃。内心全方位崩溃同时，或多或少又构建起一些模块，那些模块怎样堆砌？自然叠放，还是优化组合？现在要做的，不是菲兹杰拉德在门口挂出"当心恶狗"，而是伍尔芙的能使自己成为自己。

八

早晨，南大已经喧闹。我混入匆匆人群，耳边是黄小琥的《没那么简单》。一低头，便看到今年第一片银杏落叶，那是一片黄色宽阔双瓣叶子，静静躺在高大树干下。迎面走来两位白发老人。第一个穿"南京大学"运动服，第二位普通白色汗背心。他们都走得急促，但都精神抖擞，第一个是教授？第二个是退休工人？对于他们来说，这都不重要，重要的是健康地活着。

天气在无形中转凉，走过一个小坡，背风的角落又聚集了几片小黄叶，是大叶子一起带下来的吧？我有点无奈地摇摇头。最好回到过去，或者生活在梦里。这个时节，家门前那排银杏树叶也该黄了吧。我曾经无聊地站在窗口，捧着咖啡静静地看着对面房子，红衣女子固定在一个时间，把自行车搬出一楼，下几个台阶，小区路上已铺满落叶，金黄耀眼，她从容地骑车上班。红色在黄色背景里一跳一跳。

入夜，南大操场上，我用劲把体内的汗逼出来。人很多，跑道上人像烧饼上的芝麻粒。我不停地避让、超越。有时，踩在一堆树叶上，仔细一看，是法国梧桐叶。一叶落而知秋。怎么就能感知秋天？脚下结实地踩到脆生生的金黄叶片。那一瞬间，有被抛弃被遗忘的同感，忽地悲凉起来。有种情绪在滋蔓，我暂时不知道应该称作什么，但与秋有关。

乡镇的朋友午后来看我，吴侬软语，一杯热茶，故乡的味道。

九

满月，应是团圆时。而我却在异乡看张岱《自为墓志铭》。

除了他那几句著名的"十二好"之外，我更注意他的"士不可解"。他搞不懂，为什么贵与贱、贫与富、文与武、尊与卑、强与弱、缓与急、智与愚之间的转换如此之快。张岱七十岁时写下自己的墓志铭，从那以后，他又过了十二个满月的中秋节，可见他的"死与葬，其日月尚不知也"。之后的岁月里，有没有修改墓志铭，我不得而知。但我明白，有时文章就是这样，在激情中挥动，激情消退，就没有再去动一下的欲望。张岱说"何解"其实他心中清楚得很，他的悲剧人生，是亡国所致，满月、弦月的变化，这个看透时事的老人最明了了。虽然那个王朝那么腐败堕落。

《五异人传》中，我最佩服有钱癖的瑞阳。在介绍各位异人之前，张岱说了句名言："人无癖不可与交，以其无深情也；人无疵不可与交，以其无真气也。"瑞阳在妻子生下一子后叹时乖命蹇，与妻分银扣而入京，蛰伏衙门三十年，终于觅得一次发财良机，入袋两万两白银。归乡，妻子已老，儿子已娶，孙儿已有。他忍辱负重三十年，换来晚年幸福。比起酒癖的耋张、气癖的紫渊、土木癖的燕客、书史癖的伯凝，瑞阳更有现实感和亲切感。我从不认为谈论金钱就是无聊。金钱的背后，是奋斗。金钱的作用，是安稳。金钱是幸福生活的基础。伊壁鸠鲁认为，至善至美的生活离不开两个条件：一是身体无痛苦，二是灵魂无烦扰。我们说金钱的弊端，实在是人因钱而生的烦恼，无关金钱本身。有哲学家说："体育运动是哲学式的体验。"在挥汗如雨、全力鏖战时，其他都轻如烟尘，身心沉浸在纯净世界，生命美好。

十年前，我开始读《陶庵梦忆》、《西湖寻梦》，当时读得非常起劲，只觉文字极好，文字如果有他，或者归有光、袁宏道等功力，那便是了不得了。现在看来，文字好只是一个方面，更应该学的是意境和心境。

即便在夜深的时候，绝对的喧嚣和宁静都不存在。心动了，各种因素就都有了。城市声音昏昏欲睡，莫名声浪嗡嗡作响，不知道操控这些声音的人在干什么。一辆又一辆的汽车驶过，让城市有了庄严感。而乡村声音，丰富多彩，是自然的。一切都让人安然入睡，这才是宇宙的恩赐。

十

霍金用实验，证明一件事情。

他静静地坐在一间特定房间里，坐了很长时间。整个过程中，只有香槟和小点心、小饼干伴随他。他离开房间时，发出一封邀请书，诚恳地邀请未来有时空穿越能力的朋友回到过去，与他共进晚餐。他多希望等待的时间里，有人推开门，或驾驶时间机器、时光穿梭机等突然出现。然而，这则邀请虽然一直挂在网站上，但还是没有人能穿越时空。在关上房门的那一刻，似乎"回到未来"或者"回到过去"，霍金证明了不可能。

我却在想，如果有人回来了，也见到卢卡斯教授了，但是教授却看不见他。他在大叫，他甚至跑过去触摸教授歪向右侧的脸，他说："我带了医治你那卢伽雷氏症的特效药。"在他那个年代，已无法生存在地球。小部分人类移居到火星等地，但是科技仍在发展，他回来想告诉教授，他的预测完全正确。地球，从火星居住点观看，无时无刻不在燃烧，蔚蓝星球成为火球。霍金在 2012 年预言，千年之内地球必定毁于核战争，人类只能回归太阳系，做流民。他回来了，但是时空交错，眼前只是教授的幻影，这维度与那维度，隔了无法超越的鸿沟。我不知道霍金是否也有同样的想法。他的屋子其实充斥了穿越时空而来的人，但无法在同一时空维度相见。

前天，在领稿费汇款窗口，我坐等款子，一位老人走过来，靠在我边上。我瞄了他一眼。几秒钟后，我让位请他坐。老人也是领款，他一张身份证递向窗口。1925 年的老人，一口纯粹苏白，笑着说自己一年不如一年。我说蛮好的、蛮好的，他名字只与我差一个字，他最后一个是泉。再遇到，只怕不可能了。人生每刻都在与现实永别：不会再去某地，不会再见某人，不会再闻到那种气息，不会再听到某种声音。每一次都会成为不可能。此刻，我又开始相信霍金的实验，有些事情不可能再出现。

这世界的复杂，王小波早就有过睿智的看法："人活在世上，就是为了忍受摧残，一直到死。"想明白了这一点，一切都能泰然处之。只是，他也不可能再回来了。

十一

这是一部官方的苏州宣传片，起头还是那句名言："她用古典园林的精巧，布局出现代经济的版图；她用双面刺绣的绝活，实现了东方与西方的对接。"

城市的每一个镜头，我都熟悉不过。这真是件要命的事情。平江路上，一个小店主用报纸遮住脸，仰躺在藤椅上午睡；老手工艺人在蟋蟀声中坚守着非物质文化遗产继承人的称号；昆曲艺人，多把人生来入戏。这是糯酥的"徐调"，每次听到这曲调，我都会回到童年。广播书场就要结束，末尾放徐云志老先生的弹词开篇，催促我们这些孩子，睡吧，睡吧，梦里才是天堂。现在醒悟，人生苦痛，居然也有覆盖不到的地方。比如梦里，比如酒里，比如昏迷失去知觉。痛苦的根源，是因为人的思想。思想灭绝，痛苦逃遁。又是时间，每一秒，每一分，滴下的都是尘埃，我们不久也将变成尘埃。

苏州古城就是千年老僧，他静静地看着过往的人，不管是阖闾、夫差，还是贩夫走卒，不管是范仲淹、顾炎武，还是戏子伶童，在他眼里，都是匆匆过客。"时间的重量"里，那瞬息而过的镜头，就是对渺小生命的诠释。我从小住在阴暗潮湿、粉墙黛瓦的宅院里，上老虎灶，吃大饼油条，玩皮筋香烟壳子，跳进人防工事"探险"。遥远的事情，在梦里逐渐清晰。好梦旧事，人就老了。

如今，城市大多喧闹无序。四面八方来的人，把宽大的梧桐树作为栖息场所。城市最怕改变。苏州这样，南京也是这样。但是城市最终都会变得面目狰狞。现时的苏州美，不是童年记忆。离开苏州，才有感触，与梦相吻合的，只有已经逝去的我童年的苏州。时间在不断向前爬行，老苏州只在我梦里、记忆里。

十二

中秋。苏州已闻不到桂花香。

前几天傍晚，南大操场跑步。一圈又一圈，我不断超越其他人，又开始不停追赶，无休无止。迎风就能闻到桂花香。今年南京桂花特别香的原因是天气晴朗，早晚凉爽，中午闷热，俗称"桂花蒸"。真是一种受虐的脾性。压抑越久，似乎爆发越激烈。

我想到一位诗人。他在机关工作时，藏起书籍，不发文字，静心思考和严谨记录。忽然有一天，他被调到一个清闲单位，爆发出的诗情才情让人瞠目。一年半时间，写出两首长诗。他说写伤了，我想他被压抑太久，而爆发却又太激烈。我很难说自己是否正处在他以前的状态。

印光法师静土宗修炼方法，精辟独到，只要发心信佛，在内心每天默默念阿弥陀佛，即是修行，简单到与走路、跑步一般。难的是坚持。简单背后就是枯燥，日复一日，年复一年，疑虑、困惑、厌倦等等接踵而至，甚至对信仰的怀疑。有人说，如果失去果报信仰，那么人类必将陷入末世。地震频繁、人竞相残，末法时代诸相已现。

桂花在寺庙里，与暮鼓晨钟相得益彰。世间的一切，都像丰子恺先生欣赏的那样："流光容易把人抛，红了樱桃，绿了芭蕉。"世事虽难料，但是不管坦途还是逆境，不管轻松还是艰辛，时间总是一天二十四小时，季节总是依次更替，人总是走向衰亡。公平就在凡事里体现。至于激情，无非给自己一个继续表演的理由。就像桂花，一定要制造浓香才让别人知道自己的存在。

其实小时候我不喜欢两样东西，一样是杏仁，另一样就是桂花。杏仁糖吃到嘴里赶忙吐掉。飘在糖芋芌里的糖桂花用筷子挑出来。我怕浓烈的东西。浓烈就是刺激。我一直躲避刺激。那个阳光逼人的午后，童年的我走在老街，去几十米开外的老虎灶泡开水，这几十米接受的信息，得到的感受，注定伴随我一辈子。这其中似乎就有桂花香。闲人的目光的确有刺穿人身的本领，话语也有摧毁人意志的作用。走出老宅的那刻起，我就知道，以后每一步都要靠自己。

那些刺激变成深刻回忆，声音、香味、颜色。桂花，也在其中。十公里跑结束，我慢慢地行走在南大校园，呼吸逐渐平复，肺叶里充满桂花香气。同样一种自然现象，有人爱，有人恨。某些时候被爱，某些时候被恨。人大概也是这样吧！

一路 风景
YI LU FENG JING

宇宙 世界
YU ZHOU SHI ZONG

运动 留痕
YUN DONG SI WEI

市井 生活
SHI JING SHENG HUO

家族 记忆
JIA ZU JI YI

情感 笔记
QING GAN SI YA

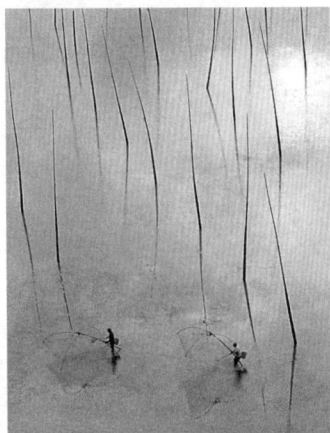

在路上

"要么旅行，要么读书，身体和灵魂，必须有一个在路上。"
在微博上读到这句话，我正在旅途，手里拿着一本书。车窗外
是武隆山脉的盘山公路，阳光随着车头转向，不时照到我的左
手，光和热，传递到体内，心里就装上了温暖。

七年间，凯鲁雅克搭顺风车，在全美游历。突然，有一
天，他停下来，扑在打字机前，三周时间写出二十七万余字的
作品，这就是著名的《在路上》。但是，我偏爱他的《孤独天
使》。面对霍佐敏山，杰克在孤独峰顶当上夏季山火瞭望员。
连续六十三天，没有下山一步。他癫狂、嚎叫、沉思、坐禅，
虽然只带了一本《失败的上帝》，但是心里却一直默念着寒山
子的诗、《金刚经》和《楞严经》经文。这大概是"必须有一
个在路上"的范本了吧。

其实，细细研究这句话的根本，无非是"读万卷书，行万
里路"的翻版，古人含蓄，余韵较多。旅行，体验迥异的人文、
环境和历史；感悟，也总比书中转述要印象深刻。而我行走得
来的，比书上看来的少得多，因此格外珍惜"在路上"的机会。

山区初秋的风已经凉了，吹到身上，我想起戴红领巾的岁
月。迎着初升太阳朝学校跑去，新的班级、新的同学、新的气
息，白衬衫已不粘在身上，随风鼓起。我踩上草地，黄色多于

绿色。四周很静，只听得见马粪堆上苍蝇嗡嗡声。抬眼望去，针叶林、小水潭、灌木丛，以及戴红帽的老头和黄帽的老太旅行团。我在草地深处，仰天躺下，呼吸、再呼吸，就像一粒石子被投入深潭，无声无息，销声匿迹，就这样简单。人在天地山脉间，实在太渺小。

山区的县城，就是山城。晚饭后，我独自在奇妙的立体城里闲逛。乌江水是这个小城市的灵魂，与其说江水穿城而过，不如说县城滨江依山而筑。过江大桥离水面几十米，岸边建筑远近参差错落。一栋高大建筑，下面几层入口在沿江街道，而从背江街可以走入那栋楼房的上面几层，几乎每个建筑都设有这样的迷宫。我站在桥面，两岸深切，江水涌动，远处星星点点的灯火连接到星空。过山风疾吹桥面，刚才一场雨，迎风的桥一面，已经干了。

这个地方从来不缺水，迎面走来的女性，都很精致。赶夜生活的女子，都精心打扮，不肯随便。一个女孩在下陡坡，长长坡道没有台阶，高跟鞋女孩自有办法。她侧过身，以几乎倒走的姿势一步一步往下踩，"橐橐橐"的皮鞋声从容淡定。大老爷们三五成群聚在鼻子都找得到的地方。光着膀子，围在露天火锅边，花椒、红油、香料散发麻辣生活味道。他们大声说笑，大碗喝酒。转过街角，遇上横街居民，他们延续着我们曾经的生活：小桌椅摆到街上，大蒲扇啪啦啪啦响，乡邻们围在一起大摆龙门阵，时不时与路过的小贩讨价还价。一些妇女躬身背着背篓，轻轻地沿街走过，身后小店广告用的是红色粘贴纸：冻粑、抄手、乌江鱼和江口鱼。背篓几乎无所不装，孩子、

　　木柴、水果、蔬菜、大米等等。横街的尽头，一堆一堆的金黄玉米摆在居民门口。一辆车停下来，几位老人走出来，对着街道指指点点。该不是又在为开"农家乐"而讨论入股问题吧？我坐进羊肉汤店，十五块钱买了一碗，小伙子端来几个小碟子：酸菜、萝卜、豇豆和花生，说是配汤的小菜。我笑着说他还是童工，他仰头拍胸脯：我已经十九了，店里的菜名和价格我全报得出。高高瘦瘦，头发长长，他中气很足。我穿过大广场，大功率播放器，成群的广场舞妇女。一旁，乌江水默默流过。

　　当我躺在宾馆床上看书时，深夜的山城已进入梦乡。这只是我旅途中的一个小景，就像随意翻过的一页书。简单平静生活，享受的是当前，看到的也只是当前。然而，为什么我们非要看得那么远呢？绝大多数人在绝大多数时候，过好当前已足够。至于"人无远虑，必有近忧"，是写给精英的，而普通人则是"山石之旁，风来自干"。

　　路上的喧嚣、浮华、倦怠都归于平静。杰克望见霍佐敏峰闪现的北极光，忽然想起了寒山子的诗句："碧境泉水清，寒山月华白。默知神自明，观空境愈寂。"读完这首诗，有些疲倦了，我想，就这样安静地在山城浓浓夜色中睡去，也是旅途中的一件美事。

敦煌

　　一个不大不小的问题曾经困扰我。为什么滚滚红尘中，大众多浮躁；而遐州僻壤，不乏清奇高古之士？那天清晨，沙尘暴远途来袭，车在高速公路上艰难地跑着。突然，一阵狂风吹开浓密云层，太阳光线唰地一下撒到我眼前，那问题的答案几乎同时跳进我脑子。我们放眼四望，都是人造或人改造之物，自然的原始痕迹极少，钢筋水泥、五光十色，人们沉湎于自我陶醉。那些偏僻之乡，眼之所见，都是岁月凿痕，心情难免苍凉悲戚，敬畏时空、敬畏自然的心也就长存于心。

　　各地走来，俗的、美的、壮的、绝的，打动我的都是一时。唯有敦煌，一见就能让人落泪，离开多年，至今依然思念。对敦煌情感的再度泛滥，只缘井上靖的《敦煌》。这部 1960 年完成的作品，荣获日本每日艺术大奖。然而，我首先接触的井上靖中国历史题材小说，却是他八十岁所写，被称为"历史小说明珠"的《孔子》。

　　摸索历史的蛛丝马迹，不露痕迹地植入情节，细致入微地写历史小说，这就是井上靖的风格。二十年前，我在《孔子》的扉页上认真写下孔夫子的名言："吾生也有涯，而知也无涯。"小人物带来大震撼，这样的感受一直延续到细细阅读完《敦煌》。国人的历史小说，帝王将相、恢宏气势，满足读者窥视宫闱秘事、权谋较量的欲望。井上靖则不同，关注普通人的命运，选取的切入口也是平民视角。《孔子》中虚构了一位小人物"蔫姜"，这名夫子身边的侍从，在孔子及其弟子过世后，叙述他追随孔子周游列国，最后回归的故事。井上靖曾经沿着孔子迁徙的路线，来到上蔡、新蔡、新郑等地，在颖水边，老人流泪默念："逝者如斯夫！不舍昼夜。"当时已经八十岁的井上靖，思古之情上穷碧落，下达黄泉，相信孔老夫子也会动情。

《敦煌》小说的主人公是"大宋国潭州府举人赵行德"。1900年，晚清道士王圆箓用枯瘦、颤抖的手打开了一个被封闭了九百五十年的小石窟——藏经洞，里面堆满了五万余卷经卷、遗书，封闭千年的秘密至今未解。在《敦煌》里，井上靖自有安排，赵行德手书《般若波罗蜜多心经》的一小段注释道出井上靖所猜谜底：沙洲将灭而藏经。五年前的秋天，我们沿着河西走廊，从兰州一站一站缓慢前行。中学时代，一只毛笔书写"武威至苏州"的木箱子，一直摆放在四层到五层的楼梯拐角处，上方是通向楼顶的铁把手，我脚一踩"武威箱子"，就攀上铁把手，然后一步一步往上爬到楼顶，坐在水箱边的管子上，时常想象武威是个什么样的地方。那一次旅行我才知道，武威就是凉州，出土"马踏飞燕"的地方。出了武威到张掖，在大佛寺卧佛前，当地人看着灰浑的天空，说快要刮沙了。果然，在嘉峪关城垛上，顶着沙沙作响的风，我可以扑上去，而身子不倒。如果这样的天气持续，就不能到鸣沙山，莫高窟也要关闭。我们心情颇为沮丧。

嘉峪关的宾馆里，细沙在夜晚悄悄穿进门窗，早上起来，桌子上、被窝上，满是一薄层黄沙。我焦虑地推开窗，奇迹出现了，晴空万里，风止云停。就这样，我们走进了绿树成荫的敦煌。当我后来读到井上靖的这段文字时，敦煌城市模样重回我眼前。"出售百货的商号鳞次栉比，粗糙的石板街上，汉族男女老少摩肩接踵。"那时，这个城市叫作沙洲。岁月留下的光与影，总让人恍恍惚惚。九百五十年前的隆冬，赵行德正忙着从大云寺内往外抢运经卷，李元昊的西夏部队马上要攻入沙洲，北宋夹在回鹘、吐蕃、西夏之间的这块"飞地"即将沦陷，他要抓紧时间把经卷运往距离沙洲五十里的千佛洞密室。井上靖在探求赵行德思想轨迹的时候说："行德看来，人类日渐渺小，人生益显得毫无意义。他开始对有意赋予人类渺小与无谓某种意义的宗教深感兴趣。"

　　这实在是对普通人最大的鼓励。赵行德、张行德之类的名字虽然不会流传于世，但是，信佛向善，机缘巧合，使信徒抛开金银珠宝，竭力保护战乱当中无人关注或不屑一顾的精神财富。赵行德们的善举将随经典永存。鸣沙山的沙漠里，我发现一株骆驼刺，不多的枝叶被骆驼啃食殆尽，四周除了沙还是沙，没有伙伴，只有它自己深深扎入地下，又高高昂起头，刺向瓦蓝的天。赵行德那个时代，莫高窟已经开凿很多年了，在他之后还再建不断，我们并不知道凿洞工匠、雕塑师傅、彩绘艺人的名字。这些骆驼刺般渺小的普通人不会知道，他们创造了人类奇迹。我在洞窟里的飞天画像下突然感悟，美丽的飞天莫不是艺人们灵魂的化身。古代印度神话中，飞天是娱乐神和歌舞神，后被佛教吸收为天龙八部众神之一，主要任务是在佛国内献花、供宝、奏乐和歌舞。艺人们赋予这些佛国的艺术同行以人类特质，他们用画笔使飞天永恒，使自己灵魂不朽，两者完美融合的飞天，永远侍奉在佛陀身边。上下台阶、进出洞窟，我们都怀敬畏心，不出一声，不敢惊扰，静静地用心感受绝世珍品带来的震撼。

莫高窟被茫茫戈壁和沙漠包围，精美的艺术与粗犷的自然形成强烈对比。太阳西斜，"九层楼"阴影加深，西北风刮到身上，寒意渐浓。千百年来，风沙一直这样猛烈，从未停止。赵行德之后的漫长岁月里，黄沙渐渐堆满了洞窟，一切就这样静了下来，莫高窟在黑暗中等待重光的日子。密室里的经卷也在等候那支撑木柱咔嚓的断裂声。不管是井上靖虚构的蔫姜、赵行德，还是现实中的王圆箓，都怀着虔诚心，守着孤寂，或许只有在孤寂中，灵光才能闪现。我想起《孔子》结尾，蔫姜的那一段自白："暴雨！惊雷！闪电！让我们就这样坐着，凝心静气，肃然倾听这天地的声音，虚心坦怀地等待天地息怒，恢复平静。"我望着流动的沙，似乎看到岁月留痕。闭上眼睛，千佛洞光芒闪耀。

大湖小景

　　有一个大大的湖，在我们身边安然躺着。应该说，是我们围着这个大湖生存，一代又一代。古时候，她有过响亮的名字，叫"震泽"。我望文生义，开始相信湖是天上落铁砸出来的。现在称太湖，传说这名字又与天庭有关，我们的先人有智慧，不管怎样，大水与上天关联起来，总不会错到哪里。如今，太湖变得越来越近，以至于枕湖入眠的记忆都很遥远了。

　　十多年前的夏天，大桥刚通不久，洞庭西山的宾馆订得满满的。会议报到，接机接站，我们在宾馆等签到。驾驶员开得谨慎，只是在接到会议代表的时候通报一下，我们不敢打电话催，坐在大厅里无聊地聊天，天色在不知不觉中渐渐暗下来。没有月亮，灯光格外显眼。只要环岛公路上车灯闪烁，我们就急切地探头探脑。夜深了，整个太湖都静了下来，湖要将息，我们却还坐着，烦躁不安。车终于靠到宾馆门口，代表们满脸疲乏，浑身汗酸。嘈杂一番，混乱一阵，终于暂时停顿下来。推开后门，我独自走向湖边。窗外的黑，裹住了太湖和天空。是星星，还是渔火，好一阵子，我分不大清。我站在水边，波涛拍击太湖石，空灵澄澈，这是太湖舒缓均匀的呼吸。湖在夜色的保护下，睡得安然。岸边的每一块石头，都要比我们古老得多。我们只是一瞬间，而它们才是恒久。我悄悄地离开，多想趁着浓得化不开的夜色，追随天时，按时作息。但是，外在的压力，内在的拖沓，让我一次次违背天时，逆对天地之息。

太湖第一湾。十年前的冬季，我们来了。谁也没有觉察到大雪纷纷而下。我们在暖气足足的室内热烈地交谈、争论，精力比得上光芒四射的日光灯。不断升温的气氛，我感到呼吸困难，唰地拉开窗帘。我惊呆了。童话般的世界，全景般展示在我眼前。扑簌簌的雪片，像一只只白蛾，在黑夜编织的丝绒毯上，随风起舞。我们住在半山丘，正对湖湾。整个山丘都是银色了，稍远一点的湖湾呢？不见了。只有围在湖周围的一条白带子了。一时间，光与影的对话，在我心里撞响。佛经说，当灵悟的火炬点燃时，洞中的黑暗就转变成光明了。太湖此时是黑暗的，然而，只要再过几个小时，又一定是波光粼粼、水色苍茫了。物质世界的一切本无颜色，对太阳光芒的吸收和反射，才构成了人类视觉盛宴。从这个意义上讲，光明与黑暗本质上自始就是一个东西，从光明转变为黑暗，或者由黑暗转变为光明，只是发生在我们心里或者主观的意识里。

转眼春天将尽，我们又漫步湖湾。太阳即将直射北回归线，日脚变得越来越长，夜色不再漫长。放眼四望，湖岸线蜿蜒曲折多，环湖山势连绵起伏。杨万里曾经写下这样的诗句："天教老子不空回，船泊山根雨顿开。归去江西人问我，也曾一到惠山来。"古人说到太湖，就想到名山，可见这里的山与水，已经融为一体。如果说东太湖是温柔平和的美，那么这里就是妩媚俏丽的美。

秋色渐浓，桂花、菊花相间开放。夜色中，我感觉那是来自东南方向最后的夏季风，吞吐着温润的空气，草根、泥土、树叶的清香，衬托着金桂的艳香。夜还未深，西北的侵略军前锋已经杀到，雾气一下子蒸腾起来了。起雾是太湖的主张，显示对抗冷空气的勇气。头顶上的圆月，也出现月晕，整个湖湾都陷入迷醉。年轻的我，雾气中穿行，心事重重。禅师青原惟信曾经说："当我开始参禅时，见山是山；当我自认了解禅时，见山不是山；但当我完全认识禅时，见山仍旧是山。"我不解禅机，只是想解开心事。那时，夜色中的湖和山，确实沉入黑暗；当我试图解开谜团，看到的却是环太湖明亮的灯光带。最后，终于迈过一道坎后，那夜色中的湖和山，还静静地躺着，没有任何变化，我却也没有感到预期的轻松。

白鹭笔挺着身子，擦着芦苇花轻快飞过，逆着芦苇倾倒的方向，风筝似滑翔。从今年春天开始，我们借跑步亲近太湖。固定时间，来看太湖，变成一种享受。季节更替，感受也在变。湖色明暗，草木荣枯，动物鸣叫，伴随我们跑过一个又一个十公里。站在伸进湖水的长长栈桥上，安静的湖，亘古的潮汐，引发内心的平和与豁达。此景此声，亘古不变。变的是我们的心，即使只要半小时车程，大多数人也不愿亲近太湖。

风吹芦苇，苇秆倒伏，我手中的水瓶微微颤动，一半水的瓶子，发出嘶鸣。那一年盛夏，在青岛海滩上，我捡起一个海螺壳，凑到女儿耳边："听，里面有什么声音？"她好奇地听着："那是不是老远老远的大海的声音啊？"现在，太湖也在我手里了。只要愿意，我可以一直靠在木栏杆上，听湖的声音，望湖上的风景。

夜戏

秋分，再到池州，不上山就感觉舒爽。"池州"两个字写得飘逸，像极了灵动的平天湖。我就住在湖边，一推阳台门，好大一片水。水一直漫到脚边，夕阳下，水草随金色波光摇曳，不知是享受还是无奈。

天黑了，我绕湖走路，四周静寂，似乎只有我脚步声。水面偶尔起动静，"哗啦"一下，大鱼往空中翻个身子。宾馆小，走没几步就兜拢一圈，几圈下来，已经把每个建筑记得清楚。于是，我快走出宾馆。外面，车子速度快，常开远光灯疾驰。走得有点不踏实，我又回住处，踅入一条小径，似乎通向花圃。路面陈旧，卵石破损，两边随意停着自行车和电瓶车。路越来越窄，浓密竹林夹道，糯湿的空气里，有清香味道。官方介绍池州，第一句话说得好："池州是个小地方，但池州是个好地方，有山有水，有河有湖。"大概竹林也得了灵气，在雾霭里释放生命渴望。于是，那些味道又有了怀旧气息。顿时，我有点像《高窗》里的马洛。经过漫长等待后，马洛心神不定地沿长长走道，进入一间玻璃暖房。在闷热潮湿的、散发着葡萄酒味的小房子里，他见到了以"酗酒法"治疗哮喘病的默多克太太。我揣测小径深处是否有位巫婆等我。深夜，正是结算命运的时辰。可现实令我失望。花圃两扇小门不知去向，整个门框摇摇欲坠。里面是更破烂的道路，没有玻璃暖房，更没有老妇人和水晶球。往里再走了几十步，路消失在砂石地里，我就回头了。突然，感觉身后有声音，我仔细一听却是自己的，停下，又无声无息。再走，又有声音。大概我与自然的声音合而为一了吧，我乐观地估计着。离地藏王菩萨极近的地方，得道的又何止高僧呢？

　　夏天的时候，我们上了山。秋天深夜，我躺在平天湖畔，遥想南方，心中充满虔诚。闭上眼睛，眼前出现"小小人"，带着金光飞来飞去。还是散步时小小困惑影响吧。不光是能够"钻"入我意识里的"小小人"，可能有"人"在水里、在竹林里，静静地看着我，来回游弋、上下穿梭，不知疲倦。意识还清醒，我想起《陶庵梦忆》里的《金山夜戏》。中秋后一夜，张岱雇船过江，经金山寺，已二更，停船进入龙王堂，整座寺庙"皆漆静"。张岱兴起，呼叫仆人演出"韩蕲王金山及长江大战"等剧目，闹得寺里老少起来看。演完，天已微曙，张岱一行解缆过江，山僧望着长江水，一时不知演戏的是人、是怪还是鬼。张岱率性、戏谑，"好梨园、好鼓吹"。他既看戏，又夜戏僧人。而我已沉入梦中，梦里无事。猛然惊醒，想到俗事一桩，白天不得解，夜半梦里暗示事件演变的另一种可能。那种可能性在漆黑的夜里，显得清晰、明了，逐渐放大，最后竟成非此莫属的必然了。此后，杂念渐多，睡不安稳。枕头在不时醒来的我眼里，渐渐变白。事件的脉络却又模糊起来，疑虑重上心头。湖上有了生机，水鸟掠过水面，一声叹息。四周秋虫呢喃也轻了。

　　起床，拉开窗帘，推开门窗。大片雾霭罩湖面，像人的心事，每天都会如期而至。额头碰到了蜘蛛网，是喜蛛吗？即使这样，也只能保持一天的开心。太阳高了，不一会儿，雾气消失无踪，我转身关上阳台门，外界喧哗被我挡在外面。宁静世界真有这么静吗？我不知道。

界江之南的梦

　　遥远 7 月的一个黄昏，我静静地躺在界江之水南侧，似乎睡着了，时间因此停滞。我从何处来，要往哪里去？如何成为界江之南此时此刻的自己？我绕来绕去，回答不出来，一时竟连身份也模糊。"它不需要我们的瞥视和触摸。它并不觉得自己被注视和触摸。它掉落在窗台上这个事实只是我们的，而不是它的经验。"虽然脑子里迸出辛波斯卡《一粒沙看世界》中的几句诗，但我相信必定有一种力量在"放置""一粒沙"的同时，也作用着我。

　　依稀中，我好像重新回到黑龙江流域博物馆，荒野、动物世界、人类社会，这是自然界的进化史，也是物种的灭绝史。我一步一步向二楼攀登，身边墙上贴着一张张图表，最显眼的是地球物种灭绝时间表。科学家推断，最终物种将完全在地球上灭绝，最后在地球上消失的，依次是人、鼠、虫子。那将是一个可怕的地球末日，或许静默就是永恒，永恒就是无所谓生命、无所谓时空、无所谓宇宙。再没有生物的意识能够反应这些，失去所有意识，等于失去整个宇宙。彻底的回归，回到生命、地球甚至星系诞生前的死寂。

　　西面紧邻的建筑就是萝北口岸，晚饭就摆在界江边的一小片空地上，篝火、烧烤、俄罗斯啤酒。东北人手指对岸，俄罗斯这个地区并不发达，不像其他口岸那样有热闹景象。那时刚过大暑，白天还漫长，却已遍地虫子鸣叫，我一下子就闻得到极北旷野的味道。眺望着北方，我目光越过哈巴罗夫斯克，到达西伯利亚，不久的将来，那里发动的寒潮改变我们的生活方式。

入夜，整块天空蓝蓝地让出星星，淡云飘荡，弯月朦胧，繁星闪烁，北斗七星高悬头顶。夜行，在界江南岸。长长道路，没有灯光，不知名虫子扑面打来。"提一下鼻子"，东北人教我深呼吸。江水静静打着小漩涡往东流逝，听不见声音，潜流深深。

在寂静漆黑的界江之夜，我沉沉入睡。梦里出现喝界江水养大的梅花鹿，我拿着嫩叶喂它们，轻轻抚摸它们。赶进栏的时候，我看出它们眼里悲哀。一鞭又一鞭响亮地抽到身上，它们才不情愿地回到封闭空间，向往自由是动物的天性。突然，梦里又出现宏大场面，似乎是东非动物大迁徙，角马悲壮渡河，幼弱者难免被尼罗鳄拖入水中，母马在对岸看着孩子逐渐没入水中，生命消失在漩涡里。她悲伤地离开。为什么我梦里总多悲情？

凌晨三点三刻，天亮了，我醒了。起身，拉开窗帘，界江之北灯火稀落，雾霭轻绕。从额尔古纳河过来的水，流经了千百代。我们终会离开，江河仍在继续流淌。星空、河流、森林，人只是一瞬间，此时此刻，如同"一粒沙"，被放置在这里，眨眼间就将消失无踪。虽然一瞬间，但是受苦的本质不变，人生就是要挨过痛苦折磨，没有选择。我无奈又无聊地懒懒返回床铺，很快又跌进另一个梦。

　　界江之南的原始森林，高耸入云。宝藏多得连小草都是药物：刺五加、蕨草、白癣皮和寒露草等等。界江上空棉絮般的云层，我盯着它看，想刺破它，看到后面的眼睛。我们的空间是一个大大的玻璃球，我们被关在里面，被用来做实验，我们无知无觉。就这一块小小的星球让我们搞乱。记录我们破坏的每一件事情。有时给我们提醒，有时用莫名灾难惩罚我们。那无数的眼睛在笑我们，看我们，直到我们走向终点，又换一块实验田。

　　宽广的东北黑土地，一出发就是几个小时。路两边一望无际的作物地。广袤、整齐，让我沉醉。沉醉的同时，又是惊叹，虽然与这些旺盛作物比起来，一个人真不如一粒沙，但正是这"一粒沙"创造了这个茂盛的新世界，人在默然中改变着世界。

　　我插上耳机听詹姆斯·拉斯特乐队演奏的披头士名曲，随着乐曲我回到纯真年代。只是到了《挪威的森林》，我一下子睁开了双眼。当年村上在飞机上听到这歌曲，写下了他的成名作。经典重现，只是我身处宽广平原，四周一望无际的玉米地，接住蓝天白云。那也是一种飞翔，飞翔在心底，超越时空，心更加高远。

　　密山附近的小村，加油站边上两个小姑娘在聊天，气温已降到二十度以下，这是界江之南最热的傍晚，地平线仍亮着，小村的屋子一个个都有烟囱，但现在不冒烟。虽然小屋边上堆着好大的煤堆。那是要冬季用的，当白雪覆盖的时候，童话般的烟就冒出来了。

　　现在，我正借宿沿江小城，界江离这里三千多公里。夜里，小城分外宁静，九点过后人就少见，我独自散步。路边十多平房的小店，卖家饰，空荡无顾客。年轻老板蹲在门口嗑瓜子，玩手机；老板娘一边看电脑，一边愉快地打电话。他们可能不知道辛波斯卡，也不会去注意窗台上的一粒沙，但是他们却比我活得实在。

行走美丽暧昧的日本

1994 年，大江健三郎在斯德哥尔摩瑞典皇家文学院发表诺贝尔文学奖获奖感言，说出了前辈川端康成没有表达出来的意思，那就是美丽日本的延伸：暧昧日本。战后，日本知识分子在反思，西化的日本，应该如何传承好东方文化。这是一个大概念，更是一个大课题。

虽然去日本之前，读了不少日本作家的作品，但是没有在岛国行走，总感觉不切实际的东西太多。很多日本作家都在来到我国后，写出了优秀作品。比如：井上靖《楼兰》、《敦煌》和《孔子》，司马辽太郎《项羽和刘邦》，村上春树《奇鸟行状录》等等。日本文学与我国作品风格最为接近，更加清新、细腻，又有一种韧性。

抛弃传统的旅游形式，在高度自助的环境里，自由自在地短暂度假，即便不去思考，扑面而来的风情也会改变认知。

轻井泽

秋分。东日本就黑得早了。

我们得赶快回去，不然山中民居寻找困难。四十多年前，川端康成总结出"美丽日本"的精髓在于"绿意盎然"。在山道上下迂回前行时，我看到了川端所指绿色的"深沉和湿润"。越变越窄的人行道，似乎告诉疲惫旅人，道路尽头是温暖客舍。即便再偏远山区的民居，也有绿叶、鲜花围绕。几位采购食品回来的妇女，在路口鞠躬告别，匆匆在灰白天空下各赶各路。我在想象每家每户几乎没有动静的生活是什么样子。约翰·列侬在"披头士"解散后，每到夏季，总是携眷在这里度过长长假期。川端也喜欢。他夫人学骑自行车的时候，差点撞了一辆婴儿车。当时正是战时，他感慨道："即使是暂时的，也重新唤起了生活的感情。"

锦鲤游动，密密匝匝叶子有一些已经变色。树影投射到水里，五彩锦鲤在斑驳树影里穿梭，像极了树林里的动物。直到遇见云场池这样纯净的水，我才明白，这些鱼为什么能够如此悠闲安静生活。一些在我看来必须要竖的警示牌，一块都没有。只有一句提醒话："最近这里熊一直光临，请注意自身安全。"不许这个、禁止那个，早在每个人心里牢牢把控着。水就这样清了。

不是"妈妈桑"不愿意做全三顿饭，而是没有精力做。我们带着遗憾回到东京跟朋友们说起，他们连忙摇手，这一顿饭的功夫深着呢。想偷学技艺的朋友，曾经凌晨三点起床，跟着老板娘学做"和式"早餐。每一片菜叶都必须新鲜。每道工序都一丝不苟。我心里庆幸，把桌子上的饭菜全部吃完。妈妈桑巡查一番，看到我们把自制苹果酱、腌黄瓜、烤鲷鱼等一扫而光，非常开心。她又添上新果酱、米饭和面包，劳动果实得到大家认可是最重要的事。

　　红色观光车不停歇地从山下往上拉客，到了终点站又装满客人下山。虽然我听不懂戴米色大盖帽的八字胡老司机说些什么，看得出的是他对这个职业的热爱。遇到小轿车，都让客车先行，老司机大声致谢，并躬身伏到方向盘上鞠躬。窗开了一点，山中空气飘进窗口，凉风里富含水汽。现在是9月底，枞树、青枫树和朴树开始落叶，我们沿着绳索指示，攀上一个又一个不知名的"神社"。有的只是一棵树、一只动物、一块石头、一个古井。自然生长的、人工制造的，只要从诞生的那一刻起，它们就有了灵魂。这让我好奇。我国文化认为，人造、人为的物件，就是要为人服务。文化差异让两国人对待"物"的态度走了不同路。延伸出来，守规矩、讲卫生、保持安静，也是日本人的特点。山中民居没有单独卫生间、单独浴室。但是我几乎没有听见和看见有人洗澡、上卫生间。他们在静悄悄中完成了自己私人的事情。决不给人添麻烦，当然，也不允许别人制造麻烦。

　　高度自助的结果，是无所不在的便利店。山里全部黑下来后，夺目的亮点就是便利店招。红色让人温暖，有热腾腾的香肠、烤鸡和关东煮。蓝色让人轻松，有冰啤酒、冰淇淋和水果色拉。口味与银座、池袋、新宿的品质完全一样。我不得不联想到了我们高速公路的盒饭。

　　此刻，我们再次赶路。即使天已经黑透，也没关系了。两天下来，路摸熟了。新干线只到轻井泽站，再往下就坐普通列车。火车开过来的时候，外貌像极了绿皮火车。两个大眼睛仿佛对我说，短途坐我就行。施瓦辛格在《创世纪》里有句经典台词："我老了，但不是没用。"我们在热衷于高铁时代的同时，是不是也要保持一些传统做法，好让我们的记忆不至于这样轻易飘走。去轻井泽前，想在东京把关西的新干线票一起买好。但是不能购买，更没有网上购票。我东看看西看看，单独的售票人员、单独的交通指挥人员等等都很多，不乏老人，是否更加便捷的购票方式将使他们失去工作，或是顽固的脑筋在阻止推动互联网+，我不知道。

新干线列车风一般掠过轻井泽站。我想起了去年去世的渡边淳一，脑子里闪过《失乐园》男女主角轻井泽赴死的情节。轻井泽别墅就在车站附近，无尽分岔的小道口竖着一堆别墅主人名牌，指向四面八方。乌鸦呱呱叫着，寒意渗透层层树叶。美艳到极处，就会生出摧毁它的念头。三岛由纪夫借沟口说出了这样的话。十四年后，他走上自杀谏世的路，生也凄美，死也凄美。十七个月后，被他视为老师的川端也含煤气自尽。1968年后，两人来往书信仅三封。如果诺贝尔奖为三岛所得，那历史的发展极有可能是另一种走向了。

轻井泽位于群马县及长野县交界处海拔约一千米的高原，是日本著名的旅游度假胜地。八十年前，川端康成夫妇和友人夫妇四人，从东京来到神津牧场。"我们突然脱下衬衫，躺倒在鲜花遍地的原野上，可以远眺轻井泽，那股子快活……"望着远山，我也有了同样的轻松。水池里的鱼、树林里的乌鸦、满山的绿色，还有静谧的环境，都让我身心安宁。我睡得很好，吃得简单，心情放松。喝着茶或者咖啡，身处正在变深沉的轻井泽，什么都不想，什么也不做。这才是真正的假期。

古都

深秋季节，京都的美丽盖过了关东地区。我们到达时，还没有下雪。但是在我心里，多么盼望有那么一点点细雪，好让千重子和苗子曾经生活的这个城市，在寂静中增添些许动感。雪花轻轻伏在红叶上。人间真情，因点点雪花而生出暖意。

那是一年前的事情了。火红的枫叶染遍岚山。金阁的倒影，也同样油画般辉煌端庄。色彩斑斓的和服在我身旁不时飘过。美景并不能使我释怀。健康上的一个疑问还没有解开。阴影如影随形，在你走路、吃饭、参观，甚至睡梦里。唯一能够做的，就是参考日本的生死观。东京闲逛的时候，逼仄弄堂尽头竟然有一个公园，走近突然明白，那是墓地。我绕墓地一周，观察周边的住宅。住宅自然交错，居民自在生活。生者与死者和谐相处的根本原因是，日本人认为生者身上"带"有"死身"。死是永恒的，绝对的；生是暂时的，相对的。即便这个人生前作恶多端，死了就一了百了。日本人由此厌世情绪严重。太宰治一生居然自杀了五次。当中有一次，自杀未遂，他羞愧难当，不好意思见人。

我看着二条城的街道逐渐暗下来，秋风似乎要将刚刚点燃的灯笼吹熄。繁华街道终有落幕时刻，何况普通个人。越是要看淡浮世，越要相信命运对你的安排，更要坚定自己的善行终会有果报。在鹿苑寺，我请了一本《心经》。随身我还带着《金刚经》，每日诵读，希望自己意志如金刚般坚强。

一转眼又是近一年过去。新干线东海道列车向前奔驰，我似乎还是坐在去年老位置上，心情转为平和安宁。要弥补去年的心不在焉，急切需要继续前往古都，这次选择了奈良。先到神户再转过去。

神户下着秋雨。湿润的空气中，飘荡着欧美风情。这个港口城市最早移民出去，也最早开辟欧美人士"居留地"。从博物馆的图片上看，明治时期的三宫地区荒凉冷清。高头大马的洋人格外醒目。但是令我动容的，还是那座雕塑，土著一家三口朝海的方向走去，微风拂起他们的衣袖，眼中充满希望。雕塑的名称正是"希望的船上"。

我们静静坐在神户塔下看海景。阪神大地震快过去二十年了，纪念馆里展示了地震前后变化，断裂的高架路、垮塌的海堤、从天而降的烟囱，这些场景令我更感到一个人的渺小。关西人比关东人大大咧咧，但是做事机智大方。就像去年在大阪遇到的幼儿园小推车，三个老师把七八个孩子放在里面，骨碌骨碌推过马路。小朋友们摇头晃脑，老师分别在前中后，安全又便捷。现在关西的中心是大阪，全日本能与东京相比的，也就是大阪了。但是，一百五十年前，大阪开港比神户晚了十年。日本在神户最早实施近代都市计划，神户外国人居留地成为当时日本最国际化的地区。神户留下的"西洋痕迹"不少，但是正如川端说的那样："我们学习中国文化、西洋文化，到头来还是日本化的东西。"

神户把那些"异人馆"专门划出区域，供大家了解历史。明治维新就是选择性吸取西方精华，如果执行过程中产生偏差，就进行修正。明治维新起始时，奈良佛教建筑受到很大冲击，连东大寺都未能幸免。然而到了明治七年，就开始整修寺庙。正是纠错纠偏能力，使日本的民族性得以延续。有人告诉我，京都和奈良的古街与唐宋时期一模一样。但是，我在空荡的奈良町老街游走，直觉告诉我，这仍然只属于日本，要说唐宋，也只是一些元素的存在。比如建筑的廊沿、瓦当、格子窗、木结构等等。骨子里还是日本味道。

当日本在公元896年决定终止遣唐使，鉴真大师被誉为"天平之甍"，也已经一百多年了。井上靖把鉴真东渡的史料还写成历史小说。巴金碰到井上靖时，说如果不是《天平之甍》这部小说，他都不甚了解那段历史，也不会引起世界对鉴真的重视。事实上，不仅有遣唐使，在遣唐使返回日本时，唐朝还会派"送使"。但是，鉴真不是"官方人士"，他发愿东渡弘法，即使十年五次渡海失败，大弟子和邀请的日本和尚去世，也改变不了他的宏愿。

今天唐招提寺宏大如盛唐，安静如奈良时代。鉴真大师讲经的声音似乎犹在耳边萦绕。这声音背后，是大师的坚忍决心和悲悯情怀。井上靖还原了那段历史。当时五次东渡均告失败，大师对日本弟子说："我发愿赴日传戒，已经数度下海，不幸至今未能抵达日土，但此心此愿，必有一日将会实现。"说这番话的前不久，他下葬了竭力邀请他东渡的日本和尚荣睿。过了不久，他将再失去大弟子祥彦。最大的打击，莫过于大师双眼渐渐失明。但是在这种情况下，鉴真仍然执着不悔。付出如此艰苦代价，只为东瀛弘法。

不管是京都还是奈良，大阪还是神户，世界各国文化与日本文化在古都或者新兴都市激荡融合，深刻影响日本的发展。今天，究竟是东方的日本，还是西化的日本，一直争论不休，但从一个外观者来看，明治维新以来，西方文化成为现今日本社会主流。

上野

在东京不坐电车，不在迷宫般的地下车站行走，不能说真正到过这座都市，只能是一个随波逐流的"观光客"。

我去的两次，都不是樱花季。每次，急匆匆的列车经过"上野站"，我总是想，是不是要停下来，走进上野公园呢？我的这个假期，大部分时间在东京。东逛逛西晃晃，翻翻闲书，看看听不懂的电视。川端康成在《上野之春》里，写到上野公园、东京博物馆、美术馆、不忍池、宽永寺等名胜。我想是时候去一次了。

想到川端，就联想到日本作家。前几天，进了几个书店，最显眼的位置摆放着村上春树访谈录。我看了一眼日历，原来又快要公布诺贝尔文学奖了。村上这几年已成为诺奖陪跑冠军。不从文学出发，村上的意志也值得推崇。不深入东京，难以理解他作品里的那些细节。比如大都市里乌鸦众多、街道之外的公园黑暗阴森、住户小院异常幽静，村上伏案写作，有时整个夜晚一个字都写不出来，但是他认为不管做什么事情，持久力最为重要。去年我到过早稻田大学文学院，可惜的是，当年的文学院已经翻新，没有找到任何村上痕迹。

JR上野站下的客人很多，一出站就往对面的公园里走。

和明治神宫高大挺拔的松柏不同，这里樱花树相对低矮、宽阔、蓝天白云大片映衬在树梢后。10月初的不忍池，依然荷叶满池。参观东照宫、上野大佛、弁天堂、清水观音等处，其实也与国内著名景点相差不大，最初江户时代德川家光在此建立的宽永寺、家庙等，大多毁于战争或自然灾害，如今仅剩遗迹。破坏最大的莫过于战争。

上野公园东部是东京博物馆。博物馆常设展馆有东洋馆。大批中国国宝级文物在此展出。最为精美的莫过于西安宝庆寺十一面观音佛龛、如来三尊佛龛、弥勒三尊佛龛等文物。博物馆的介绍是这样的：能够欣赏到如此完整的作品也仅限于本馆。我查阅国内资料，得知那些精美国宝大部分流失到日美，日本最多。据西安媒体介绍，国内仅存七座佛龛，而且品质不及流散的。历史的沉重感让我喘不过气来。我在最著名的十一面观音塑像前屏息凝神。一千两百多年前盛唐，形成佛龛形式的浮雕佛像艺术范例，以西安宝庆寺为代表的佛龛经历了千年沧桑，到了清光绪年间，早崎梗吉游历陕西，发现那些唐代佛龛，以各种名义内外勾结，盗购最为精美的二十五座。清末国运衰弱，像宝庆寺这样的国宝被窃取事件举不胜举。不仅是佛像，青铜器、敦煌壁画、元明书画等等，都出现在东洋馆内。因文物量过于庞大，只能循环展出馆藏文物。让我们记住高延贵这个名字，他在公元703年塑造了那些佛龛。他将与文物永存世间。

脆弱的玻璃框架下面，是泛黄的书画真迹。赵孟頫的《重修玄妙观三门记》长卷静静展开，迎来故乡的参谒者。1292年，正值壮年的赵孟頫写下这楷书典范，也使玄妙观在文人墨客心中留下深刻痕迹。据说那块碑在"文革"时被毁。我曾经在那个破败院子的乱石杂草里跌打滚爬，难道这当中就有珍贵文物？我想，比起原碑来，最初书写的原碑帖更有价值。回去之后，一定要站到新建碑前，把我在这里熟记的那几句，默默读诵，一一对照："天地阖辟，运乎鸿枢，而乾坤为之户。日月出入，经乎黄道，而卯酉为之门。"博物馆冷气很足。无声无息中，时空仿佛静止。生命中总有奇妙邂逅。我在这里遇上故乡著名碑帖，必定有人在另外的场合遭遇其他特殊旧物。上野公园就是这样一个平静而奇特的地方，虽然鲁迅先生不喜欢，但不影响它的历史文化地位，总有一些事物让人铭记于心。

太宰治写过《东京八景》，虽然没有上野的份，但正是参观了上野美术馆西洋画展后，他有了写"八景"的计划。东京这个城市写的人实在太多，最配我胃口的就是太宰治的作品了。其实在文中，他什么景都没写："而且要勉强概括出八景，实在是很卑鄙的一件事。"看文章副标题（赠予苦难的人）就知道，那是写给别人或者自己的故事。那一年他三十二岁，即将进入生命最后的黄金七年。但是在刚刚过去的十年，他却穷困潦倒、生不如死。在绝境中，他想要通过一个载体把十年东京生活的点点滴滴写出来。他借"东京八景"把各式人生凄苦展示出来。遭遇苦难总能引起共鸣。借景写人，我喜欢这样的写法。人生风景比自然景色重要多了。

现在，上野公园正沐浴在强烈的秋日阳光里，渐渐泛黄或者泛红的木叶舒展开来，鸽子与乌鸦一起盘旋飞舞，我似乎也能随着它们的翅膀升空，俯瞰上野。哦，那边正从房子里走到公园里来的清瘦白发老人，不正是川端康成吗？

池袋

池袋似乎并不著名。以往东京印象里只有银座、新宿，最多还有涩谷。但是现在不同了，池袋成为我东京熟地。

飞机缓缓下降，蓝天白云。绿色森林、黄色稻田、黑色马路，每个角落整齐利落。京成线运送东京、成田机场往来客。每次，日暮里都是中转站。从这里深入东京，或者离开。

当大都会饭店服务员报出七天，我想除了培训，大概还没有在一个地方住过这么久。女儿的学校和宿舍，离池袋都不远。我透过高窗看这个商业区，仿佛看到临街咖啡馆里坐着一个女孩，她正在电脑上写下文字。有篇文章开头是这样的："坐在明治大道的星巴克三楼，望着道路上来来往往不曾停下脚步的人群发呆。"

其实，有悠闲的七天时间，我也设想什么地方也不去，就在房间里看看书、写写字、发发呆。但是，女儿学习生活的地方要去看看，替亲朋好友代购的要去找找，近在眼前的东武西武要去逛逛。于是，休假又成了东奔西突。好在没有什么硬任务，吃喝、购物、闲逛代替了读书写作。我跟自己说：管他呢，度假就应该这样。

似乎是《东京攻略》吧，梁朝伟、郑伊健等雨中穿越闹市，绿灯亮起，宽大人行横道线上挤满了黑伞行人，场面壮观。在池袋，这种情景不算什么，地下才人潮汹涌。我在地铁站一家便利店买了酸奶、面包出来，突然一阵头晕，快速移动、表情木然的人流几乎将我推倒，我喘息、定神，才找到来时通道。如果东京人离开地下，不知该如何生活。村上春树追踪、反思"沙林毒气"事件，写下纪实作品《地下》，东京人的日常生活像游泳一般，地上地下沉沉浮浮。

没有安检、没有挡板、双向同行，站内站外稍不注意就搞混。蜘蛛网般的甬道把人们带到各条线各类站台。据说池袋站客流量世界第二，第一是新宿。去年，日本朋友带我们走到池袋站，也问了好几次才找到正确出口。去女儿宿舍，只需乘副都心线，一站就到。但是这条私营地铁深埋地下四层，不说等车，光上下的时间就远超站间运行时间。如果碰到"急行"车，那么还得等待，地下深处的恐慌就会传染给我。晚上十点，池袋站迎来交通高峰，居酒屋出来的上班族，这才心满意足地在站口互相鞠躬道别。

这个时间，几乎所有商店都关门了。东武西武早就拉下沉重卷帘门。时间是那么的宽裕，我们能够任何时段走进著名百货店。即便周末，西武客人也不多，格局和商品与国内相差无几。有一次却有些不同。我们懒散无聊地一层一层兜兜看看，只为买一只并不重要的挂钟。踏上七楼，就听到嘈杂声。各色旗帜标明一个主题：北海道土特产展销。甜虾、乌贼、海蜇、帝王蟹、金枪鱼、牛肉、蔬果等，摆满半个楼面。人们边品尝边议论，满是舒坦表情。我买了一盒由鱼子、甜虾、三文鱼片等组成的便当，价格仅相当于一份肯德基套餐。坐在西武楼顶花园细细品尝。入口香甜、幼滑，新鲜海味在舌尖游动时，我居然想到三岛由纪夫的《丰饶之海》。这种感觉比霓虹灯下的烤肉、摇滚音乐中的自助披萨和眼花缭乱的回转寿司，不知好上多少倍。

我穿上跑鞋，沿南池袋夜行。走过两个街区，灯光就暗淡下来，逼仄街巷静谧如初。我的童年街巷也是灯火阑珊、寂无声息。雨天，屋檐滴落的水珠砸向弹石，发出忧郁的嗒嗒声。池袋没有雨，但是空气中却有山野之气。我惊诧地回头，池袋地标建筑太阳城扎实压在身后。

再往街巷深处行进，每隔一片就有神庙、公园、绿地等出现，每家每户房前屋后遍植树木花草。渐渐地，我迷路了。时而上坡，时而拐弯；一辆自行车擦身而过，一辆小车倒车入位。一切都在静默中进行，没有多余声音和动作。我不着急。我有的是时间，甚至有了掀开布帘、走进"深夜食堂"的冲动。但是，深夜食堂只属于本地人，而我是过客。这个表面安宁社会的本质是什么？在此生活一年多的女儿感慨："读空气好难。"以我的理解，"读空气"类似懂规矩、拎得清。别人没有说什么，你也知道该做什么。细想起来，这应该是一条普适的高情商原则。读懂、读好了"空气"，再难的事也能快速找到解决途径。

日本作家新井一二三曾说："在东京人的印象中，池袋一贯是很土气的三流繁华区；没有银座的高贵、六本木的洋气、涩谷的时髦、新宿的次文化。"正是这样的"三流"，让我们购买东西便捷顺畅。大量的百元店、三百元店里，简单的日用品、杂品、文具，甚至小吃，都实惠实用。异军突起的药妆店，成为代购主战场。优衣库、无印良品等连锁店里人头攒动，与冷清的东武西武形成强烈对比。我在太阳城商场里买下精美"一笔笺"，忽然意识到，明天就要去羽田机场了。

时间真快，又要告别池袋。这里有我东京最初印象，有对市井生活粗体验。清晨咖啡面包，中午拉面便当，晚上寿司烤肉。味觉总比视觉、嗅觉、听觉来得更敏感、更持久些。现在，我记住了池袋复杂读音：IKEBUKURO。

运动　YUN DONG

思维　SI WEI

宇宙　YU ZHOU　　世宗　SHI ZONG

一路　YI LU　　风景　FENG JING

市井　SHI JING　　生活　SHENG HUO

家族　JIA ZU　　记忆　JI YI

情感　QING GAN　　笔记　BI JI

马拉松双城记

开始跑步那年，有好多人都不识"霾"这个字，偶尔天气预报提起，会读成"Li"。没有环境良好的生态公园，标准跑道不对公众开放，我们就在环太湖公路上跑。每个周末，开车沿着高架驶向湖边，跑友三人，诗人、报社总编和旅游经理。难过的冬日清晨，我昏昏欲睡拉上他们上高架，一路上玩笑冲走睡意。迎着太湖初升太阳，我们短衣短裤，艰难向前奔跑。村里人出来赶集，看着我们在大青菜、苋菜和豇豆筐中穿越，默默竖起衣领。白霜有时会打到跑鞋上，到最后分不清是汗水还是露水。我们就这样跑着，每次十公里以上，临到马拉松比赛前，还要拉练一次，二十公里左右。不管太湖边还是玄武湖边，我们都卖力地、竭尽全力地跑着，想着各自的工作和爱好中的困难，都见鬼去吧。这是纯粹的运动，其中的奥妙，正应了"如人饮水、冷暖自知"。

一

伍尔夫在《达洛维夫人》中说："世界已经高举鞭子，它将抽向何方？"我回答："如果我们在马拉松途中，那么，鞭子就抽打在我们身体和灵魂上。"

　　2012 年 4 月 22 日我的日记："太湖十三公里用时一小时十二分钟。今天真是跑步的最佳日子，到处花香、草香，微风熏人。飞机在顶上不远处回翔，湖中波澜翻动。这是天堂里的生存状态。"

　　极度煎熬与无比畅快的结合体，从阴暗湿冷、孤独绝望刹那转到风和日丽、轻松自在，这是马拉松。昨日艰难痛苦留给今天的强烈比照，普通日子串起来，也是马拉松，每一个人都在途中。斐里庇得斯的勇敢和悲剧，让人们敬畏马拉松，完成几率很低的艰巨使命、艰苦任务，也是马拉松。

　　几年前一个初春傍晚，我静静地在北京西单的一个旅馆里看书，等一个朋友的到来。窗外天色逐渐发灰，街上车辆多起来。不少人竖起了衣领，顶风行走。我的心思却在夏威夷。村上春树在考爱岛上跑步训练的场景，紧紧抓住我的心。

　　这是一本薄薄的散文集：《当我谈跑步时，我谈些什么》，极为明显地向雷蒙德·卡佛致敬的书名。在机场一翻开，我就停不住自己的目光。朋友来叙谈时，我已在重温重要章节，比如：村上春树沿斐里庇得斯原路线从马拉松镇跑到雅典广场、参加一百公里超级马拉松、为波士顿马拉松备战等等。朋友说话，我只是应付着。脑子里转着村上的话，他说："写作也是马拉松，必须具备才能、注意力和持久力，三项缺一不可，而其中持久力则是至关重要的。"朋友离开后，整个夜晚我都在想马拉松，想长跑的那些事。黑暗中，清晰地听到自己心脏似乎已经放置在起跑线上，发出缓慢而有力的泵动声。怎样开始自己的跑步锻炼，在锤炼自己持久力的同时，提高写作能力，提升生命质量？马拉松遥远又清晰地影响到我。

当初写下的跑步日志："开始的十分钟，是跑步者的快乐时光，呼吸均匀、步履轻快，脑子里充满新鲜、活跃的氧气，思维新奇独特。第二个十分钟来到的时候，注意力特别集中，遐想抛到脑后，心跳声通过血液涌上头顶敲击耳膜，呼吸压迫横隔膜，双腿灌上了铅。这些不适与痛苦，来得好呢！这一切，都是属于运动的。第三个十分钟，没有幻想、没有念头，只是一秒又一秒坚持着。我似乎得到长跑的真谛：坚持再坚持！"

从这篇六年前写下的日记来看，当时只跑五公里，用时需要三十分钟，而且跑得艰难。那天是 2009 年 11 月 4 日，日记最后还留下这样的话："我，一个普通人，对挑战自己极限充满好奇，也许从明天开始，我会每天加大运动量，最终尝试我的跑步终极目标：半程或者全程马拉松。"

从那天起，到 2011 年 4 月 9 日，五百多天，我完成了自己第一个半程马拉松。当我与诗人伙伴并肩撞线后，我们都有点不知道如何解释怎么就把二十一公里跑了下来。拿着仅有的退芯片所得两百元押金，买了两杯咖啡，坐在露天，看着比我们跑得慢的呼啦呼啦跑过终点，诗人的豪迈又出来了："一辈子总要跑一次全马。"其实，隔天晚上，我们还在紧张。来到诗人家里，仔细阅读参赛须知，轻松说笑，这只是一个游戏罢了。别号码布的时候，我的手竟然有点不自在，他笑了，但是他也搞不定号码布。紧张感一直持续到发令枪响。一融入队伍，脚步就轻快起来，我看到蓝天白云，闻到花香，听到鸟儿鸣叫。一切是这么美好，我原本可以极为舒坦地享受，现在却在煎熬受苦。咖啡渗入体内，体会汗水换来的平稳呼吸，挑战极限带来的舒畅感受，竟然是那么迷人。经历风浪的渔夫，现在岸边笑看海上风云突变。

日常生活变成由一个个锻炼片段组成："盛夏的月光仿佛也烤人，我在粗重的呼吸声中，突然听见了自己的心跳。有节奏地、快速地、有力地！那一瞬间，我的心一下子静了下来，跑道外的一切都隔离了，只有一个我，奔跑在属于自己的1号道上！""冬天湖边风很大，发白的芦苇不时随风倒伏，候车的人将脖子缩进厚厚外套，我听到脚下沙沙的声音，那是鞋子与坚硬冻土在摩擦。远处，天与湖连在一起，变成深沉的钢蓝色。我的手冰冷，而心却火热。我渴望在春天，花草盛开的时候，来一场酣畅淋漓的马拉松。"

我体内早就潜伏了马拉松基因，现在只是将其激活了。苏州古城，曾经静谧安宁。也许是平江路吧，天色未明，我就踏上青石板。第一次，就被自己的脚步声吓了一跳。啪嗒啪嗒的声音在弄堂里回响，空旷清寂的街道因我而惊醒，我不得不低头穿过一条又一条街巷，脚步越来越快，似乎跑步破坏了清晨应有安静。我很高兴看到桥边、巷口打太极拳的老人，负罪感减轻不少。于是，每天清晨，我仍准时地在石板街上，执着地喊着伙伴的名字，一起参加我的"负罪之跑"。跑着跑着，我就会想不切实际的事情，特别是想未知的未来，这大概是大脑缺氧的结果吧。

2011年深秋，太湖半程马拉松赛上，一位八十岁老人与我们一起跑完全程，当我们与他合影，向他致敬时，他谦虚地笑着，说今天跑得并不理想。我们有非常多的理由停止马拉松，停止跑步，岁数越大，阻力越大。虽然我不敢保证一直跑到八十岁，但是我知道，没有身心共同锤炼，是不能够"致良知"的。王守仁不经过龙场艰苦生活磨砺，怎么又会在"阳明小洞天"里一夜悟道呢？

乔伊斯曾经说过："一种突如其来的心领神会……唯有一个片断，却包含生活的全部意义。"对于我来讲，"阳明小洞天"就存在长跑途中，乔伊斯的片段就是马拉松。跑过四季，跑过湖畔、山路、街区、公园，堆积起来，变成了必不可少的生活元素，进而，马拉松成为一种生命仪式。

生命前程未知，每一个人都在前行。不管愿不愿意，总是一步一步地前进。伟大的诗人说："忧郁的日子里需要镇静，相信吧，快乐的日子将会来临……一切都是瞬间，一切都将过去。"苦难也好，快乐也罢，都将过去。意识在马拉松途中时而放大，时而缩小；时而清晰，时而迷糊。但是，生命这个主题，总也绕不过。田头种菜老妪、湖边垂钓老者、路旁候车妇女，他们固定时间、固定姿态出现在我的跑程。一瞬间，我想到了"交错"。我现实的马拉松与他们生命的马拉松，本是两条互不干涉的平行线，即使在某个时空，突然交错，那也是刹那相接，之后，又恢复原状。若干分钟后，我会停止运动，也必定回到自己生命的马拉松途中。

马拉松是漫长人生的萃取，人生才是真正的马拉松，一旦停下，生命也就终结。每一个人都是马拉松选手。一生中，理发师要运动发剪多少次？厨师要运动勺子多少次？司机要转动方向多少次？即便是家庭妇女，也要洗衣、做饭、扫地多少次？
我跑着马拉松，更深地体会生活艰辛，克服极点、绕过弯道、
上坡下坡，每一个障碍，我都以自己经历一一对应。在心里，
用"滚过"来形容刚刚克服的困难与艰险。

伍尔夫用意识流表现出达洛维夫人对人生的看法："无论
如何，必须一天又一天地过下去：星期三、星期四、星期五、
周末；总得在早晨醒来；眺望天空，在公园里散步……这就够
了。之后呢，死亡，多么不可思议呵！—— 一切都会了结，
而世界上没有人会懂得，她多爱这一切呀，每时每刻，多么……"
几乎每个人都能对生命、人生说上几句耐听的话，但是，"人
们依然会忘却往事，生活依然会一天天打发日子"。跑马拉松
以及平时的训练，一步一个脚印，都在为自己的人生刻上一道
印记，使我更加敬畏生命，更加注重生活中的每一个欢乐与忧伤。

二

是的，今天风太大了。艰难程度超过了 4 月初半程马拉松
赛最后几公里。我们顶着风跑，熟悉的呼吸声、脚步声都被抛
到脑后，耳边除了风声还是风呼啸。我隔一段时间就回头望望
伙伴们，后面声音传不上来，人似乎丢了。又一阵风袭来，我
机械地轮流抬腿，粗糙的柏油马路慢慢向后退去。太湖大堤上
人和车辆都很少。太湖的脸阴沉着，灰蒙蒙地把自己融进天空。
堤旁的各色花和树在风中抖动，一条小船一半沉到水里，长出
碧绿水草，点缀时光。水沿大堤内侧曲折缓行。每次将近五公

里处，总会出现一个比较强烈的极点，动作更慢，坡道起步般艰苦，齿轮深度咬合。迎着亲切的窒息感，我仰起头，深深地吸入略带腥味的空气。一瞬间，齿轮之间润滑了，油门加上去，提挡加速。

我们在六七公里处折返，呼的一声，听力恢复了，风与我的速度近似，就感觉不到风。深沉的太湖，粗粝的柏油马路，穿黄马甲的环卫工人在除草。青草味道进入我的肺腑，阳光出来了，射透路旁香樟树叶。我喜欢杜鲁门·卡波特对阳光的描写。《夏日十字路口》里，"阳光的薄片从树间跌落，蝴蝶般轻快地跳动"，"太阳发射着带夏日尖头的箭，叮当作响地落在格蕾迪紫铜色的短发上"。想到这些句子，我居然下意识地躲避头上的阳光。虽然我戴着一顶灰色鸭舌帽，似乎还是怕阳光扎伤脑袋。

路边公里指示牌告诉我，返回大贡山对岸的茶馆，还有很长一段路。我控制节奏缓慢呼吸，马路变成一条黑色履带，匀速迎我而来。两年前，我还习惯于五公里跑。改变，似乎在无声无息当中进行，我自己并无知觉。六公里，八公里，十四公里，一直到二十公里。这样的改变，奈保尔在《浮生》里做了经典比喻："就像喷洒除草剂一样，一开始，什么也看不出来，会让人以为什么事都不会改变，货物会继续进到店铺，汽油继续进到加油站。但是，也像除草剂一样，突然间，改变呈现了。有些店铺空了，不再开门；店家走了，到南非或葡萄牙。中央广场的某些房子没人住了。"对于我们来说，突然间，出现在金鸡湖半程马拉松赛庞杂的参赛队伍里，就是改变。诗人在送给我的一首诗里，还不那么自信地写道："虽然我们相约参赛明年的半程马拉松／我经常想象我会被他涮下多少米／这样的距离使我们成为情投意合的好友。"那是很久以前的事了。实际情况是，二十一公里多一点的赛程中，我们始终交替领先跑着，最后并肩冲过终点。

十公里是跑步者的一个坐标。一个星期当中，村上春树跑六天，每天的跑程，就是十公里。《当我谈跑步时，我谈些什么》中，透露给跑步者的信息，似乎是十公里跑开了，就能跑半马，继而跑全程马拉松。很多人问村上同样的问题：长跑痛苦吗？村上解答"不觉得那么痛苦"的同时，又在内心克服"今天不想跑步"的惰性心理。同样的悖论，出现在我的跑步过程中。人一闲下来，就感觉要做点什么，这种需求有点像吃饭，当我明白原来是要跑步的时候，跑步过程中的酣畅就固执地切入脑子，其实，这有点主动致幻的味道。当我踏上跑道或者马路的一刻起，却总希望快点磨掉剩余时间，早早到达目的地。长跑的过程，是痛苦的，否认，就是矫饰。只有跑后，肌肉舒展，呼吸慢下来，脉搏与秒针同步，肺腑富含氧气，才把途中的煎熬作为参照物，越显现时现刻的平静、沉稳、自由。

思维会在痛苦煎熬中放大，变得敏感起来。原来小得让人忽略的细节，在我眼里突然变得分外醒目。这个周末的早晨令我快要窒息的时光，对睡懒觉的人，也许是一个美梦；对郊游的人，也许是一段窗外风景；对发呆的人，也许是脑子里一片小小空白。而我，仍在机械地往前，再往前。为了什么？仅仅是心里设定的虚拟目标吗？我还有很多时间去思考。路边景物晃动；天空中，客机低速巡航，正朝江南机场缓缓降落。奈保尔解释"浮生"有真知："我四十一了。我已经厌倦了过你的生活……伦敦学期结束，他们就会把我赶出去，而我不知道我可以靠什么漂浮。但现在，我人生最好的部分已经过去，我却什么也没做。"嘀嘀，我低头笑了起来，汗滴渗透鸭舌帽沿，随着脚步震动，颤巍巍地隔几秒掉落一滴。浮生，年届中年，什么都没做。我反复咀嚼着这几个词语，突然感到脚踩在柏油马路上有微麻的踏实感。

我们脱下跑鞋，换上休闲鞋，懒散地沿木质栈桥，走进太湖边缘。对面是大小贡山，下面是汩汩水声。风还是很大，以至于我们同老渔夫两口子的交谈有点费力，小渔船用缆绳固定在栈桥桩上，他们正从虾里面挑出大虾和杂鱼。"虾多少钱一斤啊？""十五元。""大虾呢？""六十元。"我眼睛转向那一箩筐的杂鱼："这些小毛鱼呢？"老渔夫笑着抬起头："如果有人要的话，一块钱一斤称给他算了。"我也笑了，一条小毛鱼刚被扔进箩筐，蹦啊跳啊，像一个挣扎着跑着的人。

三

清晨，太阳刚钻出地平线，就把雾气紧紧压进太湖边的灌木丛。雾霭缠绕着树木，来回浮动；树木穿上白色裙裾，水墨着色。环太湖的半幅柏油路面，被摊开的稻谷遮得严严实实。我们只好靠路最左侧向前跑。稻谷绵延数公里，被风吹起的杂质，在我的脚下腾起、翻滚。电线上，麻雀过节般的集结，叽叽喳喳打破宁静。那一年，我们每周来一次，每次十公里以上，从春天跑到了初冬。

之前，我每次只跑八公里，每公里要跑六分钟，好一点的话，也是六分不到一点。那时候说起马拉松，是个梦。只不过跑友们一起报名金鸡湖半程马拉松，我也附和着。面对人生第一次马拉松，心里却打着鼓。

清明节，与诗人拉练二十公里，这个距离接近半程马拉松了。这之前，我一次跑过的最长距离是十公里。为了给自己打气，我从网上找来波士顿马拉松普通参赛者的训练录像，那些身体基础还不及我的人，经过不到一年的练习，几乎全都跑完了四十二公里一百九十五米。那天距金鸡湖半马还有一星期，我们选择人车极少的环太湖路试跑，第一次在充满负离子的湖边呼吸、流汗。跑完看表，整两个小时，除了右脚膝关节外侧稍有疼痛，其他都好。最让我放心的是呼吸，平稳、深厚，不急促。

其实，贴水环绕金鸡湖跑一圈，不足二十一公里。组委会安排的半马行程，在湖边绕来绕去。金鸡湖就像一个羞涩少女，我们一会儿与她亲密接触，一会儿又离她而去。这是我和诗人的第一次马拉松，我们互相提醒，守住节奏，不被客观因素干扰。即使这样，十公里处，我看了一下表，五十二分钟，已经达到我们最好成绩。人在竞赛气氛中能激发出更多肾上腺素。从李公堤开始的后半程，多了上桥、下桥的考验，我们的步伐明显减慢。园区的建筑工兄弟们站在路边看热闹。我清晰地听到一段对话："跑这么慢，我走路都比他们快。""要跑二十多公里呢，你去跑跑试试。"后来，我咀嚼这句话，发现凡是听到我们跑完半马的，都会说出几个关键词：不容易、有毅力、一根筋。原来，教授与建筑工人日常思维也相差无几。

二十一公里 97.5 米的终点处设在起跑的月光码头，最后一关是"攀登"金鸡湖大桥，风里传来自己沉重的呼吸，脚下的陡坡似乎凝固不动，幸亏有啦啦队："快到顶了！""还有一百米！"终于下坡了，突然，一直跑在我们前面的一个小伙子，倒下了，软软地像一团面粉。警察、救护人员马上搀住他，大声让他走路，不能停下。救护车呼啸而来。我们顺利奔向终点，两小时出头一点，与我们计划吻合。

半程马拉松目标实现了，当初"哪怕一生只跑一次"全程的信念却在悄然退缩。"全程绝不是简单的两个半程相加！"业余好手的话让半程已显疲惫的我们很受伤。我们的下一个目标没有定在全马，而是再战初秋的太湖半马。小雨天、酷暑天、大风天，我们一直坚持在环太湖路跑，团队也扩大了一倍。

与金鸡湖半马不同，太湖半马是爱好者自己组织的比赛，交通不管制、裁判不严格、道路不封闭。跑前一周，我们试跑了一次，超过十公里的山路，确实挑战极限。参赛人数虽然只有金鸡湖半马的十几分之一，但看上去个个身手不凡。

熟悉的太湖，熟悉的灯塔与树木。最后的五公里全是山路，摆明一道"鬼门关"。所以前半程我一直压着速度，跑友们时不时地从我身边超出，有的还大喊一声："加油！"我的精神也为之一振。折返处我看了下成绩，五十四分钟，还算不错。回程跑，先是沿湖平地跑五六公里，我适应这里的空气、道路，甚至声音，但是我还积攒力量，不轻易放开。工作人员在边上猛地喊出："还有五公里！"路又开始盘绕渔洋山上坡、下坡，此时我开始追赶，奋力摆臂，加快频率。一个又一个地超出他人。离终点两百米处，我还奋力超过一位。后半程成绩也是五十四分，让我有了惊喜，比金鸡湖半马成绩足足提高了一刻钟。

飘忽又遥远的目标，那一年两度达到。之后几年间，坚持年年参赛一到两次，都轻松完赛。越跑，越觉得即便锻炼成为生活方式，却也不代表任何信念都通过努力可以获得。比如全程马拉松，随着年龄、环境的变化，我们只能离这个目标越来越远。能够安慰一下自己的，又是村上春树的那句话了："终点线只是一个记号而已，其实并没有什么意义，关键是这一路你是如何跑的。"

我怀念这样的画面。蓝天传来飞机声，抬头仰望却不见影踪。路边桂花散发最后的香气，芦花枯萎了，银杏树枝头只吊了一片黄色的三角叶片，枇杷树却开出了淡黄色的花。湖水格外明静，渔人缓缓拉网，万物似乎马上要隐藏起来了。我们却还在奔跑，短袖、短裤。就当是跑在全程马拉松的路途上吧。

四

玄武湖的天总是暗得很快，即便我们抓紧时间一点不耽误，一下班就往玄武门赶，也得六点半。我看看身边的伙伴，现在已经有两批了。周末在苏州石湖跑，平时在玄武湖跑。

石湖虽然因范成大出名，但我从小只知道石湖与中秋相关。八月十八游石湖、石湖串月，还有上方山"借阴债"等。民间就是这样，文化的容易遗忘，世俗的难以忘却。

十年前，我跑到行春桥边，一辆接一辆渣土车把灰土溅满我全身。旁边的村民叹气，这里就要拆迁了。第一次，跑友说，太湖太远，去石湖试试。结果，我们又遇到了渣土车。路没有完全通，随意通行的工程车，把清晨空气搞得污浊。我们在躲避、穿插中跑完十公里，感觉比半马还累。过不了多久，体态庞大的公园基本建成，小圈三公里，大圈十二公里。定量计算，以跑小圈为主。舒心跑，以大圈为好。

也就是在这个时期，我们渐渐懂得，跑前和跑后的拉伸比跑步本身重要。一上来就奋勇向前的跑步初级阶段，或多或少给我留下一点身体上的不适。我们开始按照《跑步圣经》上的指导，舒缓身体，放松心情，面对碧水青山，缓缓起步，我们知道，和漫步人生一样，不急不躁，没有什么大不了的事情。等到山水开阔，我们的步伐发自内心地欢快起来，像一个发动机，一旦点火，就会匀速不停运动。一棵棵梧桐树、香樟树、银杏树倒向我身后，一个个人生节点被我甩到脑后。我过几年就五十了，对于那些跑步无益于健康的论调，微笑不争辩。即便是真的，那又怎样呢？在最艰难的时期，多重困难缠绕我。清晨，我望着那些花草和树，黝黑平坦的柏油路，产生出来的信念，自己都为之感动：征服它们，困难何所惧。跑步脱离了速度追求、名誉追求，甚至健康追求，还剩下什么？那就是信念。

当跑步成为"宗教"，我开始有了轻微"强迫症"。强迫自己的同时，按照《金刚经》指示："若有人能受持读诵，广为人说，如来悉知是人，悉见是人，皆得成就不可量、不可称、无有边、不可思议功德。"《金刚经》，我坚持每日抄写；跑步，我坚持每日进行。艰难岁月里，保持平和心态，相信困难终将过去。平淡生活中，保持宽阔胸襟，包容身边的一切。

离开苏州到南京工作的那年，我已经四十多岁了。但是繁重任务不由分说地压给并不年轻的我。我经常在惊诧的梦中醒来，惧怕从只有十个平方的宿舍的那张床上起身。一些特殊的味道、音乐、人和事，成为难忘经验。南大操场，已经很晚了，我还在一个人一圈又一圈地跑。标准跑道有点像当时永远完不成的任务，一圈跑完，另一圈马上又接了上来。绝望中产生新希望，我这样想，才有了进入下一圈的信心。

夏日里的玄武湖，荷香四溢。度过了南京"磨合期"后，我和伙伴们继续在玄武湖跑。那是一个古老公园，我们却无暇研究它的历史，而是用脚步顺时针丈量它的圆周长度。九公里出头的距离，对我们来说不是问题，但是走路、跑步的人多，我们只能不时躲避人体障碍。在时空的某一点跑步，就像泰戈尔名言："天空没留下翅膀的痕迹，但鸟儿已飞过。"

苏州、南京，公园、马路和跑道。一年循环如此迅速，我还来不及收起冬装，夏天就已经过去。人生的四季就像马拉松，经历的时候既漫长又煎熬，过后就觉得白驹过隙般短暂。现在，我脱离了最初的梦想，比如跑一个全马。再比如，向村上致敬，一个月完成三百公里。我崇尚纯粹的跑。

最近一次的金鸡湖马拉松，由六年前壮大到三万人的金鸡湖半马，一个个年轻的身影超越我。五年前，我攒起全身力量，奋力超越。而现在，我以自己的节奏轻松向前，看看美丽忧郁的湖景。在体力下降的时候，乐于降下速度，给心肺、肌肉缓冲。换到去年，就不可能，非要把自己煎熬到每分每秒都长如黑夜。有时就是这样，到了最不堪的境地，总会有意想不到的转机。在人内心，越绞越紧的锁链，不能去想办法怎样解脱，而是没有锁链，只有"心外无物"，才是生存最高原理。其实，没有急迫的事情，只有紧迫的心。

我曾经设想，给我一段时间，没有任何要求，我该如何度过？跑步走路之外读书写作，读书写作之外跑步走路。这该是完美生活了吧？其实不然，没有机会和时间，也坚持自己的原则，才是一种境界。

现在遗憾的是，还没有在南京跑马拉松，如果今年深秋参加高淳比赛，那我想是可以好好写写"马拉松双城记"了。

附：《湖畔跑步》
　　　——送王啸峰
　　小海

那些花树
好像中弹似的炸开
分出了一侧的湖水
天上有银色的机翼
刚刚钻出湖底
风起处，浮在
钢蓝色封面上的

大小贡山摇摇欲坠

交替着跑过二十公里
又喝到湖中之水
大王说
天上这么大飞机
我们跑到机场快了

快乐思维

少年的我，很长一个阶段，总是入睡困难。脑子里仿佛装设了闹钟，必须捱过倒计时的分分秒秒，直到铃声响起，突然倒头睡去。当时，我除了迷恋宇宙星空外，对自己的大脑也产生浓厚的兴趣。倒计时的过程中，我试图挑战大脑。我的所有思想从哪里来？自然是大脑。那么，我思考"大脑"的时候，也是自己的大脑在工作，这就变得有点意思了。深夜，我静静地躺着，想象脑海是深邃宇宙，自己是乘坐飞船的"小灵通"，探索着未来和未知。

我先将"自我"与"大脑"剥离，形成两个主体。由"自我"提出一个极其简单的问题："现在，大脑在思考什么？"然后，"大脑"来回答这个问题。此时，"搞脑子"开始了。根据逻辑推断，"大脑"应当把"自我"提出的问题转化为："现在，我在思考什么呢？"可是，"大脑"竟然无法回答。"自我"归根结底由"大脑"控制，"大脑"在提出问题的同时，要求自己回答问题，产生定位偏移。

接下来，我又设计几个小对话。"自我"问："你在想什么？""大脑"答："我在想问题。"／"自我"问："谁在想问题？""大脑"答："我在想问题。"／"自我"问："你是谁？""大脑"答："我是你。"／"自我"问："我是谁？""大脑"答："你是我。"

几个来回交锋后，"自我"与"大脑"总是不分胜负。我曾经尝试将问题一直循环问下去，并且逐渐加重语气。到后来，我呼吸急促、心跳加速、脑袋发胀，意识也开始模糊。这样也好，可以在晕晕乎乎中睡去了。现在看来，当初我想了解的其实就是人的"自觉意识"，或称"自觉精神"。"大脑"明明在努力思考，却被"自我"诱导，被"自我"嘲弄，这样的结果令我失望。我设置的一系列问答，都无法分辨思考的主体。我也不能将两者分开。只有一种办法，能够实施分离，那就是使自己窒息，大脑短暂停止思维，那时我就能检验"自觉精神"存在与否。但是，我没敢这么做。后来，我偶尔看到澳大利亚诺贝尔医学奖获得者、神经生理学家艾克尔斯三十多年前的观点。他认为：大脑的兴奋并不等于精神和意识。他认为人有一个独立于大脑的"自觉精神"，大脑只是它的物质工具而已。

艾克尔斯获取这个结论，做了很多实验，参考了许多著名心理学、生理学和物理学案例。比如：微电刺激脑局部实验、正常人血糖升高实验、暗示硬币高温灼伤实验等。不管艾克尔斯博士观点目前看来是超前还是滞后，有一点是肯定的，凭我这样的胡思乱想，只会陷入更深的迷茫，"小灵通"将迷失在宇宙。二十多年前可不是这样。那时同学、朋友们喜欢挤在我带阳台的小屋子里，谈天说地，烟雾腾腾，感觉世界就在脚底下。大家讨论、思考的这些问题有点自虐，却又时髦。我有时会语塞，跟不上他们的思维。况且对自己大脑的思考一直没有把握，总感觉比别人笨了一节。我把笨的后天原因归结为左右脑运用不均，也就是说习惯用左脑、右手，少用右脑、左手。其实我还是一个蛮有毅力的人，自我诊断后，我坚持能用左手做的事，从不交给右手办。遗憾的是，即便一些生活习惯已经固定给了左手，我似乎也没有聪明起来。于是，我认定智力问题是遗传因素，后天再努力也白费。不能缜密、科学地分析研判现实种种复杂问题,那么一个智力平平的人,能做些什么呢? 我想来想去，只有"快乐思维"了。

王小波曾经写过《思维的乐趣》的文章，在"后文革时期"，他探索的是："高尚的思想和低下的思想的总和就是我自己，倘若去掉一部分，我是谁就成了问题。"如今，我再也不问"我是谁"的问题了。我只是发散自己思维，就让脑子自由地驰骋，不设任何界限、框架。我感觉一朵朵花在脑海盛开，每朵花又孕育更多花蕊，一个光点接着一个闪烁。天马行空的思维让我舒畅、快乐，时间长了，却也显得杂乱无章，实用性差。我找了一些关于大脑的书籍，试图为无序的思考找到理论出路。东尼·博赞为我打开了一扇全新的门。

东尼·博赞被称为"世界大脑先生"，他反对"左脑人"、"右脑人"之分，认为这样只会限制自身开发新战略的能力。如果我告诉东尼，自己数学运算水平很差，因此对自己很失望。那么东尼会告诉我，这不仅不符合实际，同时也是误解。正确的说法是：我得在数学运算这种思维技能上下功夫。大脑有一万亿个细胞，每个细胞之间都可能因为思维产生连接，如果将所有连接全部写下来的话，其长度将是"1"后面加上一千零五十万公里长的"0"。当初，我将自己问得精疲力竭的时候，其实只是调用了极少的脑细胞,使用了它们之间极微弱的连接。由此看来,我可能不是笨,而是大脑开发得不充分。聪明的家伙,不过比我多连接了几个脑细胞而已。想到这点,我开始心情舒畅。东尼·博赞研究大脑之后最突出的贡献,就是发明了"思维导图"。人的发散性思维在思维导图内一个个节点上传递,这样的传递是无限的。提供的图纸有多大,树状的思维导图就可以生长蔓延到多大。

思维导图的复杂,在于指思维的无限连接。说简单,我可以闭上眼睛画一幅。事实上,每件事情几乎都可以用到思维导图。比如"今天晚餐"这一主题。我有四种选择:自己做、上馆子、外卖、父母家蹭饭。在四个主分支上,又可以延伸出来次分支。以上馆子为例,又可以分出:肯德基、大娘水饺、必胜客、海底捞等。这样的思维导图,我闭上眼都想象得出。画在纸上,却需几个要素。中心词:"今天晚餐",一定要画图像表示。整个思维导图中都要用图形,最重要的是树状结构图。中央图像要用三种以上颜色,比如:自己做,蓝色;上馆子,红色等。这是我认为的核心内容,将左脑、右脑的技能(数字、色彩、词汇、图像)综合运用,改变以往条目式笔记、提纲刺激大脑某一区域的单纯做法。现在,即使一件小事,也调动了不同区域的脑细胞,使记忆更深刻、思维更生动。思维导图的其他重点:代码、间隔、印刷体、箭头、编码等等,还是比较复杂,要在实践中认真体验。

伦敦贫民窟里有个八岁小孩,曾被人看作几近白痴,连他自己都这么认为。东尼让他对"幸福"这个词作联想。写完十个联想词后，他眼中闪耀着期待目光，问东尼是否能继续，得到肯定答复后，他一发不可收拾，词汇和联想喷涌而出。他大声叫道："我聪明！我是个聪明人！"我想，这不是孩子的超能力，只是激发出了他大脑的潜能，而这种力量不可预知。每一个普通人，经常运用思维导图，渐渐地，原本充满荆棘、狭窄难行的思维道路会变成通衢。快乐思维让人变得更聪明。

左脸右脸

镜子里的我，是我熟悉而别人陌生的我。每个清晨、每个深夜，自以为是地端详。有一天终于出了问题。隐藏在地壳深处的黑金猛地喷发出来。我凝固在时空中，灵魂裸露。曾经讥讽一个人，现在看来自己也是可笑。那个春日，他向我走来时，精神饱满，风度翩翩。我热情地让座，泡碧螺春，寒暄一番，正要切入正题。他左脸突然神经质地抽搐，整个过程不超过两秒钟。我以为一只昆虫叮咬了他，但我错了。每隔一段时间，他都猛烈扭曲一下左脸，痛苦的不仅是无法自控的自己，还有旁观的尴尬的我们。当初谈论的内容差不多全忘记了，他的左脸却以独特的方式留在我脑子里。无聊时打开记忆，暗自笑上一回。那笑，终于在那天清晨收回。我清晰望见隐身的自我。

镜子里的我，总是先翘起左嘴角，笑随即一石入水般在脸上荡漾开来。并不是所有笑都发自内心，很多时候，左脸和右脸表现不同步。从另一个角度理解，只要左脸与右脸表情有异，就基本能够判定内心情感的不稳定。老街上最后的鞋匠，是个瘫子，腰以下没有知觉。行路撑双拐。干活时，撑起小板凳，身体在狭窄棚户内腾挪。老街马上要拆迁了，围住他的是一群激愤又茫然的居民。我关注的却是皮匠弯月般的脸。下巴像问号似的挑战老街居民的智慧。他看不起围着他转的人，神秘"大

人物"到他摊上打过几次鞋钉。于是在关键时候，他总是引用
"大人物"的话，这时，一根根"大前门"不断向他飞去。他
点燃香烟，叼在右嘴角，左嘴角则抿住一颗颗鞋钉。一边吸，
另一边吐，自然自在。皮匠有节奏地敲打鞋钉，每打一下，右
脸就会抽搐一次。每到这时，左脸就看不见了。只剩下画着大
大问号的右脸。我跟着大家起哄，冲着皮匠那张夸张的右脸，
喧闹声盖过老街上车水马龙声。回到老宅，我反复地看自己的
脸，左右脸表情的生动度却与皮匠完全相反。我隐隐感到这似
乎与用脑习惯有关联。

最后一次见到皮匠，我正在老街废墟当中行走。他没有叼
着烟，没有穿黑色皮围裙，没有背负任何工具，身份认同有点
小麻烦。我看了两眼，才认出是皮匠。他四处寻找，可以摆下
小小摊子的角落。逡巡时，眼神落在我身上："答应我有爿地
落脚的啊！"我一下子看到皮匠的左脸：失落、沮丧、愤怒。
一直挂在右脸的挑衅式的问号，消失了。有好事者分析美国前
总统尼克松的脸，在电脑上将他的左右脸分别复制后，拼贴到
相同的半脸，结果得出两张完全不同的脸。一张脸健康光鲜，
另一张阴沉抑郁。由此得出这位总统内心复杂、性格多重，出"水
门事件"也就不足为怪。我没有拼装皮匠的脸，自认为已经看
到他内心。而自己呢？我也没有勇气去复制反贴自己的脸谱。

《蜘蛛侠2》里，邪恶的黑色蜘蛛衣附着到彼得身上，它
给予彼得更快速度、更准定位的新能力，但是也渐渐控制了彼
得的心智，使彼得暴躁、凶狠、残忍。好在彼得的善，还是很
强大，支撑着彼得强行脱掉黑衣，恢复本来面目。宽大屏幕前，

我出神地看着彼得肉体剥离出另一个灵魂，心里却想着隐藏在自己身体内的另一个灵魂。三十年前，美国心理学家菲利普·津巴多做了著名的"斯坦福监狱实验"，实验中，通过专门测试挑选了身心健康、情绪稳定的大学生志愿受试者，这些人被随机分为狱卒和犯人两组，接着被置身于模拟的监狱环境。实验一开始，受试者便强烈感受到角色规范的影响，努力去扮演既定的角色。到了第六天，情况演变得过度逼真，原本单纯的大学生起了很大变化，大大超出津巴多的预想，有的变成残暴不仁的狱卒，有的成为心理崩溃的犯人，原定两周的实验不得不宣告终止。经过多年研究，津巴多提出了"路西法效应"，揭示好人是如何变成恶魔的，告诉大家，每个人内心都有一个"恶魔"，只是平时它们蛰伏着，一有时机便会蠢蠢欲动。我似乎找到了左脸存在的理论依据，坦然面对隐藏着的另一个灵魂。

好事者将明星大头照进行左右脸的反贴，得到两张新脸，绝大多数有明显差异。他们戏称这些明星同时拥有一张"天使脸"、一张"魔鬼脸"。以前，我在皮匠身上体会到的差异，理论上基本也站得住脚。受左脑控制的右脸是公共表情脸，流露出来的是理性的信号；受右脑控制的左脸是私人表情脸，表现出的是自己的情绪和感情。皮匠在老街相邻面前展现的是社交面孔，而在自己生计受重创时，才浮现表现自我的那张脸。皮匠这层次，也就是我们普通人的水平。明星差别明显的两张脸，恰恰表明，光环之下，他们也是普通人。吸引我的却是变化不大那几张极少数的明星拼贴脸。"魔鬼脸"消失了的明星，难道真的不存在心魔了吗？既然"路西法效应"从根本上回答了有和无的问题，那么我只能尝试从技术层面分析。日本著名律师庄司雅彦在《别对我撒谎》中，提出"左脸更诚实"的判断，这其实是右脑控制理论的延伸。但是，如果这一规律广为人知，那么经过训练，有些人在撒谎时，提前启动情感预警系统，表情比平时还真实。我当然希望明星的脸无论怎样拼贴，都是"天使脸"，让我沉浸在美妙虚拟世界中。不过经验告诉我，应当还有不少"魔鬼脸"是被演技压制住了，那些"天使脸"反倒成了虚幻。

　　明星到底离我的生活远，最实际的还是普通人。有人开朗、健谈，有人忧郁、沉默，都是示人的一面。不管其中多少是社会行为，多少是个人行为，都是稳定的个人性格。怕的就是无常，左脸右脸轮番上阵，在对象、环境、时空等要素转换之间，不停地"变脸"。说生活的压力、社会的复杂使然，也有一定的道理。只是我想，在左脸右脸之间跳来跳去，累垮的，不就是自己那颗一生跳二十八亿次左右的心吗？夏日炎炎的午后，我突然想到一个对子，不由得心明目清："人从桥上过，桥流水不流。"

生活里的每一个片段

试过好多次，问一些朋友同样的问题，他们一时都茫然。"说出你二十三岁那年最重要的一两件事！""那么二十四岁呢？三十五岁呢？四十六岁呢？"几乎都要过一阵子，记忆才流淌出来。"二十七岁我结婚了。""三十二岁孩子出生了。""四十二岁我注册了一个公司。"那些重要日子慢慢凸显。这才是人生意义所在，大家都开心地笑，庆幸还算没有遗忘生命里宝贵片段。

但是，如果改变提问的方式："请从记忆痕迹开始明显的十三周岁开始，每年描述两到三件重要的事情。"绝大多数人记忆断层出现，支支吾吾，时空倒错。到最后，"我的一生整天忙忙碌碌，结果自己都不知道干了些什么"。顿时，陷入无奈和空虚，长吁短叹。

当然，这些都是普通人的生活。名人、达人和伟人，自有"飞鸿踏雪泥"后留存的办法。普通人最原始的留存记忆的方式，就是记账，俗称记流水账。好多次，我盯牢"流水"这个词看半天，眼前出现滚滚江河东去的宏大场面。我站在岸边，大水中夹杂各种数字与符号的日历，翻滚向前。一切光明、黑暗、显贵、平凡，都混杂其间，冲向无可挽回的过去。外婆戴着老花镜，仔细地在我丢弃的算术本背后，记着一天的经济账。柴米油盐酱醋茶，以及必不可缺的蔬菜和豆制品。她从围裙口袋里掏出小布袋，一分两分都摆到八仙桌上点清楚，账册同余款"轧平"，她才把菜篮挂进梁上吊钩，像是账面的一切都隐藏在菜篮里，菜篮平稳了，她的心才安稳。我偷偷翻看她的账簿，只看了几眼，就失去了兴趣，一连串数字，没有一点情趣。只有一页页纸的顶端不断变化的日期，才让我有所思考。

站在任何一个时空点，我们都可以回望和展望，虽然展望来得更具不确定性、更具刺激性，但是当"生活远比小说来得精彩"成为共识，我们都是精彩故事里的一员时，我们更能提起兴致来深究"如果当初我选择了她，而不是她"、"如果选择了 A 市，而不是 B 市生活"、"如果选择急流勇退，而不是乘势而上"等等假设。结果会怎样？宇宙学家有一个理论：即便有那么多可能性，但是现实只有一种，那就是你目前到达的状态，因此，你重新选择的次数即便再多，最终也必将走到你现时现刻时空中来。

我开始留存生活中的每一个片段，源于青春期的美好憧憬。那么多美丽幻想，一觉下来就无影无踪，是件很遗憾的事情。很多年过去了，我还是记得那个早晨。那个阳光灿烂的早上，我起得很早，跑到边上一个单元的弟兄家里玩。他还在睡觉，我把他从被窝里拖起来，他洗漱、吃早饭。我就坐在光线充足的写字台前，台子上正好有一张纸、一支笔。我起先胡乱写几句，渐渐地，我发现今天的字特别漂亮，而且写下的字在向一个意思靠拢，我略微琢磨一下，不停地写了起来。那是一篇当时我对自己人生的设计。现在想来，绝大部分天马行空、胡思乱想，但也有点得准的地方，比如：现在我还从事文字工作。

弟兄站到我背后时，我正在将年、月、日端端正正地写到纸的左上方。于是，我开始以日记的形式记录自己的人生。

看似平常的几十年，浓缩在硬面抄、软面抄、皮革本、硬盘里，就变成我心中跌宕起伏的几十年。那些人、那些事、那些岁月，不经意间都留下痕迹。随意抽出一本，随意翻到一页，当时的颜色、声音、味道等统统扑面而来。我总认为自己进入了赫拉巴尔的世界，《过于喧嚣的孤独》里，主人公汉嘉工作了三十五年的地下室，他日复一日地做同样的压碎纸张的活计，他的世界阴暗、恶臭、潮湿，他也能够选择更好的生活，但他没有。我比汉嘉有更多选择机会，但是我从没有主动出击，一直等待、观望。渐渐地，也变成一种做派，一种自己的哲学道理。

拉开长卷，钉满图画钉的日子，是我记录下来的日子。空白的地方，早已无据可查。即使钉子标志的地方，也会出于各种原因：主观、客观、被迫地遗漏。表弟说过，藏在心里才是最可靠的。说那句话时，他才高一。以后我看到"城府"两个字就会想到他。一眼望去，日记里工作占了大部分，琐事又占了一部分。难道生而为工作？不是有人说，这仅是谋生手段吗？我们花费在工作上的时间精力太多，这肯定不是完美人生。琐事又是这样无趣，却又不可回避，有趣仅是点缀。非常少的日记谈到旅行，我却把每次都列一个主题，写成一篇篇随笔，纪念不多次数的生活放飞。我喜欢这句话："要么旅行，要么读书，身体和灵魂，必须有一个在路上。"对照旅行家和某些人群的生活，我实在感到地球是倾斜的，重量都压到了东方。

我们习惯于说："下次吧，下次再说吧。"其实往往再没有下一次了。我的日记里，线索常常断掉。一个阶段与这一帮人在一起，下一个阶段又混迹另一群体。再熟识的关系，疏于联系，感情总会淡漠。我时刻提醒自己，当我说下次的时候，一定先考虑这一次。在"下一次"成为东方式的虚伪推脱而风靡当下的时候，我命令自己果断地说"这一次"。日记可以延续，人情、世故往往就这样断了。日记里的人，逝去的很多；日记里的事，找回的很少。如果没有"从写《枯枝败叶》的那一刻起，我所要做的唯一一件事，便是成为这个世界上最好的作家，没有人可以阻拦我"的决心，加西亚·马尔克斯可能还是哥伦比亚《观察家报》的一名记者。

活在当下，为当下而活。这是最普通的人生哲学，如果还参不透，那么就随手翻看日记。遥远地想一个日期，然后翻到那一日。一个个场景在脑子里唤醒，心情也随之朗润或者阴郁，这才是真实。我想，所有编注日期的文章，都是日记了。每天记下的琐事，生活流水账、工作日志，是最狭义的日记。隔三岔五地更新网络日志，将心情、感悟放在博客、微博，是日记的共享与传播。系列的游记、读书笔记，是专项日记。长存于内心的困惑与思考，细细研磨，写出来的随笔、散文，则是日记的衍生物。跳出日记看日记，我的所有文字，都可称为日记。

通常两种情况下，会仔细查看日记。普通是，提到一件事情的发生，无法定位时空。随着手里略微泛黄的纸片"唰唰"翻动，内心的成就感着实显现。特殊的，就是困顿煎熬时刻，手里的日记一篇篇滑过，任何坎坷都经不起岁月侵蚀，任何荣耀都受不住光阴打磨，滑向未来的日子，不会因为我的原因，而格外艰涩，我肯定不是最受苦难的那一个。日记成了生活润滑剂，因此也有了种种类型：成长型、纠结型、励志型、颓废型、释然型等等，有一个阶段，我迷上梦幻型日记。

我的夜晚，都是多梦的夜晚。抓住一个梦，记一篇日记，想想梦的缘由，那是我的思维乐趣。我特别迷恋博尔赫斯《另一个人》里的那句话："您就是豪尔赫·路易斯·博尔赫斯。我也是豪尔赫·路易斯·博尔赫斯。我们目前是 1969 年，在剑桥市。"而明天，另一个人就失去踪影。梦也总是这样，真切地告诉你，事实就是如此，甚至梦里的情节设计也一点不露痕迹，让我不能不觉得浑然天成。一个小小的梦，落到纸上、硬盘里，点缀日记。而整个日记系统却早已成为一个大大的梦幻和戏剧，这背后的编剧和导演是谁？

我崇拜尤瑟纳尔，虽然她与"隐隐约约地看见我死亡的影子"的哈德良融为一体，重温生命历程，但我仍然读不下《哈德良回忆录》，而钟爱《东方故事集》。她的虚构作品纵横世界历史，寻求人类共同的"大自由"。《王佛保命之道》中，"神笔马良"似的人物——王佛，最后带着徒弟林，登船远航，在他用画笔勾勒出的大海中渐行渐远。我似乎看到了虚构与真实的最好结合点，就在王佛的船与海天交接处，将要消失的那个点上。尤瑟纳尔的虚构成为最真实的现实，我们一直期待的现实，莫过于此了。

大大小小、厚薄不等的几十本日记静静地躺在那个旧纸箱里，我的梦幻与现实都留在这些纸上，思想轨迹深深铺在字里行间。我时常问自己，是否僭越自己的本位？后来，胡安·鲁

尔福、弗吉尼亚·伍尔夫、伊塔洛·卡尔维诺等告诉我，将一
切日常事物作为反映到自己意识中的一部分，经过脑子的思考
与加工，在笔尖流淌出不一样的文字，这才是值得刻上自己名
字的文字。那些大量而又简洁的日记，是金字塔的底部，它们
支撑起我的文字体系。即使金字塔的顶部我可能永远搭不成，
但我也会将根基筑得更牢固。因为，支撑起整个生命体系的不
就是那一个个生活里的小片段吗？

宇宙 时空
YU ZHOU SHI KONG

运动 思维
YUN DONG SI WEI

一路 风景
LU YI FENG JING

市井 生活
SHI JING SHENG HUO

家族 记忆
JIA ZU JI YI

情感 杂记
QING GAN ZA JI

1910　2010　2110

最近，NASA 告诉全世界：我们的宇宙就像是俄罗斯套娃
的一部分，可能存在于一个黑洞之中，而这个黑洞则是一个
更大的宇宙组成部分。迄今为止在我们的宇宙发现的所有黑
洞——从微型黑洞到特大质量黑洞——可能都是通向另一个现
实世界的大门。

我很惊讶，如果去除"可能存在"、"可能都是"这样的
词汇，我会对NASA 肃然起敬。但是他们没有证明，更没有证据，
也只是猜测、幻想。那我就觉得太幼稚了。这样的想法，我做
了一个小小测试，证明：我身边的朋友们绝大多数都有过这样
的念头，当然，也是"想"出来的。所以，NASA 真的不灵光。

我一直认为，宇宙充满相对性。把我们感知的宇宙缩小到
极致，那么外面是什么呢？很有可能是更大的宇宙，更大宇宙
外面呢？极大宇宙！因此，人为蝼蚁，甚至不如这小小昆虫，
一点不错！一位朋友用了最直接的比喻。伸手指在桌上一捻，
嘴里吃喝道："我毁灭了好多宇宙！"理论上竟是"可能"成
立的。

什么地球灾难、2012，好像离我们那么遥远。我们还在为
汽油涨价、房子不跌价、车位找不到、工资没加着等等事情而
烦恼。而这当口，"可能"一只手正在伸向我们这个宇宙，用

力一掐，一下子，人类文明，从硬件到软件，全部清空，"人"好像从未存在过。我们是谁？没有回音。

若干"时间"后，有物种发现，搭载着"人"的友好愿望向宇宙边缘滑去，那物种回头要找那颗蔚蓝色小行星，却怎么也定不了位。

1910年，一位摄影师让四位可爱的小女孩，每人手里拿一块牌子，举在胸前拍了一张黑白照片，牌子上连起来读是"2010"。摄影师向百年后的我们致敬呢。眼看着2010也快走了，心里想着的却是2110年了。

2110年，我是说，如果地球还在，火星建设工程还在进行中的话，应该是这样的：地面污染已经使人无法着陆，人们躲到高高的钢结构支撑的住宅里，绝大多数人一生不接触到真正的泥土。交通工具都解决了地心引力束缚，卫星为每次驾驶出行飞行汽车导航，车子自动驾驶，飞在一层层看不见的却泾渭分明的航道上。大大的宇宙飞船日夜升空，向火星运输一切，人们已经决定放弃这个拥挤不堪、污染严重的星球，这项工程将耗尽地球各国的财力。最可怕的是，地球掌控者，实施的是精英政策，不是每个人都可以拿到一张船票，通过长时间星际旅行，定居在火星的。

如果穿梭到一百年后，我想开一个旅馆。失重旅馆。为那些被留在地球上的普通人服务。人像一块木板一样，被推进黑漆漆的房间。所有都是感应的，为心而设。想开灯，自然有了亮光。想音乐，ladygaga的后代传来美妙歌曲。想休息，就像婴儿飘荡在空中，享受黑甜梦。补充一点，休息的时候，我为顾客屏蔽一切通讯工具。在我的旅馆里，忘记的是过去，抹去的是未来，只有现时现刻，人舒服过活。

把历史书翻来翻去的我，总想日子过得简单、舒适。1910年，乱象已生，估计难以实现理想。2010年，好像过得也不轻松。那么就寄希望于2110年吧，到那时，我肯定很轻松，大家都懂的哦。

霍金的新想法

　　清晨的太湖。太阳被夹在厚厚云层里，难以散射急于展开的七色光。长跑后的身体，终于舒缓下来。光若有若无地照着汗津津的皮肤，温柔妥帖。一种力量正深入肌肤，改变一些东西。湖里也是这样。水上，芦苇长高了，花也絮絮地开了；水鸟聚集到芦苇丛里，鸣叫声飘向湖深处。扑哧一声，大鱼在水里翻了个身，两只游水的鸭子也一惊，连忙回头，只剩一圈一圈涟漪。我知道水底才是一幅灵动画面，可是我们从不钻进去，只看宁静表面，似乎永不换脸。我慢慢踱上栈桥，踩到一只红烧虾头，顺脚踢入湖里。虾头浮在水里，油，星星点点往外扩散，像点燃的"狗尾巴"。我呆了，没有料到小小一个虾头发挥出这么大功效。小时候，我们最喜欢下雨。路上一个一个小水塘是我们的游乐场。从塑料衬板上剪下一小块，修成尖头船形状，尾部开一小口，涂上一点圆珠笔油。我的船开动了！油不停融进水里，助推小船前进，一条漂亮的油亮尾巴，折射美好未来。我总是在那个时候哼起："我们的生活充满阳光，充满阳光。"我静静地听从心里冒出来的那首歌，远处风来，轻柔细润，耳朵成了海螺，时而静音，时而歌声，时而湖神低语。虾头还在散油，不久虾头会沉入水中。油水就混杂在一起了，没有人知道这小小过程。岸边，我们三个月没有来，餐厅就多了好几个。一天一天地平淡过着，一不注意，就有了变化。抓住转瞬即逝的机会，我们都不大在行。有些人就是这样，表面如静水，心里藏波涛，心思缜密。一天接一天的变化，大家都疏忽了。直到梦幻般的事情发生，我们才醒来。水面，水底声音钻出来。眼望远处从芦苇丛中跃起，向空中疾行的水鸟，一场大雨将要来临。

　　告别太湖，前脚上车，雨点就砸了下来。雨雾把车子裹挟，我却还在怀念那个虾头，那亮亮的一片油。从小小的它推而广之，尘世间万物应该都有存在的意义。人更是如此。但是，最近霍金对此有了新思考：人生到底是否有意义？如果有，那么意义何在？出乎我的意料，他首先搬出来的是哲学家笛卡尔，笛卡尔面对镜中的自己，判断肉体与思想是分离的，他可以想象灵魂飞到半空，往下俯瞰肉体的场景。却做不到闭上眼睛不去想任何事情和东西。据此他提出"我思故我在"。霍金却不是去研究笛卡尔，甚至哲学，他从物理学入手，认为宇宙一百七十亿年以来的变化、发展规律，都是人类想象的规律和变化，大多数规律或者定律，只存在于演算、推演和逻辑中，并不能得到科学实证。再有，人的大脑，数千亿的细胞，它们之间的关联、变化，产生极富变化的思维，使人类总是生活在自己营造的模型中。如果这个模型失去，或者损坏，那么人生意义就会打折扣。大脑受外伤的人、精神有障碍的人，他们构建出奇异的理想世界。为了追求理想，他们做出让正常人不解的举动。受大脑的限制，人类的思想与活动，可能在更高智慧生物眼中也是可笑。谁是精神病人？只有相对，没有绝对。卡尔萨根曾经语出惊人：我们人类的思考就是这个宇宙的思考。霍金立足新思维，将宗教、哲学暂时搁置，最"客观"地提出：人生意义就在于我们每个人在我们大脑中建立的现实模型。大脑不仅感知现实，同样也赋予现实不同的意义。在不久前的一个与"未来人"共餐的实验中，霍金证明了未来人回到现在的不可能性，或者不能参与性。当然，这也仅仅是霍金在自己大脑里设置的模型，在现实宇宙里没能实现，如果在多维宇宙里，伟大教授的实验是否能够得出同样结果呢？

车行环湖公路，雨中，软水温山静默无语，我忽然想起一句曾经说给朋友听的话：一切来自心灵。霍金、萨根，理性思考问题，严密逻辑推断，我总觉得冷冰冰。"草圣"张旭写过"纵使晴明无雨色，入云深处亦沾衣"的诗句，这是我们的观点，即便最理想的模式，也会留下客观缺憾。阳明先生早就告诉我们，只有静下心来，才能"致良知"。心静不下来，再好的模型，也只能是模型了，更不可能赋予现实以个性化意义。

暗物质

我路过一家肯德基门店。服务员小姑娘笑着追一个男孩出门，快速说着只有他们懂的方言。靠窗玻璃对坐的两位女士谈论着事情，神情严肃沉着。天上的云很淡，虽然阳光有点刺眼，但风刮走热量，初夏午后并不焦灼。我们身边时时刻刻发生着看似与自己无关的事情，但是，如果穷尽一例，势必关联自身。村上春树的《世界尽头和冷酷仙境》、《奇鸟行状录》、《1Q84》等几部著名长篇小说都采用了平行线索表现手法，看似两则毫不相干的故事，到头来总能不知不觉渗透到一起。

看似强大的人类，在宇宙时空面前羸弱异常。即使拥有自我感觉良好的仪器、设备，也只能看到我们所在维度宇宙的百分之四。其余，我们看不见的暗物质占了百分之二十三，暗能量占到百分之七十三。可认知宇宙、暗物质、暗能量三者构成全部宇宙。科学家对暗物质的认定是它干扰了可见星体的光波和引力，只不过至今也没有充分地证实。暗物质与星系扎堆，没有暗物质的地方，就没有星系。反之亦然。富有想象力的科学家打了一个比喻：暗物质就像一块帷幕，星系就像一只只小钩子，挂在上面。我的理解就是，没有帷幕，小钩子会一个个地掉落。然后，我突然认识到，如果没有暗物质，就没有星球一切的话，那岂不是我们生活在双重世界里？这边是现实世界，那边是不可见的后台支撑。进一步想下去，问题更大了。如果两者真的合一，那么我们身体时时刻刻会受到暗物质的"穿越"了，不知不觉中遭受的"侵袭"，有种说不出的感觉。有点像音乐袭来的感受。

美国影片《毕业生》的主题歌曲"The Sound of Silence"，中文有翻成"寂静之声"，也有"沉默之声"的，我认为"沉默之声"更好。歌中唱到"沉默之声"可以进入、触摸、打扰，这似乎有暗物质的味道。不过角色进行了互换，我们主动去接触"沉默"这样的虚无，而这虚无中又带有实质性的东西，那就是情感的纽带。以前的俗语说："眼见为实，耳听为虚。"这是古人的见地，一定要拥有直接经验方可采信。现在传播渠道广泛，耳听也能变得实在。只是，我们还是这样的孤单，即便各种信息漫天飘舞，很多时候，这些都与自己无关。而事关自己的信息，总是在毫无知觉中突然降临，似乎冥冥中有天意。李政道先生在研究有关暗物质和暗能量的基础上，提出了我们可能身处多重宇宙的理论。不要以为我们感知不到，就否定"它们"的存在。现实生活，也是一样。

我把自己触摸不到、感知不到的，也称为"暗物质"。在彼处可能是"光明物质"，而在我处不能捉摸，成为"暗物质"。生命的绝大多数时候，都是受"暗物质"的影响。大到泰坦尼克号的沉没，小到超市盐卖断货。眼之所见是金碧辉煌的宴会船舱，想到的是一包包价廉货实的生活必需品。但是大船最终还是沉了，盐的确也奇货可居了。一时间，当事人会觉得不可思议、莫名其妙，而"暗物质"的那一面，自有其道理，只等时机成熟便"揭秘"。

眼前没有"光明物质"，事情又会怎样呢？《奇鸟行状录》给出了答案。主人公冈田亨为寻找离家出走的妻子久美子，独坐枯井里冥思苦想"水"、"久美子"，甚至"诺门罕战役"，似乎没有任何进展，人也差点丢了性命。没有谁会料到，就在这几乎与世隔绝的地方，为冈田打开了另一扇门，使他一步一步逼近阴谋中心。虽然展现于他眼前的可能是长时间禁闭产生的幻觉，但至少也说明了一个道理：即使身处绝境，也有通往希望的渠道。我想，这大概可以归结为"暗物质"的力量。

"暗物质"无时无刻不在运动。在不知不觉中形成一种势力，联成网状结构，把所有可能变为实在。我宿舍窗外是一排银杏，当叶子变黄的时候，我才留意它们。气温逐天下降，黄叶由密变稀，最后只剩下黑压压的枝干。而现在，我抬眼望窗外，又是郁郁葱葱、枝繁叶茂。枯枝残叶好像昨天的事，但改变绝不是一天。看了不少书，经历了许多事，有时躺着躺着，就会否定自己。自己是否还是当初打着呼哨奔跑在弄堂里的少年？如果返回过去，我是否还会选择走过的道路？连续不断地嫁接记忆，本我已经模糊。"暗物质"渗透到记忆每一个角落。有一段时间，我用一把斧子精心地削减记忆，又用胶水粘贴其他人和事的片段。当我意识到有一只魔手正在指挥我的时候，我猛然停止"人工操作"。自己没有经历的都是精彩的，这就是"暗物质"的"暗示"。

此时此刻，布满宇宙的暗物质粒子可能正在穿越我的身体。它是如此之轻，以至于几乎没有质量；它又是如此之小，得以在我们所见任何物质内自由进出。我想，既然穿越了，就有可能带走我的信息，随后带进你和他的体内。三十年前，马尔克斯向门多萨谈起《百年孤独》创作经验时，特别提到外祖母对他的影响。他意识到自己没有创造出什么新奇的玩意儿，只是简单地在书里抓住和重复了一个充满了预兆、民间疗法、先兆症状、迷信的世界，也是一个极富拉丁美洲特色的世界，而所有这些已经极其自然地组成了外祖母的日常生活。对她来说，生者与死者之间没有什么明确的界限，她对幼年马尔克斯讲述家中游魂，轻松平常。虽然马尔克斯从未感知那些东西的存在，但是一股强大的力量迫使他为自己童年时代所经受的全部体验寻找一个完美无缺的文学归宿。

到目前为止，我对"暗物质"的全部认识，可以浓缩在以下这个例子里：一位前苏联老大妈从头到尾抄写《百年孤独》，别人问她为何这样做，她回答："我想弄清楚到底谁发了狂：作者还是自己，唯一的办法是重新再把这书写一遍。"

多维世界的忧郁

如果宇宙的维度远远不止三维，那么没有什么能阻止人类探寻余下维度的好奇心。即使科学定律表明那些维度高度蜷曲，以至于我们无法通过现实世界察觉。那些维度是怎样隐藏的？请你想象一根插在饮料里的麦管，表面是二维。但是从几十米外看，麦管直径小到可以忽略不计，变成一维的一条线，这时候，麦管的一维蜷缩起来了。只有充分接近才能觉察隐藏的维度。再如，你身处一片森林，从任何角度观察，它都是三维的，但是从飞机上看，森林只是一个二维的小方块。

霍金和其他科学家在量子论和广义相对论的基础上，探求宇宙万物终极理论：M理论，M意为"主要"、"奇迹"或者"神秘"。根据M理论，时空具有十个空间维度和一个时间维度。M理论同时允许有不同定律的不同宇宙，它们依据定律蜷缩着，数量大到难以想象：十的五百次方！如果一个智慧生物每一毫秒就能分析其中每个宇宙的定律，那么从大爆炸到现在，他才研究了其中的十的二十次方。

我也是喜欢幻想的人群里的平庸一员。即便如此，我仍然为自己仰望星空产生的小小思想火花欢喜不已。但是，这次我却开心不起来。霍金说："M理论的思想是空间的七个维度被蜷缩到我们觉察不到的那么小，给我们留下错觉，以为所有存在的只是余下的三个大的我们熟悉的维度。"这个观点让我失去幻想的余地。霍金的《时间简史》及续篇、《果核里的宇宙》，以及新近出版的《大设计》，我都花了大力气细读。翻译者物理学家、作家吴忠超教授介绍说，霍金已经用了不能再通俗的语言来表达科学道理。但是我还是只能读懂皮毛。宇宙科学家的脑子，我这样的人生下来就算不吃不喝不间断学习，也赶不上百分之一。常常是例子看懂了，却不懂由此推导出的理论。

多维世界的理论也是如此。霍金没有提出进入其他宇宙、维度的途径。这么多存在的可能性，怎么变成普通人都可认知的客观实在？科学家没有表态。好在人类还有科幻作家。爱因斯坦有些著作就连科学家也很难读懂，科幻作家却只抓住几个关键词，一篇篇精彩科幻作品便呈现出来。著名作家布莱伯利是科幻小说《华氏451度》的作者，他还写过一篇名叫《冰霜与烈火》的中篇小说。人类宇宙飞船误入轨道，坠落到一个白天火烤般炽热，夜晚极度寒冷的星球上。为了生存，人们躲避进山间洞穴里，生命开始变异。只有在凌晨和黄昏时分，空气才温润和香甜一点，人们马上出洞穴活动，他们珍惜每一次出洞机会，因为生命只有八天。他们不停吃喝，不停生长，脉搏每分钟达到一千跳。到第三天，人就可以繁殖。然后衰老、死亡，没有人逃出八天的宿命，直到有个叫西穆的人降生。他逃过严寒和灼热，冲进封闭已久的宇航员废弃的飞船。脉搏瞬间降到十分之一都不到，生命进入人类正常轨道。西穆启动飞船离开可怕星球的时候，我突然想起，冰霜与烈火的世界，是不是蜷曲的多维世界的表现？

　　我曾经如此热情地想去接近"麦管"和"森林"，探究多维世界的秘密。然而，从表面上看，好像一切都早已注定，这使得我有些沮丧。正如我们身处的这个世界，实在太多巧合，使人不得不赞叹，假设承认有全能的上帝的话，唯有他的杰作，才有我们的存在。就连伟大的牛顿，也发出这样的感叹："宇宙中的秩序，最初是由上帝创造的，并由他将同样的状态和条件保存至今。"1992 年，一颗类地行星在其他星系被发现，它与地球一样，处在所在恒星系中的"金凤花带"。现在，科学家知道类似于地球这样状态的行星，有几百颗。如果把我们的眼光投向更为遥远的宇宙深处，那么，这个数字，会变得更大。人类智慧发展到现在，已经领悟我们的蓝色星球其实并不特殊，只是一种定律的设计，一次量子运动而已。科学就是这样，无情却精准。

　　即便多个宇宙并存、多维时空共生，凭借现有科技，人类难以进入其他维度，我却仍然期盼在现实时空中找寻其他维度的可能性，这似乎成了心病。有些时候就是这样，在"冰泉冷涩弦凝绝"的情况下，换个角度思考，就会"银瓶乍裂水浆迸"。最近读百岁老人周有光先生《拾贝集》，豁然开朗。老人九十八岁的时候写下几句话："人多事变。孙女儿出国了。我的老伴去世了。我家的空间忽然扩大了。可是，我的心境空荡荡地无处安置了。"一切都归于平淡，却又不平常。我试着努力接近百岁老人的时空观。探究其他维度，究竟意义何在？我可能忽视了最为关键的，除了科学定律中的十一个维度外，应当有"第十二维度"，那就是心灵维度。

其实，霍金等科学家，早已经将人的因素加入宇宙研究。
人的存在、行为和思想，都影响着宇宙科学的发展。我们内心
的平和、狂躁、恐惧等等，都扭曲着宇宙的本来面目。哥白尼
的日心说，将宇宙中心由地球转移到太阳，但是，这位虔诚的
天主教徒在著作里特别说明："虽然地球不处在世界中心，但
其离开中心的位置与其他固定恒星间的距离相比较时算不了什
么。"直到临终，他都不承认日心说对宗教的巨大打击。这是
哥白尼的"第十二维度"。

我们没有哥白尼那样沉重的包袱。三维空间加上一维时间，
我们就在这现实的物质世界里简单过活。除此之外，每个人都
有"第十二维度"。"四维时空"中的一切到这里，有些被放
大，有些被缩小，有些甚至变形。量子论著名理论之一的"可
择历史"告诉我们，观察本身，就由所有导致该观察的可能历
史构成。也就是说，甚至连观察宇宙现象这一细微的举动，都
有可能改变宇宙历史，而观察背后我们的思想和心灵，强大程
度可想而知。静下心来，探究与生俱来对宇宙的好奇心。那是
因为我们实在太寂寞，在这茫茫星际中，以我们现有的认知程
度，还没有主动发现其他宇宙或者维度的能力，更不谈与其他
智慧沟通了。还是让我们回到现实世界，让"第十二维度"带
领我们神游宇宙吧。因为，人类有值得自豪的品质，那就是：
心灵有多宽广，宇宙就有多深邃。

记忆　时空　未来

十五六年前，快到冬天的一个阶段，我变得非常积极，老早就到单位，扫地、打水、擦桌子后，就坐在那里看书。科长走进来，瞄了一眼书封面，感慨地说，看了这种书，什么事都变小了。我笑笑，知道最近科里出了工作失误，头头日子难过。那个阶段我正对时空旅行、多维世界、平行宇宙等着迷。但是最好的科普读物《时间简史》还没有被介绍过来，我只能找些"商务新知"、"第一推动力"等翻阅，其实都是一知半解。唯一有现实意义的，就是科长说的那句话。心里有什么不快，就闭上眼睛，想象自己正以光速离开地球、太阳系、银河系，融入无边无垠星云，地球芝麻都称不上，那么，你我他呢？

又过了几年，我早离开那个科室，突然听说科长犯了经济问题被查。我一下子记起那个清晨，而同时料定他早已忘记自己说过的话。人们往往只去记与自己密切相关的、有利于自己的有价值的信息。为了达到某种目的，不断地修订记忆。某位朋友，多年前就开始吹嘘自己在若干年前邂逅某女明星，刚开始情节单薄、色彩暗淡。现在大家大多知道这段艳遇，如果聚会时仍有人懵懂，那么就集体哄他再说一次。他特别愿意，最近的一次，细节铺陈得精致绵密，我像看了一部剧情片。他调动所有记忆，为这段经历服务，不断增添生命中不多的亮色。

我也曾试过记忆的选择性。一个重大事件来临前，特别是结果难以预料的事件，我总会在某些物品上做些标记，然后静静地以事发前的心态观瞻，牢记纠结心态。事后，不管结果如何，再次观察做了标记的物件，比对事前事后的心态变化，总会得出人总是在往前走的结论，过去已经无所谓，关键是未来。

佛说："过去心不可得，现在心不可得，未来心不可得。"但是，凡人还是反复追问"终极问题"。死是不是生命的唯一必然？即便肉体必将消亡，精神如何得永生？相传，武则天曾经写过这样的偈语："云何得长寿，金刚不坏身。复以何因缘，得大坚固力。"世间宗教、现代科学都有意无意地围绕这终极问题，寻求终极理论、终极结论。

我坐在电影院里观看《星际穿越》的时候，脑子里就想，如果这样的情节被金庸先生、梁羽生先生借鉴，那些武侠小说该是如何更加精妙！欧文的《见闻札记》也能够改编得更加玄妙。虽然加上了相对论、黑洞理论、量子力学理论等，但是影片从科技含量上没有超越二十多年前拍摄的《回到未来》。最令人感动的还是人性。一位侠客惨遭不测，被打入峡谷，消失在世间，就像宇航员乘坐飞行器离开地球。开始，还有人惦记他，后来便渐渐被抛弃。要知道峡谷里的一天相当于世间百天，大侠历经磨难终于走出峡谷，已是沧海桑田。他牵挂的人，不是过世，就是垂垂老矣。暗算他的对手，时间已为他报仇雪恨。其实，人们并不需要这么多玄妙，穿越虫洞，甚至黑洞，来到河外星系，进入四维、五维空间，这一切，没有几个弄得清楚。

但是，只要回归人性：不管是丑恶还是纯真，是亲情还是爱情，都一下子变得生动起来。现代版的《烂柯山》、《瑞普·凡·温克尔》，每个人都在内心有所期盼。

"她还活着吗？"瞬间，一句台词模糊了大家的双眼。

"不要温和地走进那个良夜，老年应当在日暮时燃烧咆哮；怒斥，怒斥光明的消逝。"狄兰·托马斯的《不要温和地走进那个良夜》，怒斥的是死神将生命带离世间。生命即将结束的时候，人总有几件一生中难以释怀的事情，如果能够回到过去，向他或她解释，得到谅解，再回来就能安详离去。《回到未来》中，主人公甚至可以影响父母婚姻。《星际穿越》里，父亲所处的五维空间，时间成为实体，刻度分明地显示女儿举止行动。然而，霍金对此作出否定。时间箭头将过去和将来区别开来，使时间有了方向。为什么组成时间箭头的热力学、心理学和宇宙学三个时间箭头，目前都指向未来，而不是过去？霍金还给出了简单判断，那就是目前为止，还没有遇到来自未来的人。他幽默地说，要么就是现代人的智力还不够接触这样的理论，否则将自毁宇宙。

一百亿年后，现实宇宙不再膨胀，开始塌缩，时间箭头就会调转，那时候，人们旅行到过去，赢得早已知道号码的巨额彩票。但是，那时还有彩票吗？或者还值得拥有彩票吗？坐在电影院里，看着屏幕上模拟出来的宇宙画面，我想起少年时期，一位同学问我的一个"高难度"问题：宇宙之外是什么？我当然回答不出。那是"非宇宙"。这个答案具有哲学思辨色彩，我选择性地记忆到现在。宇宙大爆炸之前没有时间，时空概念随着宇宙膨胀而生。黑暗与寂静是宇宙的永恒，而光明与喧嚣只是宇宙的奇迹。假设，"非宇宙"里的一切与现实宇宙相反，极有可能那里的人们对生充满恐惧，而对死热切期盼。

既然旅行回去这扇门已经关上，那么，我们还可以去"平行宇宙"穿越和生存。《星际穿越》的飞船穿越土星附近的虫洞，来到另外星系，也可以视作穿越到另一个宇宙。整个宇宙是由量子组成的，而在量子力学中，存在多个平行世界。那么，平行宇宙的存在，有了坚实的理论依据。我们小（1）班每个小朋友都有两顶绒线帽，那么，小（1）班有两整套绒线帽的结论就成立。最早接触平行宇宙的概念，是在台湾作家张系国的《棋王》里。张系国本人是计算机专家，酷爱文学，写出的科幻小说有坚实理论基础。他把平行宇宙描绘成数量庞大的肥皂泡。每个人都是肥皂泡上最重要的一环。一个人命运的改变，将影响这个肥皂泡宇宙的未来。好吧，如果有可能，就让我们再次穿越虫洞，看看另外的宇宙中，你我他是什么状态。

《星际穿越》将来到的未来演绎得生动鲜活，极大满足我们对生命不死的欲望。还是穿越虫洞，来到河外星系也好，平行宇宙星系也罢，反正那里的一小时，相当于地球上的七年。现在，就让我们掐准时间，静静地在那个遥远地方，坐看潮起潮落，或者若干个太阳的出落，真的没有必要待上一年，七天之内重新穿越虫洞回来，这个蓝色星球已经走过千年。我们以这种方式延长生命，来到未来，符合广义相对论和量子力学原理。

"风月无古今，情怀自浅深"，每次相逢，每次别离，如果都有"这可能是最后一次"的念头，那么，我们对人和事，甚至世界和宇宙会豁达许多。人的淡然，不正是宇宙的寂静吗？

美好的一天

　　夜已经很深了，揉揉眼睛，我耳边出现自然的声音。中秋之夜，又见朗月。虽然虫子鸣叫声不绝，但是静下心，我还是能够听到天籁。明天会是美好的一天，即使是压力重重，甚至倒霉不顺，也是美好的一天。上帝不停地掷骰子，一不小心，霉运出现在家乡宇宙的你身上。但是，其他宇宙中的你，可能生活得非常惬意。从这个意义上讲，明天无论如何都是美好的。更何况，或许你还可以选择愿意停驻的宇宙。科幻电影《源代码》，就是这个理论的美好演绎。

　　上午七点四十七分，史蒂文斯上尉"借壳"教师肖恩，在列车上给拉特里奇博士打了个电话。博士正领导着"脑波源代码"工作小组，他们的宗旨很明确："我们不能改变过去，但是我们可以影响未来。"八分钟后，史蒂文斯回到"禁锢空间"，拉特里奇说他不可能接到来自平行宇宙的电话，如果接到，那也是另一个宇宙里的拉特里奇博士。如果只看影片结局，观众很可能认为拉特里奇这句话出了问题。因为史蒂文斯抓住嫌犯，阻止火车爆炸，进而使芝加哥化险为夷。但是，平行宇宙理论认为，如果你能够回到从前，那一时空节点起，进入的已不再是家乡宇宙，即使你能影响一些事情，改变的也只是其他宇宙。史蒂文斯数次潜回即将爆炸的列车，影响了事件进展，每次的结果，都记录并保留下来，在不知不觉中，进入宇宙岔道，向另一其他宇宙发展。这情形有点类似村上春树描写的 1Q84 年。那里也有天吾、青豆、牛河，却已不再是家乡宇宙里的天吾、青豆和牛河。

六十年前，博尔赫斯在《小径分叉的花园》中，提到德国间谍写的一部小说，里面的所有可能性都变为现实，于是情节总是没完没了地岔路横生，读者迷失在文字的迷宫里。博尔赫斯称此书是侦探小说，却无意中提出了多重宇宙的观点，这位作家中的作家居然比物理学家早想到十几年。每次到太湖边跑步，我总时不时侧身望湖，想象湖水与天空交接的地平线后，依次出现的世界：扁平的太阳系、漩涡状的银河系、庞杂无垠的家乡宇宙。那么，家乡宇宙之外呢？跑步时间就在胡思乱想中相对缩短。"我们的宇宙是诞生于大约一百四十亿年前的泡泡中的一个。"我记起美国物理学家亚历山大·维兰金充满趣味的"泡泡宇宙"理论。充满宇宙和非宇宙的如果是无数的泡泡的话，那么我们岂不是彩色泡沫？一生比草芥还轻了。

说到人生，自然想到生与死。人从哪里来，将要去往何方。佛教"轮回"理论，认为一切有生命的东西，如果不持久修行，就永远在"六道"（天、人、阿修罗、畜生、饿鬼、地狱）中生死相续，轮回不止。这与多重宇宙理论一些方面互通。虽然目前科学仍然无法用实例证明轮回，但是佛教始终相信这是有情生命的真实相状。我曾经做过一个梦。一位已经离开这个世界的朋友，与他的朋友小张，一起出现在我的梦里。生前，他罹患非常痛苦的疾病，我们都很难过。同时他又乐观坚强，令

我们更加心痛。我做过无数梦，记得的寥寥无几。但是，当他
出现时，梦里的我也震惊。他垂手站着，气色温润，始终微笑，
平和安静。小张我也认识，只是好久没联系。小张告诉我，他
俩现在合伙做着喜欢的事情，过得很开心。似乎他们本来就应
该这样生活工作，似乎病痛、死亡还遥不可及。梦的最后，我
也笑了，格外舒心。此后，我动过找到小张的念头，想碰个面，
聊一聊。这个想法很快被我自己否决。如果他现在生活在佛教
的"三善道"，或者其他宇宙中，脱离了家乡宇宙的痛苦，快
乐地生活，那么我有什么理由再到现实世界里刨根问底呢？

　　这个梦带给我的思索，与对《源代码》的思考相似。影片
最后，史蒂文斯与克里斯蒂安携手走到芝加哥"豆子"下面，
笑容通过"豆子"的镜面，清晰传递给观众，他们即将开始新
一天的美好生活。他们进入了其他时空形成的陌生宇宙，抛下
了家乡宇宙。在家乡宇宙，可能失去属于他们的美好一天。克
里斯蒂安将去印度，而史蒂文斯两周前就在阿富汗遇难。借用
庄子的话说，就是"不知周之梦为蝴蝶与，蝴蝶之梦为周与？
周与蝴蝶，则必有分矣"。

　　我们总希望过得好一点，把美好一天的愿望寄托在平行宇
宙中，是超现实的心灵慰藉。哪个才是真实的史蒂文斯？已经
不重要了。"人生天地之间，若白驹之过隙，忽然而已。"就
这样活着吧。

时间机器

一个婴儿呱呱坠地，年轻的母亲兴奋地抬起孩子的左手，对丈夫说："太好了，她还有漫长的二十五年时间，我们先借一点。" 这是美国科幻影片《时间规划局》（In Time）中设计的场景。

一百一十六年前，乔治·威尔斯发表《时间机器》，开创了时间旅行科幻小说的先河。他"制造"了时间机器，时间旅行者可以在四维空间自由穿行。十多年后，爱因斯坦提出了相对论，为时间旅行提供了理论支持。我看到一张老照片，爱因斯坦与威尔斯坐在一起，认真地讨论问题。我怀疑是不是爱因斯坦把理论的初步设想预先透露给好友，或者威尔斯的想法影响了伟大的物理学家。今天，文学、影视作品已经不再单设时间旅行这个主题，而是不断变化着时间的性质。《时间规划局》把每个人都变成一部"时间机器"，更是一种创新。

未来世界里，人们似乎战胜了疾病和衰老，只要时空不限制，人可以长生不老。为了避免地球过度拥挤，规定每人只有二十五年生命。人一出世，倒计时就启动。植入左臂的计时表，分分秒秒提醒人们，距离生命终点的裕度。打工，挣来的钱直接由时间银行折算成分秒打在胳膊上。人生存所必需的学费、餐费、交通费、住宿费等等，都直接从手臂上扣去时间。大家连走路都带跑，随时随地神经质地低头查看自己的左胳膊，街上不时出现时间清零突然倒地而亡的人。当然，以上这些都是穷人的生活情状，男主人公威尔就这样艰难地生存着。

那个社会中，生命和金钱都量化为时间，成为一般等价物，可以支付、买卖和赠送。看似公平，实则不然，富人不断用金钱买来时间，延长自己的生命，他们人生的终结时间，往往预设在遥远的下世纪，甚至千年之后。由于每人的生命周期固定，生命总时间守恒，因此，富人的长寿必然剥夺穷人的生命时间，也造成了社会的两极分化。女主人公塞尔维亚是富家女，父亲赠送给她几百年的寿命。住在富人区的人，一顿饭就可能吃掉十几个穷人的生命。

富人控制着时间银行："时间规划局"，采用通货膨胀、时间贬值等手段，不停抽取穷人更多的时间。雇用类似警察职能的时间管理员，追踪每个人的时间账户，遇有异常情况，立刻追查、清缴。一个偶然的机会，威尔获赠一百零六年的生存时间，时间账户发生异动，他被时间管理员追捕。被逮捕的时候，他绑架了塞尔维亚，开始逃亡。他俩遇到"时间抢劫者"，塞尔维亚的时间被盗，一下子变成穷人，尝到了时时刻刻为手臂上生命倒计时担惊受怕的味道。她与威尔一起反抗时间管理员，打败"时间抢劫者"，盗取一百万年时间钟，分给每个穷人时间。

塞尔维亚的父亲是一百万年时间钟的拥有者，面对抢劫他的女儿，他说了一句话："每个人都想永生，都希望是最特殊的一个；一个人的永生，意味着其他人都得死去。"富人们为自己营造的新格灵区又让我想起乔治·威尔斯，他在《时间机器》里描述了时间旅行者穿越到公元 802701 年发生的故事。新格灵区就像埃洛伊人的地表生活区。表面上鲜花盛开，水果繁多。人人没有疾病，善良可爱。但是，夜幕降临，居住在地下的莫洛克人就会爬上地面，四处捕捉埃洛伊人当食物。埃洛伊人浑身发抖，挤作一团，据说他们就是 19 世纪英国统治者的后裔。新格灵区的富人们也是这样，外出时总要把左臂遮挡住，贴身保镖需要一个班，他们惧怕像莫洛克人一样的穷人的袭击。最后，威尔斯设计了这样的场景，他让时间旅行者跨过公元 802701 年，继续向前。时间机器停下的时候，太阳老了，地球上已经看不到人的踪迹，只剩下白色蝴蝶和红色巨型蟹，这也许是威尔斯与爱因斯坦一起探讨的地球末世的场景。

含有时间旅行元素的科幻作品，都不可避免地涉及未来社会的构成，令人惊奇的是，几乎每部作品都把未来社会划分为两种力量：光明势力、黑暗势力，两者之间的矛盾不可调和，只有通过战争来达到暂时平衡。往往光明势力总要比黑暗势力来得薄弱，维系正义的力量总是要历经挫折，才能战胜邪恶。比如：《终结者》、《星球大战》、《变形金刚》、《回到未来》，甚至《哈利·波特》。由此看来，科幻百年以降，形式变化多端，实质却似乎没有多少改变。作家、编剧和导演陷入未来世界的不可知论，茫然失措。"时间机器"旅行到地球末日，世界苍凉悲怆。《时间规划局》的结局，还算乐观：砸掉富人的银行，均分富人榨取的时间。但是，过程充满暴力和血腥。

威尔斯在第二次世界大战结束后的第二年去世，那一年，他八十岁。战争期间，老人坚持不离开被德军天天轰炸几成瓦砾堆的伦敦，亲眼目睹战争的残酷。他奔走呼吁停止杀戮，但是苍白无力。就在这场战争开始的那一年，他为自己设计了精短的墓志铭："上帝将要毁灭人类——我警告过你们。"

他来自地球

　　春天似乎越来越短暂，特别是进入 4 月份，只要太阳一出来，夏天就被召来一次。即使清晨六点出发，到太湖边上，阳光也早已洒满湖面。我们通常跑十公里以上，用时一般超过一个小时。严歌苓也酷爱长跑，她曾说："要的是那终极的舒适，但那舒适的穿越几乎是以垂死的状态去获取的。"在我看来，不管是世界冠军还是普通爱好者，马拉松总是要受煎熬。运动员经过训练，只是习惯或者适应了这种痛苦。一个多小时，太湖为我们多角度展示风景画，我们缓慢地移动，画面悄悄地变化。季春时节，要命的花香、草木香和泥土香，忙不迭地塞进我们的鼻子。还要多久才能到达目标？每周除了两三次，每次个把小时的煎熬，其他时间，我们都轻松地呼吸，平静地思考。眼前这点算啥？严歌苓的体会也是如此："小小地受点儿罪，大大地经历一番刺激，而后灵与肉得到一种升华，一种超饱和状态，就叫过瘾。"跑步是会上瘾的。

　　早晨八点多了，我停下奔跑的脚步，享受摆脱强迫运动的轻松，头顶一架客机低回。我迎风朝湖边走去，湖中波浪翻动，散在水里发红的芦苇花，迎风点头、倒伏。不远处，几个渔民在讨价还价。美好的声音，美好的运转和静止。一时间给我错觉，这世界可以永恒不变，草不会枯荣、水不会盈亏、天不会明暗。

许倬云先生曾经说过，中国历朝历代的文学作品，很大一部分是感叹季节变化，时节、时令对文人思考人生起着至关重要的作用。我想，当短暂人生遇到亘古不变的自然时，有人不发出感慨反不正常。除非，有人拥有超乎寻常的寿命。我最着迷于《他来自地球》中约翰的那几句话："17世纪时有一个人，他像我一样一直存活着。但是他来自另一个时间、另一个地方……两百年后，我觉得自己在布鲁塞尔的一个火车站看见了他，他却消失在茫茫人海。"这部影片被誉为2007年度最佳科幻片，虽然几乎所有情节都是一群教授在闲聊，但是聊着聊着，就石破天惊了。

约翰是一位学识丰富的教授，正当事业蒸蒸日上时，他却选择了离开。同事们赶来为他送行，并竭力挽留他。在教授们重重追问下，约翰告诉他们，每十年，他都会换一个地方，再原地待下去，他不老的样子就会露出马脚。他自称是地球最早的穴居人类，存活至今。奇特的基因，使他总能免疫、抗衰老，即使偶尔得病也能尽快自愈。年纪永远停止在三十五岁。约翰越说越离谱，自己的经历活像一位学者讲述的历史知识：佛祖、基督、哥伦布、贝多芬等人和事，套在自己头上似乎轻而易举，难的是细节考证。当约翰说自己就是耶稣时，教授们都认为他应该进疯人院。于是，几万岁的约翰承认自己之前所说都是谎言，为的是留给大家一个深刻印象，作为告别纪念。教授们都松了一口气，他们的理想、信念体系差点被摧毁。大家几乎都离开了，医学教授威利偶尔听到约翰的只言片语，惊愕万分，经过对答，约翰居然就是六十年前抛下他们的父亲，威利承受不起这样的刺激，心脏病发作去世。约翰的身世，又陷入不可知、不可证。

如果"穴居人"约翰生存至今，他最快乐与最痛苦的是什么呢？我想应该是超越生命的束缚和历经沧桑的倦怠。最近看纪录短片《已知宇宙》，从喜马拉雅山之巅以光速离开地球，依次经过月球轨道、行星轨道、太阳系、银河系、周围星系，到达离地球一亿光年的地方，是我们目前能够绘出的星系，很多区域都是空白和未知。到了一百三十七亿光年的地方，就是宇宙和时间的边界了，出了这个球体，只能称之为"非宇宙"，我们连那里是否存在时间、空间都搞不清了。与星际旅行相比，约翰这几万年，同我们普通人的几十年，又有什么本质区别呢？太湖边的一群蚂蚁，有的在搬运食物，有的在侦察敌情，如果有一只蚂蚁在远眺太湖，思考这湖的广度与深度，我们是否会笑弯腰呢？事实上，我们可能一直被"其他人"笑话着。约翰懂的再多，也没有超出地球界限。而对他至关重要的"来自另一时空的人"，却不愿与他多交流。即便两百年来再次相遇，彼此也只是"擦肩而过"。即使一只爱思考的蚂蚁，我们能期望他拥有我们的宇宙观吗？正如我们难以想象一百三十七亿光年这么长的距离那样，太湖边上的蚂蚁，也难想象他旅行到太湖对岸、北京，直至纽约的情状。我们笑蚂蚁拥有"不完全宇宙观"，"来自另一时空的人"可能同样讥讽我们的幼稚，这大概就是他不愿与约翰再次见面的原因吧。

冯友兰先生在上世纪40年代的纷乱战火中，写了六部哲学著作。其中《新原人》提出，天地境界是从一个比社会更高的观点看人生。他把"天地"设立了一个新名词，叫作"大全"，以区别代表物质世界的宇宙。"大全"是对于自然和社会的一个总的概括。后来，在老人晚年出版的《三松堂自序》中，再添新注解，"大全"就是所有东西的总名，可以说是最大的一类殊相的总名，除此之外，没有别的可以说的了。即便这样，我想大概还是不能超越一百三十七亿光年为半径的球体吧。老人从八十高龄从头开始撰写《中国哲学史新编》，写到最后一章，感受到了"海阔天空我自飞"的大自由。大自由的境界，与约翰的心情似乎有点相近。约翰说自己即便再笨，也有的是时间把所有感兴趣的事情搞懂。他十年一迁居，为的就是获取更大的自由。冯先生因世事沧桑，错过了学术精进的黄金期，只能在耄耋之年重起炉灶，这仍属幸运之列。约翰不停地学习、工作、迁移，几个来回下来，物是人非。史蒂芬·霍金与另外的天体物理学家至今找不准宇宙终极理论——"M 理论"。要么是因为人类的局限，要么现实宇宙根本不存在这样的定论。

我们的局限，显然是无法超越现实宇宙。即便约翰生命漫长，也同我们一样受限。他的倦怠，我可以想见。经历这么多，积淀在心中的块垒足以压碎对未来的憧憬。我们自认为比较漫长的生命，在约翰看来，就像跑步时脚抬起又放下的一瞬间。这样看来，再长的痛苦，终究短暂，但是快乐难道不也如此吗？所以约翰选择定期消失，从头开始新生活。望着赶来太湖踏春的茫茫人海，我想当中会不会也存在不老传说呢？

我们除了等待还能做什么？

　　昨晚，与几个朋友一起聊天，说日本的地震，以及将要到来的 2012。

　　有报道说，日本人提前六十秒得知将要大地震，从而避免了更大的灾难。我国地震局官员坚称，连提前十秒的可能性都不存在。我们的心更凉了。蜗牛爬上旗杆顶，还有耐心等待。依靠目前人类的认知与技术，在自然灾害面前自我拯救，死了这条心吧。

　　大家都说海啸袭击城市的镜头，与《2012》表现得简直一模一样。那时，房屋、汽车、火车、人等等，什么都成了玩具，随波沉没，消失在裂开的地缝里。但是，我注意的却是另外一个事实。新西兰、云南、日本几个地震在短时间相接而来。各国政府都在说："我们是安全的。"这又和《2012》的情景一致。

　　也许，没什么大不了的。震到就算倒霉吧。网上很多人都把刚震过的地区划为旅游黑名单区域，我想这个范围会不会越来越大，猛然间，发现已经没有几个地方可去。如果安家乐业、旅游休闲已经到了算地震发生几率的地步，难道还不严重吗？

　　既然官方已经表明地震不能预测的坚强决心，他们将能够预测者称为"神仙"。那么，我们去找的就是张衡老先生了，他才是我们心目中的神仙。接下来，我们除了等待好像做不成什么事情了。对罹难者的哀悼，对自然界惩罚的恐惧，交织于心。其实恐惧之心，应该来得更早些，现在可能已经晚了。大家开玩笑说："做奶粉的不吃奶粉，去买面吃；卖面的不吃面条，去买鸡吃；养鸡的不吃鸡，去买奶粉喝。"这是一个可悲的笑话，却非常真实。一只鸡从生出来，到宰杀，多少天？十七天！每天关在方寸铁笼间，不停地填食，饲料里没有哪次不加入抗生素、激素。今年315晚会曝光的"瘦肉精猪"，遍布我们的市场。

那天傍晚，我路过菜场，卤菜店刚结束营业，老板一家开始吃晚饭，酒、菜、饭俱全，就是没有一只自家卤菜在面前。小儿子偷偷伸手去拿一片叉烧，被爸爸打手，威严的眼神分明说，这个东西怎么能吃？但是他想过没有，自己面前的许多食物，可能在别人家也是进不了门的。但是，我从卤菜店老板眼里，看不到恐惧，安心与镇定，麻木了的神经，点点滴滴积累，就这样蛀坏了自然、地球。

霍金在新作《大设计》中表达了这样的观点，这个世界的设计者不是上帝而是另有"他人"，最大的可能是"宇宙并不是一个单一存在体，多个宇宙并行存在和发展的可能性很大"。如果这样的话，被设计成为有人类的地球，将是一个最大的试验品。从目前的情况看，人类没有辜负设计者的用心，正以极渺小的力量，极低能的智力，在加速毁灭相对庞大、优美的蔚蓝色星球。

我们除了等待，还希望能够穿越时空，进入并行宇宙中的另外的地球体验，运气好的话，也许能够在设计者最优方案的地球上着陆，我想，那里大概不会有人类（地球上的那种）。

目前，就让我们在阳光灿烂的日子里，尽享当前生活吧。因为在暴风雨来临时，我们将脆弱如灯草。不珍惜那一点光明，我们将永远坠入黑暗。

阿姆斯特丹

多年前，KIM 航空公司班机缓缓降落到斯希普霍尔机场，我在蜘蛛腿般的登机通道里左冲右突，掐着时间转机前往法国。忙乱中，我扫了一眼窗外，高大威猛的行李员正往运输带上扔箱包，这是我对异国的第一印象。5 月底，北半球高纬度地区享受着长时间的日照，早过了十九点，天际的云层仍然鱼鳞般金光耀眼，我却困倦极了。过了几天，回到阿姆斯特丹，夜晚走进空无一人的街巷，天还是白得干干净净，点亮的路灯光仅是装饰品。我不由得向往北极，在极昼下观察不落的太阳；我更向往斗转星移半年后的北极，在黑暗统治全天的日子里，取暖、休息、冥想。

短短几天的逗留，不可能对阿姆斯特丹有深刻印象。如果硬要说出一点，那就是融和。别处显得出格的事情，在这里却服服帖帖。游轮行驶在通往北海的航道里，我闻到一丝腥味，莫名感觉这似乎是灵动的气息。2003 年 11 月的最后一天，七十一岁的老太太迪莉娅选择这一天作为自己生命的终点。前一天，荷兰议会通过了安乐死合法。老太太的两个女儿为她拉上窗帘，点上蜡烛，播放她喜欢的音乐。两名主治医师签名确认老太太罹患绝症，同意实施安乐死。一名医师将致命药品注射进她的血管。虽然亲朋好友都沉浸在悲痛之中，但是迪莉娅的嘴角最后挂着的却是一丝微笑。

从那一年开始，阿姆斯特丹出现了两拨特殊的人。一些老人或者病人逃离荷兰，去往周边的国家。原因是他们越来越不相信医生和他们的亲属。一项调查表明，七千起安乐死案例中，老人或者病人结束痛苦选择安乐死，有41%是由他们的亲属代为提出的，并且，其中11%的人，死亡之前仍然清醒，有能力做出自己的选择，但是没有人问他们是否愿意继续活下去，他们就这样"被死亡"了。而另一些人则热衷"死亡之旅"。世界各地"生不如死"的老人或者病患，千方百计打听到了荷兰安乐死法律的细节，在法案中并没有具体措施阻止外国人来荷兰"寻死"。他们赶到阿姆斯特丹，安静地领受死亡。这居然变成了一种国际时髦。

如果不了解这些事实，那么，伊恩·麦克尤恩的《阿姆斯特丹》至少要看到最后才恍然大悟。这部荣获英国文学布克奖的作品，情节的铺垫都在英国，高潮却安排在了阿姆斯特丹。麦克尤恩后来接受记者采访，说起这部小说写作的初衷，却是源于一句玩笑话："如果我们俩（他与一位好友）中间有人开始患上类似老年痴呆的病症，为了避免自己的朋友陷入屈辱的境地，另一方就要把他带往阿姆斯特丹接受合法的安乐死。"

小说中的两个主人公"伟大的作曲家"克利夫和"伟大的实干家"报社主编弗农之间的关系既紧密又脆弱。他们达成协议：如果对方不能有尊严地活下去时，对方可以随时结束他的生命。克利夫痛恨杂事干扰，争分夺秒创作《千禧年交响曲》，只为赶上在阿姆斯特丹的首演。弗农陷入揭露现任外交大臣"异装癖"丑闻泥潭，遭到克利夫的嘲讽。两人彻底闹翻，反目成仇。他们同时将对方约到阿姆斯特丹，极其方便地从医师手里买到安乐死的药品，撒到香槟酒里，交换敬酒，放心地看着老朋友一饮而尽。

克利夫和弗农已经逝去的共同老情人莫莉出现在两人弥留意识中，她要求克利夫为粉丝签名，要求弗农签下一笔业务合同。麦克尤恩似乎在提醒我们，不管生前身份有多大的差别，在敞开的死亡大门前，人人平等。克利夫和弗农脑子里出现的场景、人物、事件，都有相同之处。科学家跟踪研究了人类濒临死亡现象，发现濒死经验基本可归纳为五个阶段：安详轻松、意识逸出体外、通过黑洞、与亲朋好友欢聚、和宇宙合而为一等。从生死线上被抢救过来的人，描述死亡是由抗拒到欣然接受的过程，徘徊时间越长，排斥现实世界越强烈，特别有光的引领之后，灵魂更拒绝"回家"。

小时候，孤独地躺在床上，冬雪已经压弯了枇杷树枝叶。不想起来，就赖在厚重的被子里，双手紧捂眼睛，屏住呼吸。不久，眼前就冒金星，一片黑、一片红、一片绿地向我飞来，坚持、再坚持。最后，一片白充斥眼前，我才打开呼吸，那种自由和轻松，目前我的体验，只有马拉松结束后的感受能与之匹敌。科学家认为，这是脑部缺氧导致的幻觉和欣快感觉。曾经有一段时间，校园流行"死亡游戏"，通过假死而获得强烈的欣快感。安乐死的追随者，一定研究了濒死的各种状态，为自己设计了理想结局。你将记起幼年时父母悉心呵护的温馨、第一次上学的兴奋、初恋的幸福、小小成功的得意、初为人父母的喜悦等等。

一生浓缩在一瞬间，全景回顾，这是属于你一个人的纪录片。

有一个研究结果让我感怀。在即将离开人世的一瞬间，你曾经帮助过的人，会一一出现向你致谢；你曾经做过的好事、善举，会一一展示。你将带着荣誉离开这个世界，内心充满愉悦。如果现世所作所为相反，岂不是在愧疚与遗憾当中结束你的生命？这是最后的礼物，也是最好的见证。

地球到北斗七星之首天枢星一百二十四光年，如果把人的一生比喻成我们到天枢星的距离，那么，我们每时每刻都在以光速扑向死亡。如果把我们余下的岁月细化到巨大沙漏里的细沙，那么，浪费一把沙甚至一团沙，我们也不会感到紧迫，甚至能够体会到生命的从容。但是，不管比作哪种类型，生命诞生之日就预定了终点，那一天总会来到。"结尾的一个旋律是对贝多芬《欢乐颂》的无耻抄袭，不过加减了一两个音符而已。"一直想成为当代英国贝多芬的克利夫在阿姆斯特丹的首演，因他的死亡而取消，还落得这样的评价。难怪即将辞世时的他感受到的不是轻松和欣快，而是疲惫和颓废。

情感 QING GAN / 杂记 ZA JI

运动 YUN DONG / 思维 SI WEI

一路 YI LU / 风景 FENG JING

市井 SHI JING / 生活 SHENG HUO

家族 JIA ZU / 记忆 JI YI

宇宙 YU ZHOU / 时空 SHI KONG

风筝

　　那个中午，天气很好。阳光从窗帘布后面仍然倔强地探进来。我慢慢地靠在沙发上，突然眼睛有点酸。前天晚上，妈妈说，如果女儿有了男朋友，她会怎样地爱那个男孩子。也许就是这句话，让我明白，女儿已经不再需要我们，至少精神上。静静地躺在沙发上，闭上眼，还是酸。天很蓝，我开始放自己做的风筝，刚开始，磕磕绊绊，老是飞不起，我一次又一次地理线、拉线，终于离开我的头顶。喜悦，随着风筝的升高淡去。一时间，我发现手上的线，不是直的，风筝已经不直接受力于我手，随时都可以高飞。女儿还包裹在襁褓里时，我盯着她的高鼻子、翘嘴巴，说一定会保护她、爱她、培养她，用生命来呵护她。而现在，有些事情不一定要去做，有些事情不是由我们决定得了的。

　　然后我睡了，刚眯着，脑海深处却传来音乐声，那是每天清晨起床的闹铃音乐，熟悉的曲名就在嘴边，却一直叫不出来。总是一边狠狠地想，一边又顽强地再入睡梦中。这次有点不同。浅睡眠中，我的意识还很清楚。难道这次要在叫醒声中入眠？忙乱的景象浮现，每天清晨的时间总是特别短。那时候，还没有汽车，又下起了雨，女儿穿上小雨衣，坐在书包架上，我奋力踩车往学校方向赶去。雨水总滴得我胸口湿漉漉，每次想补雨衣的小小破损，天晴了，却又忘记。小小黄色身影还回过头来，写意地挥了挥小手，雨滴滑落雨衣，亮闪闪的。孩子小步走进校门。我于是也回头上班。有了辆轻摩，我经常违反交通规则。路口拥挤，眼睛一闭，我直冲高架桥，在警察转身忙碌指挥的当口，若无其事滑行到安全地带。普通的日子，匆匆忙忙地过得无知无觉。

有一天傍晚，女儿哭了，饭菜不肯吃一口。运动会班级选拔比赛，她得了小组第一。几个女孩一商量，没有让她进接力队，理由居然是她胖。那一年她小学四年级。我让她记住这个时间，这是她人生第一课，被排挤、受挫折的起点。我说，不公的事，往后多了，要学会坚强。可她还是想不通，眼泪汪汪。过了一段时间，我突然想起 Beatles 的"Hey Jude"，找出唱片，静静地听了好几遍。"嘿！Jude，不要沮丧，唱首悲伤的歌曲，来缓解自己的心情，请将她存放于心，生活才会更美好。"本来准备放给女儿的歌，却句句敲打在我心上。当初列侬第一次听到这首歌时，就认定是写给他的。其实这是麦卡特尼在看望列侬第一任妻子辛西娅和儿子朱利安后，在车里写就，献给朱利安，这个因为父母离异而遭受心灵创伤的五岁男孩。我缓缓收起唱片。原来，最需要心灵慰藉的是我们。最后，我没有给女儿听。朱利安二十年后才知道这歌是麦卡特尼叔叔专门为他而写。

中考过后，女儿写了两段文字，一封信给我们，一篇作文发表在报刊上。"最后一段复习时间，我累了便会在草稿纸上画上一株歪歪扭扭的向日葵鼓励自己。中考呼啸而过留下了失落的我。我开始思索，我究竟还剩下什么？我又拿起了画笔，那种因为作画而欣喜的感觉，又回来了。我闭上眼睛在心里落泪。""挫折确实是一剂良药。它让你清醒，让你不得不去面对。就像我贴在房间里的那张简报一样。你的那些痛算什么，别人比你还要不幸，所以我会一直扬起头继续努力。"先是惊讶，而后惭愧。我忽然发现，从不离我们左右的孩子，居然成了"最熟悉的陌生人"。看到她作文的朋友，说："这孩子内心里的那股力量啊！"伤感，一下子袭来。女儿才十五岁，学习让她变得如此坚强，内涵都是在与分数作战。丢掉爱好、特长、快乐，在考试、排名面前，被成熟、被坚强、被沉默。

午后的阳光逼迫我的白日梦早早收场，就在睁眼的一刹那，"风筝！"每天清晨折磨我的乐曲名，脱口而出。我连忙上网查找，果然是孙燕姿的《风筝》。插上耳机，柔美婉转的歌词流出："我不要，将你多绑住一秒，我也知道，天空多美妙。请你，替我瞧一瞧。"我拉开窗帘，一下子看见冬日的天，晴朗蔚蓝。女儿很小时睁着大眼睛问我："天空为什么是蓝色的？"那时，她的眼睛清澈透明，蕴含着蓝色天空。现在，该让孩子自由飞翔了，我还要紧握住风筝线吗？王德威在评论齐邦媛先生的《巨流河》时，借用别人诗句，写下他的读后感悟："如此悲伤，如此愉悦，如此独特。"就像我们无法确切体悟老人的感受一样，也不能完全洞悉孩子的想法。

电脑正在随机播放大桥卓弥演唱的《谢谢》MV，我坐下静静地听，画面上新干线列车驶过，天空中鸟儿飞过，故乡的老人平淡生活。"遥望着东京的天空，突然想起远方生活的你，你还好吗？"是啊，我们可能对孩子的期望有很多，但那只是属于她自己的，而真正属于我们的呢？恐怕只有对我们的牵挂了吧。

灯火的声音

　　深夜，关灯躺下是一道分水岭。眼前黑了，听觉灵敏起来，各式各样声音爬出来。楼上拖鞋声、隔壁抽水声、远处狗吠猫叫，这些都让我安心。但是每个夜晚都是不同的，隔三岔五会出现奇怪声音。敲墙声、剁肉声、震动声等等，忙碌生活的气息，只是时针已指向午夜。迷迷糊糊中，我总是把握不住那些声音的方位，但是几乎能断定的是，假如我清晨站到楼前，一个个询问走出楼道上班的人，不会有人承认午夜劳作这事情。谁在忙碌？谁发出了声音？我曾看到一则小道消息，几乎每个人都听到过楼上硬币或者弹珠掉落、滚动的声音，便认为是小孩在玩耍。可是调查表明：要么楼上没人，要么楼上人从未抛过硬币或弹珠。怪力乱神的讲法就不谈了。科学的解释是，楼板内钢筋热胀冷缩产生了声音。虽然我将信将疑，但是黑暗中，我宁愿站在科学一边，那些声音都事出有因吧。

　　熄灯之前可不是这样。灯的光芒和声音统治世界。其他声音遁入黑暗，等待出击的时机。自从宇宙诞生以来，光明只是孤岛，一百五十亿年间，一直为黑暗包围。在黑暗的逼迫下，自发光的恒星一步步蜕变为白矮星、红巨星，质量达到一定程度的，还坍缩为黑洞。它们最终都将被黑暗吞噬。渺小地球上的生命也是这样，无论默然无语还是一飞冲天，都会归于沉寂。

有光的地方，就可能产生生命；没有光明的区域，不会有生命痕迹。

最原始是钻木取火，柴堆发出"噼噼啪啪"声音，光与声，赶走野外恶魔。蜡烛、油灯，平静的"吱吱"声，壮大光明力量。"青灯黄卷伴更长，花落银钉午夜香"，更增添书生的信念。几千几百年就这样过去了。我的书房，灯光惨白，射在翻动书页上，发出"沙沙"声。我的卧室，床头橘黄色灯，拉下开关后的一瞬间，有一种声音消失了。熄灯之前，我的注意力在听音乐上，在阅读书和杂志上。人一直在动，心没有静下来，噪音浮在空中，随意飘荡。黑暗中，我有点冷，原来刚才关上的是温暖的波动声音。

我阅读记忆里，单本小说没有读完的很少。弗吉尼亚·伍尔芙的《到灯塔去》是其中一本。我对此书的印象仍停留在二十岁。那时我只翻看到第一部分，拉姆齐一家要去灯塔，却因大雨耽误。我的阅读也因意识流的艰涩而止步。此后的二十多年，阅读没有进展。但是灯塔却留在我心里，拉姆齐一家的灯塔之旅成为不解之谜。就像希区柯克电影《惊魂记》一样，它早在五十多年前就存在，如果上个月我不在 PPS 上打开这部黑白电影，那么对我来说双重人格的精神病患者犯罪就是未知数。我再次拿起《到灯塔去》，打开，翻页，又合上。脑海中闪现惊涛骇浪，巨浪当中，红灯频频闪现。灯塔不灭，希望就一直存在。正像拉姆齐夫人想的那样："我们的影像，你们借以认识我们的东西，都是肤浅可笑的。在这些影像下面是一片黑暗，无边无际，深不可测；我们只不过偶尔浮到表面，你们就是依靠这个认识了我们。"很多时候，读一本书，收获一句话就够了。我真的只注意表象，灯塔代替人间苦难、平静、幸福，在我思考的时候，红光"唰唰"闪动，带给我灵感。

我已经好几年春节没有买烟花爆竹，女儿长大了。元宵节晚上，我们刚走出家门，就被天空中绽放开来的一朵朵菊花吸引，虽然燃放点就在小区里，但是声音还是明显滞后于光。随着声音的到来，菊花一下子膨胀开来，直向我们头顶压来。仿佛我们迎着菊花在升腾，伸手就能够到它。女儿赞道："好美哦！"立刻，我想到《雪国》最后一句话："银河好像哗啦一声，向他的心坎上倾泻下来。"女儿小时候胆小，我只买些"狗尾巴"让她在阳台上放，一点燃，就发出"刺啦刺啦"的声音，五颜六色迸发。有一次，我发觉阳台上格外闪亮，走出去一看，女儿将一把"狗尾巴"都点燃了，她对我说："这比我家灯亮多了吧，还带着味道和声音。"

我们沿着节日的街道散步。前面一群人热闹异常，加快步伐赶上去一看，原来几个孩子争着拖兔子灯。篾做骨架，白纸贴面，朱砂点睛，轴承托底，一只蹲着的兔子被肚子里摇曳的蜡烛光照得亮亮堂堂，惹得女儿哈哈大笑。孩子少见这些玩物了。西瓜灯也是如此。外公是做西瓜灯高手。他把精力都放在刻字上，又薄又有型的西瓜灯，总会刻上"吉庆有余"四个字，这些楷书工整精美，外公做事就是一丝不苟。蜡烛在里面燃烧，小虫子扑过来，第二天清晨，灯笼里密密麻麻的小黑点。

小时候我就喜欢凑近西瓜灯瞎想。西瓜灯就是一个地球，只不过地球是蓝色。我想象自己是外星人，在遥远的太空望着地球，地球就是一个小小的瓜。现在也是这样，我还是会闭上眼睛想象远远看蓝色星球。很可能，外星人不叫这里地球，而叫火星。火爆的星球上，每天都闪现火光，随即传来"噼噼啪啪"的爆炸声。随后，我试着以超光速赶上宇宙膨胀速度，看一看，宇宙之外的"非宇宙"，那里可能没有光、没有声音。但是，如果宇宙是一滴水的话，那么"非宇宙"也可能只是另外一滴水，声光交错，热闹非凡。

灯火

呆呆地看高速公路边扑面而来的景物，一般不到十分钟，我就闭上双眼，渐渐睡去。只有黄昏的时候，苏州人俗称"日光接火光"的时候，我却精神很好。路边的建筑，和里面的灯火，魔法一样吸引我。

一排排楼房，在夕阳余晖下，外表逐渐黯淡。此时，如果有一盏灯率先点亮，那么，我的目光会被牵引住。抛开连成片没有亮起来的窗户，我对灯光下的一切都好奇。做饭、读书、洗菜、聊天、看电视，影像，一下子从黑暗里投射出来，在我这个局外人的眼里，有了温馨。常常会有疑惑，一闪而过的，不属于自己的温馨，究竟是实在还是虚无。

天完全黑下来，住宅楼点亮的灯火越来越多，越来越密。每盏灯火下都是一个小天地，喜悦、痛苦、平淡、煎熬等等，却都是他们的事，我无法走进那些单元格，更无法体验那些情感。村上春树在《1Q84》中，以男主人公小说创造出的1Q84年替代了现实中的1984年，那个世界的一切都按照男主人公的设计，运作缜密。高园寺儿童公园上方悬着一大一小两个月亮，这是区别1984和1Q84的标志，而公园对面的公寓楼里面的灯火错落有致，生活在1Q84的人同样忙忙碌碌。同样，住宅楼亮起的灯火，也有通道连接，但是大多数通道是唯一。

正像我不能走遍世界各地、阅遍古今书籍、尝尽天下美食一样，我也不能全部穿越那些通道。

我在昆山工作的宿舍，在一个很大的小区里。晚饭后散步，要半小时才能兜拢一圈。雪已经下了一周，四周草坪上仍伏着一小堆一小堆的残雪。穿透灯光密集的低空，我还是能够在春节前的这个夜晚，看到由明亮的金星和几颗稍显暗淡的恒星组成的广袤星空。迫使我抬头的是，不远处孩子们争相燃放的烟火。低速巡航的客机，正缓缓朝虹桥机场方向降落。我不知道客机上的旅客是否看见拼命挣扎往上绽放的烟花，我能肯定的是，他们看见这个小区，不！是小区的灯火。

去年最热的一天，已经过了午夜，我被一声紧接一声的喊叫吵醒。一个醉汉嘴里嚷着："我不回去，就是不回家。"与保安争执，还动起了手，动静越来越大，警车也来了。我返身躺到床上，回味着"回家"这个词。警灯一闪一闪的光亮，投射到窗帘上，我竟有些睡不着了。

一年快到头了，台湾、香港来办厂的回去了，各地来打工的也赶着回家去了。小区安静下来，我听得到自己走路的声音。大热天不愿回家的汉子，说不定排了一夜的队，早早挤上了通往遥远故乡的火车。一位阿婆，身套围裙，手拿编织袋，每个垃圾桶都不轻易放过。饮料瓶，踩扁；硬纸板，叠好。她从容地做着，没有人抢她的"生意"。保安也懒得过来赶她，年轻人正低头想事情，连玩手机都心不在焉。

这个冬天来得有点迟，威力却一点不含糊。我穿着羽绒服，穿梭在落叶的榉树、银杏与没有落叶的香樟、松柏之间，星空

显得有点冷清，楼房灯火也熄掉多半。春节将来的时候，人们
迁徙的力量，多么强大。这也是年前我在宿舍住的最后一晚。
明天，通向我这一单元格的通道将暂时关闭，钥匙随我一起回
到几十公里之外的家中，静静躺一周。天黑之后，我的格子，
不会亮起来。局外人看不到人影晃动，他们很自然地说出一句
话："过年了啊！"

家园

春分过后不久，气温渐渐抬头。一个适宜散步的傍晚，我轻松走回家，偶然抬头，发觉西方的低空似乎有点不寻常。许志安唱过的歌，我只记得几句："你是否已经看见上弦月，看它慢慢地圆，慢慢缺。"我以前喜欢这歌词，然而眼前的天象，让我的感受起了变化。明亮的金星在右上方，温婉的木星在左上方，正下方是细细的一弯下弦月，构成一张笑脸。为许志安、郑秀文写歌词的朋友，为什么要描写上弦月呢？下弦月是微微翘起的笑，换成上弦月，那就是难过和不开心了。难道这是忧郁情歌？后来查了全部歌词，证实了我的想法。

过了一天，有关部门提前发布"双星抱月"的预告。傍晚七点，晴朗的西方天空中，天象起了变化，金星占据高位，下弦月当中，木星托底。双星紧紧箍抱月亮。我用手机拍了一张照片，月亮与金星清晰可辨，木星却不见踪影。我一边走一边看，身边猛地一声狗叫，吓我一跳。小区门卫老头高声用西北方言喝住："再叫！再叫我夯死你！"狗立刻不作声了。我想"夯"这个词，用得有意思。外来车辆要停车，老头去协调。突然，又传来狗叫声。我回头一看，它们正对着西方天空伸脖长吠。莫非它们也懂天象？好像只听闻"粤犬吠雪"、"蜀犬吠日"，现在出现"苏犬吠月"的话，岂不是也可载入文典了？

当老头"夯"声再起时，我才看清，外来车辆的主人牵下一条"萨摩耶"。三个"小区卫士"立刻发出严厉警告，原来，它们不是像狼一般会对月哀嚎。

小区是它们的家园。对一切外来的威胁，它们都发出警告。曾经有一段时间，一群毛茸茸的小狗和小猫老跟在门卫老头后面摇头摆尾，叫声连连，老头总是粗声恶语地骂骂咧咧，随后把一个大大的饭盆撂在地上，汤汤水水，好多头挤在一起争抢来吃。后来，猫狗大了，跟在老头身后的越来越少。猫狗大战，我亲眼目睹。几条狗疯狂追赶一只猫，狗没有猫灵活，但是狗脑好使，分路包抄，逼得猫惨叫连连。但是猫也有绝活，往香樟树上一蹿，狗便没有了辙，围着大树"汪"了几声，便几步一回头地跑回老头那里。从此，围在老头边上的，只有三只狗了，两黑一黄。

我们住进这个小区，已近十年了。每天忙进忙出，注意到的也只是人来车往。其实，静心想来，除此之外，"冰山"之下，动静还挺大的呢。香樟树上鸣叫的黄雀、从排水沟直奔垃圾站的老鼠、偶尔钻出下水道的黄鼠狼等等。会游泳的人，都有这样的经验，水面平静，波澜不惊，但只要潜入水下，就是另外一个世界，声音单一了，视线模糊了，一切变了形。小区也是这样，我们感知的是水上世界。水下的世界，属于狗、猫、黄鼠狼等。小区的真正主人，不是我们，而是它们。我们就像寄居蟹，天亮爬出，天黑归洞，隔三岔五还外出打个游击。整天坚守的是它们，它们都像狗一样，捍卫自己的领地。汶川地震后，一些动物坚守废墟，等待主人出现；被拆迁的房屋，人去楼空，遭遗弃的动物，日夜守候，盼望主人回心转意。

《尚书》就已提出家园的概念了。《夏书》中的《禹贡》篇，提到禹管辖的青州、兖州、冀州等"九州"。据记载，大禹所作的一切努力，都在于把普天之下整合成一个整体性的场所，我觉得这似乎有点家园的意味了。在这之前，我们可想见，百姓还是游弋不定的。九州的划分、坐实，百姓就安定扎根了。当然不是每人的家园都是平等的。离国都越近的地方，越尊贵。这就是"五服"制度。以国都为中心，以五百里划一圆圈，圈内即为天子的家园。随后往外每扩张五百里便划一个同心圆，圈内领地从内到外分别是甸服、侯服、绥服、要服、荒服。天子对这些领地的控制，也由内而外依次衰减。到了荒服之地，能维系臣服关系就不错了。老祖宗定下的家园概念，我们却一直没有好好固守。几千年来，战乱不断，人口迁移。哪里是哪个真正的家园？谁都说不清。

许倬云先生特别指出，东汉至西晋之间，中国分裂为三国，每个政权都吸收了许多异族成分。之后，西晋司马氏让子弟拥有封地和重兵，本意为巩固政权，实际却引发了北方大乱，永嘉南渡，一些北方大族迁移长江以南，所谓"五胡乱华"。鲜卑、匈奴、羯、氐、羌等"他者"，与汉人之"我者"，结合成生存的共同体，"他者"逐渐融入"我者"，形成民族大融合的局面。原来，人才是最厉害的迁徙动物。

我走出小区，穿行小街巷。西方天空"双星抱月"依然清晰。小街巷的人们，无暇顾及难得的天象。小商铺的夫妻看着电视剧，小饭馆的老板就着旺火炒菜，彩票店里人头攒动，理发店飘出劣质洗发膏香味。食客在喧哗，走路的人在低头看手机。我注意到那些店招：豫友餐馆、徽食堂、苏北小炒、韩式超市，似乎进到里面的人们，也贴上了明显标签。也许我的先辈也是这样，从遥远的地方逐水草而来。今天我眼中的"他者"，明天将成为这里的"我者"。

我再次抬头望星空。金星、月亮、木星其实相距遥远，只是在我们地球这个观察点，才形成美妙的平面组合。我常常迷茫，为什么我生存在此时空而非他时空？至今，物理学家好像还没有对宇宙大爆炸的第一推动力作出科学解释。而我想象力丰富多彩。宇宙的开端，很可能是这样的：男孩点燃一个爆竹，瞬间，爆炸、膨胀，新宇宙诞生了，而星球就是一粒粒微小粉末，我们在这粉末上居住。这是我们的家园，目前我们只能在这粒粉末上居住，迁移不出去。

也许，家园的意义就在一丝气味、一种声音、一抹颜色。左小祖咒"跑调"地唱着："平安大道有一个小店，卖日杂生活品，你眼睛眯着，整个人儿看上去都在笑，很多人陪着你笑。"听着听着，我突然发现，原来家园其实是我们的一种感觉。

高速公路

打开音乐，刹那间，音符在车厢里一波一波撞击。我很诧异，纠缠于心头的烦恼、不适，被音乐驱赶着，似乎渐行渐远。温暖、坚定的力量缓缓地，从上而下贯通全身。詹姆斯·拉斯特、披头士、班得瑞，窗外高耸的广告牌。延续三百余年奇迹的《卡农》，可以疗伤，此刻我相信了。

春节前赶路的车子有点快，每个人都绷紧一根弦，这端在心口，那端在家乡。城市马上会一天一天地安静下来，乡村也就人气上升、年味渐浓。外来的人们陆续顶着西北风回归。而自称土著的本地人，大多不超过三代扎根于此。许倬云先生研究"中原"文明时，认为两河流域和商周都有共同点。以中原发展为核心，逐步吸纳边陲的族群，而入主"中原"的王朝则实际上原是一时并峙共存的势力，只在"正统"的排列中当作递嬗的朝代。入主我们的城市，今天是边缘，明天就成主流。何为中原？何为正统？迁徙、扎根、创造、传承。

冬季的天暗得早，高速公路便成灯光束带。音乐在忽明忽暗间，对比强烈，星空、墨色、灯光、汽车。我们的世界孤独地在宇宙角落发人工光。每天，太阳不是升起，而是地球滚动，向太阳缓缓低头致敬。当高速公路成为道路主流，我们不再走一般道路，总想千方百计上高速。

　　单位里的一个姑娘，家在山东，买了除夕的火车票回去。她在网上不知踌躇了多少次，才下决心买了这张其他人不想买的票。每天都有很多开往山东的长途汽车，有些还是卧铺，她却不想坐。气候、路况、人为因素等等，让她不踏实。我不知道列车上度过除夕是什么滋味，或许除了一点点遗憾，更多的是轻松和新奇。一辆开往六安的大客车与我的车并驾齐驱一段路。也是一位姑娘，穿着玫红羽绒衫，双手紧紧抓住前面座椅扶手，两眼平视前方。夜色见证路人辛苦，夜行客车承载什么？希望和煎熬、安心和担心、速度和安全。回家路上的那位安徽姑娘，表情证明了这些矛盾。又一辆河北牌照的客车超越我们前行。车身的广告写着"快客"两个字。

　　几乎人人都在说时间飞逝，高速公路见证时空转换，春夏秋冬。岁末容易感伤。车辆流淌，老去的是生命，改变的高速公路两侧人的集聚地。离开高速公路，一切慢了下来。很少有人留意农历十二月十五的月亮，它斜斜挂在朴树光秃秃的枝丫上，虽然没有八月中秋月高远，但是低低地离我们很近，亲切而圆满。已经最寒冷的三九，大家都窝在室内，聊天、娱乐，或者呆呆地守候春天的来临。很少有人户外活动，快走的阿姨袖套也不脱，匆忙而过，家里年货等着处置。工厂门口贴出招工启事，交货不等春节假期。我走进寒风里，插上耳机听音乐，静谧的夜，月亮和冷风成为风景。告别高速公路的我是幸福的，一年忙碌为什么？就是为了宁静下来。班得瑞《童年》，遥远地方传来的声音，轻灵、赞美、愉悦。虽然知道那都是些假象，回到当初，只有苦难和折磨，但是如今即使痛苦也成美好回忆。

披头士 "Yesterday"，正好纪念刚刚跨过去的一年。这些熟悉的音乐，与高速公路上感受又有微妙的不同。

几天前的一个雨夜，我一个人走在大街上，柏油马路湿滑，九点了，路上行人还不少，三三两两聚在一起说话，酒多了。我走过他们身边，飘来几句话，刚从某某地方赶过来，明天还得赶到某某地方去。又是高速公路下来的人，该歇歇了吧。没人不想走捷径，走的人多了，高速公路已不是快速通道。"老板！知道去火车站的公交车吗？"是啊，最大的售票中心几个小时前刚刚关闭。眼前这个中年男子只能赶到火车站买票。我告诉他去火车站的方向和隐约记得的一辆车号码，但是无法告诉他乘那辆车的地点，我很遗憾。他摊开双手，对我耸耸肩。雨滴将他的头发紧压在额头，蓝色羽绒服湿透，显出白色绒毛。春节前还有多少个中年男人要回家？他们有的坐汽车，高速公路延伸到家乡，或者家乡附近。有的只能坐火车，与高速公路上的大客车赛跑。醉倒路边的人，嘴里喋喋不休说着人事是非，神情激动。一年的积郁，不吐不快。我避开他们，穿过原始风貌的窄街小巷，也到家了。

马戏演员

　　睡梦中，我变身马戏演员，骑着小白狮，跨过一只只火盆，高高跳起，钻过一个个高悬的花环，一米又一米，到达终点，带上荣誉的花环。醒来后，我身边没有鲜花，一年却要到头了。梦里的场景离我已经很遥远了。二十年前，任天堂单机版游戏风靡，马戏团这款小游戏我喜欢，难度不高，没有杀戮，却能够体验时空的转换和生存的趣味。绊倒了，爬起来；跳不过，再试一次。寒冷孤独的深夜，插上集成游戏卡，手拿一号操作杆，默默地一关又一关地打着。不知不觉中，寒山寺的新年钟声又敲响了一百零八下。

　　2011年的最后一天，天气晴朗。午后，单位静了下来。我翻开一年的记事本，想要挑选一些事情，唤醒我三百六十五天的记忆。笔记上洋洋数千字，我大多一扫而过。事务性的工作，毫无亮点的重复劳动。春夏秋冬，减衣添衫。表面似乎平淡得像一片郊外树林，事实却并非如此。笔记上不显眼的只言片语，角落里的几个备注和符号，一下子揭开一年的喜怒哀乐。我是一个双重身份的马戏演员。梦里的我骑着小白象，从容地过关、领奖。现实中的我不断闪躲陷阱与诱惑。火盆炽烈，花环高悬，我表演得那么辛苦，不断奋力跳起，有时也会重重摔倒。但我还是一步一步地向前，坚实地站立在岁末。

　　一位朋友永远走了，对于这个家庭来说，世上还有比这更悲痛的事情吗？人不在了，一切成空。悲凉的泪水，一部分属于自己，恐惧、自责。渐渐地，时间缝合伤口，毕竟生者还要继续前行。我有时会责怪一些朋友，淡忘得太快，后来我发现，他们没有遗忘，只是不愿再揭那道伤疤。我和一帮伙伴，一年来总共跑了约一千公里，参加两次半程马拉松比赛。而在2010年，根本没有想到自己能征服二十一公里97.5米。成绩的背后，是汗水和艰辛。跑步时的痛苦，挑战极限的忍耐，只有默默在心底为自己加油再加油。太湖边上，从来没有今年去得这么勤快。十公里跑后的轻松快感，在微风、水草、湖水、白鹭、绿树衬托下，放大了。女儿中考，水平失准。一段时间内焦虑不安，心神难宁。成绩公布的那天早上，她写给我们一封信，读着读着，我眼睛湿润了，突然发现，孩子在这个燠热夏季，长大了。读了一些书，越读越自卑，不能穷尽书海是一方面，更多的是读后的茫然和失落。写了一些文章，想了几个题材，一篇篇写好塞进去。关注的重点依旧未变，写作风格却略有改变。我跟随自己的文字走过春夏秋冬，收获一丝喜悦。

　　整日整夜，地下三十五米深处，地铁施工连续不断。我家就在地铁干线正上方，电锤打击声、切割机粉碎声遥遥传来，我的睡眠变得很浅，一个梦接着一个梦。街上的人很多，车子更多。快速的奔跑，掉下了很多东西。那个大雨天的夜晚，我们从普陀山回来，高速公路电闪雷鸣。我望见嘉兴路段高架桥上，动车的车窗透出光线，可以看见里面乘客在走动，但是列车是静止的。这个场景在我眼前一闪而过，我曾有过一丝疑惑。回家，打开微博，才知道甬温线动车出了事。后来又看到了一百零四字的微博："中国，请停下你飞奔的脚步，等一等你的人民，等一等你的道德，等一等你的良知！等一等你孩子那缓慢的脚步……"于是嘉兴停驶的动车，成为我对灾难的直接印象。初春普通的一天，几个朋友一起喝茶聊天，快乐地度过了半天。黄昏散去后，就得到日本大地震的消息。我是一个马戏演员，天天赶着小白象走路、过坎、跳跃，无知无觉地过着平淡的一天又一天。其实，哪里有普通的一天？总有人会认领三百六十五天中的任意一天，作为自己的纪念日。我当然也有自己的纪念日。

取下 2011 年的日历，沉重得让我呼吸急促。我挂上 2012 年日历时，分量虽然很轻很轻，但我知道，一年过后，将会变得非常厚重。但愿这是开心的丰收的分量。今天是一年的终点，又是新年的起点。我是一个马戏演员，混杂在人群中，发现每个人都是演员。人人都在为扮演好自己的角色而努力，我也不例外。

夏天　夏天

　　我在夏天的时候，想着冬天。又在冬天的时候，盼望夏天。其实冬夏都不是苏州最好的季节，也不是南京最好季节。我待的这两个地方，应当就是"莫放春秋佳日过"之类。

　　但是，夏天总是那么特别，以至于有时我写着写着，眼前就会出现乘凉、流星、鬼故事和萤火虫。似乎一切轻松的、脱离实际的，都应该在夏天发生。

　　夏天也暗藏凶险。那年高考发榜，我们一位成绩平平的同学考上本科好学校，流言就来了。说他一高兴就去学游泳，结果一个猛子扎到东园水榭底下，再没有出来。时间、地点、人物齐全，就差一个亲眼看见。我们悄悄蹲守在他家门口，屋里始终静悄悄的，不像有事发生。但是有个聪明的同学不这么想，越是没有声息，疑点就越大。终于，这个聪明又胆大的家伙在夜幕掩护下，敲开了同学家大门，劈面迎来正是那张熟悉的脸，胆大的家伙准备不足，"哇"地一声转身就跑，害得我们跟着奔逃。后来想来，可能只有在夏天，我们才容易受蛊惑，不加思考接受这样的"噩耗"。

　　夏天让一切暴露在空气中，想裹藏都难。脑子里充满虚拟记忆，我总想把一切想得符合我对自己的判断，我模仿笛卡尔，时常飞出去，反过来看自己，看来看去，发现还是来自内心的强大声音。看来"我思故我在"直接影响了我客观看待自己。赤裸审视，让虚拟让位于真实，也需要勇气。我们都在做一些无用功，即使做对了功，也不可能有什么成绩，这就是普通人的宿命。但是，我们还是在暑气里流汗，盼望在夏天改变，哪怕是一点点。而我，盼望她的归来。

台风将要过境。云层诡谲翻滚，搅动气团，把每一个水分子都释放出来。她从东京起飞，在福冈上空时，我乘高铁奔向上海。火车经过苏州，她正在长崎上空。虹桥高铁站到了，航班软件提醒，她正在缓缓接近空港。我还要等待一个小时，但是这样的等待不是很漫长，甚至是享受。两个速度叠加在一起，我有时空错乱的感觉。我会记住湿热空气、猛烈大风，这是团聚的气息。夏天也是团聚季。她已经四个月不见了。春天虽然美好，却是分离时节。

春雨刚歇，傍晚我们走在南大，她问我，苏式面的汤由什么熬制的？我跟她说，由筒骨、鸡鸭、鳝鱼骨、大青鱼等食材长时间炖煮，有些老店还用专用秘方"割"制而成。她"唉"了一下，说日本拉面基本汤底简单多了：盐、味噌、酱油和豚骨。再说到面浇头，拉面就是叉烧、笋、海苔和温泉蛋。苏式面就多了，不仅浇头好，引入现炒后，每个浇头变成苏帮菜。校园里零星已有樱花开放，她又要东渡。早回的同学，发来宿舍门前神田川樱花照片，白色海洋。现在，夏天到了，她候鸟般归来。

不管这里多么高温高湿，她都适应。这个暑假她轻松闲暇，接近夏天的本意。夏天就要闲适、慵懒。失眠的夜晚，我总刻意想起三伏天中午。杨柳树都低下了头，知了躲在枝叶密集处聒噪。空旷的街头如果出现一个行人，那就是我。我背负着沉重的任务，已经走了很久，还要在烈日底下行走。干渴、困顿，太阳穴跳动不安，每走一步都付出辛苦。我想到绿豆棒冰、光明牌冰砖、冰镇酸梅汤，想到躺在竹席上，竹席直接摊开在水门汀上。这是很久以前的事了，我那时纯粹一个"时间自由"的人。而现在，每到一定周期就会焦虑失眠，我只能认真地想想夏天的事，让轻松悠闲逐渐渗入全身每一个细胞，然后悄然睡去。

冬天　冬天

　　平安夜，在卫生间看到白色瓷砖上叮着一只蚊子，我随手一拍，居然打了个空。蚊子再寻不见。我想，如果它越过冬天，来到明年春夏，会对那些"草脚蚊子"说些什么呢？

　　"人真是没用的东西。在严冬墙壁上，我正认真思考时空和生命。一只人手拍打过来，我仅用平时的一小半机敏就躲避过去。"

　　特别是现在，冬天还没真正到来，冷空调前星期刚停下来，暖气就跟上来，应该是最"软弱"的人了。在艰苦环境里的坚持，不如一只蚊子。

　　四十岁以前，我从未在冬天去过北方。电影电视、文学作品里展现的严酷环境，加上当中的人文关怀，认定北方硬汉必定是抗冻英雄。以自己南方生活经验，听着天气预报里零下十几度，甚至三十度的播报，把这里夏天的最高温度去比那里的冬天最低温度，相差的温度，水能烫伤手了。

　　然后，有一次，我去了北方培训。我朦朦胧胧感觉，北方室内就是澡堂。走出澡堂，要么蓝得要命的天、白得要命的云；要么像走进童年，生煤炉的弄堂，到处浮动着不安的焦烟味。大家躲在房间里优哉游哉。加湿器不停吐着白雾，提醒温暖只是人工假象。北方朋友不大把自己裸露在空气中，他们的抗冻程度远不及江南老人。

江南老人不喜欢开空调，他们喜欢孵太阳。如果阴冷日子来临，他们裹着厚厚的棉袄或者羽绒服，在室内忙碌。他们有很多事情要做。冬天一到，就要过年。

一年马上结束，我就会想这一年是怎么过来的。这个问题自然不会在夏天想起，所以夏天还是充满希望的。冬天深夜躺在床上，想想这个没有做，那个没干成，岁数倒又增加了，就有点惆怅。但是，冬天的夜，比任何时候都来得寂静，特别到了午夜，马路上偶尔响起的引擎声，可以想象漆黑静寂宇宙里航天器的推进器。

猛地，我突然想到：一切都是过程！星河仍在红移，扩充已知宇宙。而我，也在运动中。如果在一年里，偶尔得到小小结果，那就预示着新过程的开始。不要追求恒定结果，即便锁定，新的一年又将开始，结果也在流动。就像每天都会看到触目惊心的新闻一样，随着年岁增大，内心永恒的"伊甸园"注定渐行渐远。

黑夜，容易想起关于岁月的诗句。比如："我说得那么少。日子短促。短暂的白昼。短暂的夜晚。短暂的岁月。"再比如："从黑夜到白天的时刻。从辗转到反侧的时刻……空洞的时刻。空白，空虚。所有其他时刻的深坑。"我在时空中坠落，但是并非在坠落中沉沉睡去，大多数时间现实俗事会越发清晰。我不敢看床边闹钟的荧光时针。

"大音希声"，宇宙运行的规律，一切都在沉默中诞生，又在沉默中毁灭。刘慈欣在《死神永生》里，让整个太阳系降维，坍缩速度之快只有光速飞船才能逃脱。这说明，我们已经对大的方面把握得很准了，但就是难以"脱俗"，无时无刻不为烦琐杂事烦心。这样的状态还将继续，凡人就是这样：事事想得通，事事放不开。

我在北方温暖焦躁的房间里，得到一位弟兄辞职的消息。他原来的单位天天加班，生产大堆大堆文字垃圾。上次见他时，胡须与头发都长到一起去了，不好问他是没有时间剃胡须呢，还是没有时间理发。搞得整个人就像穴居动物。现在好了，他走进高校，不用坐班。自由时间太多了。平日里有"醉酒"、"醉烟"，他会不会"醉时间"呢？

冬天里的思考都是凝重。所以辛波斯卡会在"凌晨四点"纠结，其结果就是："没有人在凌晨四点有好心情。如果蚂蚁在凌晨四时心情好——那就为蚂蚁干三杯。然后让五点快到／如果我们还想活下去。"看来，蚂蚁、蚊子，都比我们心情好。

果然，几天后，我在雪白的卧室墙角，又遇见浴室里那只蚊子。它的一只脚正有节奏地抖动，元旦快要到了，它是不是在提前庆祝？"啪"，我关灯，但愿这次能够快速在冬夜入睡，跌入蚊子的梦境，一起迎接新年到来。

当我们谈论同学时，我们在谈论什么

最后一次遇到吴姓同学，是在文庙黄色高墙外。我抬起头的时候，正碰到他扫向我的眼神。只在零点一秒中，两个少年都做出相同动作，低头、错肩，擦身而过。在后来无数次生活经验中，这动作最有效，避免了不必要的尴尬。从熟视无睹开始，我们渐渐在自认为的规则中成熟。吴同学前一个学期还当着我的面，慷慨激昂。我也认定他是我最要好的朋友。结果，我转学了。再次遇见，就成了陌路人。现在，我转学去到的那个班级要搞活动，由头是纪念毕业三十年。

那个班级有五十多个同学，如果不搞活动，我们在路上相遇，大多数情况，甚至不必低头，互相坦然地擦肩而过。随着年龄增大，儿时情景成为怀念主题。我为这段岁月写了不少文字。但是，都经过了文学加工，巧妙地突出我想表达的，而回避了伤痛。去年深秋，在大阪新阪急酒店，我收到约稿信息。要我写过去的人和事，内容不限，就一条：真实。毕飞宇在谈及非虚构作品《苏北少年堂吉诃德》时，有句话我印象深刻："完全真实的作品让我备受煎熬。"不进行加工，就必须一层又一层揭开心灵伤疤，不动这样的手术，总是闪展腾挪，连自己都打动不了。

腊八当天，我出差在外，雪突然飘了起来，越来越大。黄昏，车过长江的时候，车灯光带里全部都是狂暴横飞的雪片。在江南温暖的旅馆静静躺下，熄灯，脑子里就有了雪片掉落的扑簌声，这完全是自我暗示和猜测。雪在下，却了无声息。我想象暴雪中行进的人，艰难地一脚深一脚浅，前途只有一点朦胧橘黄灯光。我的三十年，同学们的三十年，也是这样步履艰难。同学聚会，大家都会做些准备，展示自己光鲜的一面，隐藏失败、孤独和失落。三十年间，发生了什么？我们彼此大多不知道。你说，我说，他说，说什么就是什么。无须验证，无人细究。

　　三十年，婴儿都成了中年人。我们为什么还牵挂这个团队？这个在当前生活中完全失去现实意义的团队，随着大家的老去，突然间有了怀念。想来想去，那些不靠谱的自由组合团体，都在时间面前化为乌有。那时，学校、班级、同学都不是我们能够选择的，纪律和约束使"同学"具有了强烈的归属感。以至于但凡提到同学，必先问哪个阶段，只有一道全日制学习的才称得上真正的"同学"。

　　青春期，我们最美好的时光和岁月。可惜，在经过的时候，我们茫然无所觉察。大雪落下的暗夜里，闭上眼，我开始在梦里奔跑，不知疲倦。那是我的十五六岁，精力充沛，思考着不着边际的问题。宇宙、时空、诗歌、武术、音乐、女孩。现在，中年人背负的东西中，一切都是这么现实，甚至拿起书，翻过几页就会想起有几件事情要去处理。我们需要纯洁的记忆，而记忆需要唤醒。校园、教室、课桌、同伴，一瞬间就会丰富记忆。容颜、心理、举止，一刹那就想起当初的情景。苏州老话：

"三岁注老，七岁注根。"当对比的时间跨度远远超过我们孩子的年龄时，我总在想，哪些是改变了的，哪些是不变的。

最重要的一点，我们还好好地活着，还在开心地谈论、动情地倾诉。而有同学再也回不来了。那张空空的凳子上，曾经坐着一个特别鲜活的生命。当我们费力地在脑子里一一对应名字和面孔时，对他不需要做这样的功课。他的名字像个按钮，一按下去，胖乎乎的人就弹起来，笑着、闹着、幽默着。十多年前，为治他的病，我们曾发起社会捐助活动，虽然没有挽回他的生命，但是同学这个称呼变得异常响亮。

三十年，很多伤痛藏在心里。尽管我们表面光鲜亮丽，但是难掩心中疲倦和内心创伤。这是改变最多最深的。我们的班主任当初经常手里晃着一张白纸告诉我们："这就是你们。"现在，班主任再要拿出来，必定"赤橙黄绿青蓝紫"，每人一张渗透各种颜色的纸。各式各样的职业、各种兴趣爱好、不同婚姻状态和子女情况。差异大到，我们能够组成一个小小社会。这些年的变化，每个人都能说出一箩筐的话，但是，我们不需要倾吐全部，只需要静静地回忆，青春的最亮色彩；我们不谈论自己的成功，只谈面对困难、困惑的信仰、信守和勇气；我们也不谈论儿女的优秀，只谈对他们的爱，无须回报。

即便同学聚会，变化也很大。刚走上社会，急于摆脱学生腔，抽烟、喝酒、烫发、说粗话。经受挫折后，寻找解脱渠道，利用老师、同学关系拓展资源。中年后，事业定型，更多地谈论子女，恨不能把未实现的理想全都托付孩子。三十年后，我们更从容、宽容，放松自己的身心，随心去做一些过去没有时间或者没有心情做的事。

于是，我们才能发现没有改变的是什么。"人生得一知己足矣。"大事难事中、逆境困境里，最能检验朋友的真诚。我最亲密的朋友就在这群同学内。平时，我们不在一个城市生活，不在一个行业工作。出发去外地前，通个电话。飞机落地，报声平安。但是，有了重大事情，大家就一起商量，共渡难关。三十年，不变的是我们的心。陌生的同学，需要时间来磨合。我们不再年轻，不会冲动。三十年来未有过交集的同学，对于我们意味着什么？陌生得让我们不知道说什么才好。我充分理解有位同学接到聚会邀请时的回答："我不参加，请不要问我为什么。"我们当然不会问为什么，这是他的自由。有人也许会有同样想法，但碍于一些客观因素，没有走"说不"这样比较极端的路。当沉浸在回忆美好时日里时，我们也应该想到，那可能是某位同学最痛苦的日子。这是一条真理，坚持真实想法，展现真性情。同学间应当像三十年前一样，平等、独立。想说就说，言而无忌。

其实，庞大的五十多人的群体，如果没有强制力，很难聚拢。散了也就散了，等待下一个十年？甚至二十年，想起来有点可怕，但这却是事实。三十年来，我们互相打过多少电话？互相说过几句话？如今有了朋友圈，情况虽然有点好转，但是发声的仍然只有那几个同学。就像老师对我们说的"马太效应"：好的更好，差的更差，而类似我这样中不溜秋的，湮没人群里。

同学聚会，该说些什么？千差万别的个性，千差万别的职业，只有身份的认同，只能说些三十年前的往事，往事中有快乐，也有忧郁。聚在一起总是短暂，我们还有很多事情要做，还得为生活奔波。但是，快了，再有个十年，我们就有足够的时间互相了解。时间自由了，一切变得从容。而现在仍是匆匆过客，"总是要说再见，相聚又分离，总是走在漫长的路上"，人生就是一次旅行，同学就是过客中的旅伴，可以伴随一时，更可以陪伴一生。

故乡何处是?
——初见书房人文分享沙龙

主持人：曾一果（苏州大学凤凰传媒学院教授、博导）

演讲人：王啸峰（散文家，苏州人）

嘉　宾：何平（南京师范大学文学院教授）、小海（著名诗人）

时　间：2015年5月2日

地　点：木渎古镇初见书房

　　我们今天文学交流会的主题——故乡何处是。在繁忙的今天，人们都奔波劳碌，可无论身在何处，故乡却都在每一个人内心世界难以忘却。当代许多作家的创作也和故乡有关。啸峰是苏州人，他的作品自然和苏州有密切的关联。因此，今天的沙龙我们请他来谈一谈他的散文，谈谈他和苏州的关系。

—— 主持人：曾一果

一、何处是故乡?

　　王啸峰：首先感谢各位同学、同事、朋友能在五一节这样的黄金假日里，抽出宝贵时间，从各地赶到木渎古镇参加这样一个文学活动，非常感谢！

一果教授在出这个题目之前，我也和他探讨过，像写我们这种散文，和完全虚构的东西不一样，还是要有一点现实轨迹。今天来的各位朋友当中，有我小学甚至幼儿园时就一起的，有同我一起上中学、大学的，还有工作之后在不同岗位时接触的同事和朋友。在我的人生历程中，每位朋友都陪伴我度过了一段时间。在生活中，我们互相接触时讲的一些话、做的一些事，和我写出来的作品，或者说与我的内心还是不太一样。每一位朋友都出现在我生活里的一个阶段，对我都有一些了解，但是总的来说，这种认识基于文化、环境、职业的不同，有片面性。所以，要真正了解一个人，了解人的内心，我觉得还是要看他写的文章。我由此想到一个词：熟悉的陌生人。在座的每一位朋友都是"熟悉的陌生人"。

近期我本打算写一篇文章，来写我的女儿，虽然被她拒绝了，但我当时想好的题目就是——"最熟悉的陌生人"。我想写自己的女儿，她明年就年满二十周岁了。去年我写了一篇文章，纪念我和我夫人结婚二十周年，登在去年的《钟山》杂志上。我今年想，孩子要二十岁了，我也要写一篇，题目都想好了，到头来被她拒绝了，这是题外话。所以我想，大家像今天这样聊聊天，挺好的，我把自己的一些想法和大家交流交流，使大家能够更了解我。因为我觉得，一个人的社会地位、职务都是暂时的，但是人的名字，不论三个字还是两个字，是一辈子的事情。

第二，一果教授、何平教授、小海老师给我定位的今天的主题是——苏式生活，而不是苏州写作。苏州写作，写得好的人非常多，我们很多作家写得都非常好，今天在座的潘敏老师写的苏州的文章也是非常的好。苏式生活，我倒是可以讲讲。最近我在看范小青老师的散文集，她写到和陆文夫先生出去，陆老师问她知不知道苏州有道菜，绿豆芽里面嵌鸡丝，由此可见苏州人的精细。我本来想邀请何平一家去刺绣研究所（环秀山庄）参观。那里一个好的绣娘，能把一根丝线劈成六十四股，这也代表了苏州人精细的东西。但是，我觉得，现在这种精巧细致的生活在我身上，已经找不到了。现在我们的生活比较浮躁，而且我现在又不在苏州生活，也难得享受苏式生活，如果真的让我提炼一下苏式生活的精髓，就我自己而言，有这么三个字：一个是——静，我比较喜欢静，不喜欢喧闹，我不喜欢吵闹，喜欢泡一杯茶，在音乐，甚至无声的环境下看书、写作。今天早上吃早饭的时候，我就跟何平他们讲，在我们苏州的小吃店吃饭还是比较安静，大家讲话也都轻声细语的。第二个是——淡，这个尤为突出。把事情、事物看得都比较淡，比较淡泊，不是很有功利性的，工作也好，生活也好，写作也好，功利性和目的性不是太强，淡并不是不努力，努力工作（写作）的目标和目的不是太功利。第三个是——散，这也是苏式生活特点吧，就是随意、惬意。我觉得不是散漫，是比较随意、惬意，喝喝茶，聊聊天。我经常向小海学习，从他那里学到好多东西，都是在喝茶的时候，我们一起闲谈都比较随意。

　　总而言之，苏式生活对于我，最关键的一个是静得下心。静不下来，也就做不成事，更写不出什么东西。第二就是把一切都看得淡一点。执着是年轻人的事情，年轻人一定要执着，不执着会失去很多机会。但是我们到了这个年纪，淡一点更好。再就是生活的随意性，它带来的是一种智慧。在苏州工作这么多年没觉得什么，但是离乡之后就明显感觉到，苏州人的"散而不乱"，不是什么人都能做到的。

我一开始就先讲这么多吧。

曾一果：我和啸峰接触也有很长时间了，从他身上我能特别体会出南方人做事的仔细。我是苏北人，做事不重视细节，初见书房的人问我什么时间过来提前看一下场地，我说不用，活动那天再说。就这次议题我在微信上简要写了提纲给啸峰，根据这个提纲他备课很认真，居然写了八千字的稿子。我们从啸峰老师的散文里也可以看出来，他的散文特别注重细节。写苏州的散文作家大大小小的其实很多。

我把写苏州的散文简单分成两类：一是外来的，我自己也写写散文——以外地人的视角来写苏州。一是本地的，本地也可以再细分为两种，其一是那种认为苏州什么东西都是好的，他们认为苏州历史悠久，文化资源丰富，从古籍堆里随便扒拉点东西，便成了文章；其二是深入生活，描写日常生活中的苏州，啸峰散文就属于后面这一种，散文里透出热气腾腾的生活气息。

何平："故乡何处是"是一个有意思的话题。"故乡"在今天所以成为一个尖锐突出的问题，已经完全溢出传统意义上的"乡愁"。今天，当我们谈论故乡，我们总会联想起灵魂失据、精神无依的生命处境。啸峰只是在高铁一个小时之外的南京工作而已,他的乡愁不是古典的明月千里寄相思的空间的"不达"。换句话说,今天我们即便如啸峰这样从未远离地"在故乡",也可能滋生出无法排遣的"乡愁"。而且,因为苏州是一个有历史的城市、一个充满了文化象征的城市,生活在啸峰的故乡苏州,"拆迁中国"对"古老中国"的毁灭感会更强烈。可以这样说,在文化意义上,苏州是整个中国的故乡,因而苏州的"是"与"不是"是整个中国的"是"与"不是","苏州"的正在消逝是一个中国文化的幻灭。世界地理大发现之后,一个显见的事实就是所谓的"后起的现代化"国家如何参与到世界对话以及在这样的对话中自己的传统如何自持和葆有。这也是 19 世纪中期至今中国的现实——经历了对西方的疑惧、排斥,我们无可选择地被西方文明裹挟着前行。伴随着这样过程的是我们的固有之文明的被改造和损毁,那些曾经是我们安身立命的思想、景观、器物以及仪式和日常生活方式,有的已经消逝,有的行将消逝。"城市"因其是人和传统文明的寄居之所,是文化的,又是审美的,且往往和日常生活相关,其消逝所带来的怅惘和隐痛则更和我们的心灵痛痒相关。

写作者之于苏州的意义不能小看,苏州在中国是一座被"文学"反复书写的城市。我们很多人对苏州的了解,肯定不是来源于旅游手册,而是来源于写作者对苏州的描写和想象,比如陆文夫的《美食家》。不能小看塑造苏州形象过程中文学的力量,我对苏州的文学书写还是比较了解的,不说古典时代,中国现代文学的"鸳鸯蝴蝶派"、"东吴女作家群"以及陆文夫范小青苏童叶弥朱文颖陶文瑜车前子等等的"文学苏州"都给大家留下了深刻的印象。毫不夸张地说，苏州是中国少有的几座被文学不断书写的城市，甚至除了北京和上海之外，是最多文学书写的城市。文学的苏州是一个差异和丰富的苏州。我们读啸峰散文的故乡首先也是这个文学书写谱系上的。在这个谱系上，我以为王啸峰是靠苏童最近的，特别是《吴门梦忆》第一辑、第二辑的部分啸峰对记忆中老宅人物的打捞，那些苏州的"草民"总是让我们想起苏童早期的"城北地带"，但和苏童的"少年血"的童年视角不同，啸峰的散文对往事的回望有一种"今天"的咀嚼和反思。

二、记忆与想象

小海：啸峰刚刚讲到一些散文的特点，包括苏州生活的精致，我也很赞同。我是一个诗人，我写诗，诗的行为规范是非常强的，比如在形式感上，你至少得学会分行吧。而散文呢，看上去是随心所欲的。但其实呢，越是家常的、人人熟悉的东西，要把它表现出来，往往却又是最难的。就像居家过日子，一个人在家里最容易表现自己的性情，因为此刻在家的心是最放松最自由的。啸峰写散文给我也是这样一种感受，是一种最放松最自由的状态，把他的心性反映出来了。但不仅仅如此，他还有一种坚韧的东西。我以一个生活化的例子来说明他身上的这种坚韧。我和啸峰是好朋友，他博览群书，经常给我讲关于苏州园林、饮食、街巷方面的知识，一般人可能想象不到，觉得他是一个书生，但他还是个运动狂，是我们跑步小组的领队。我给大家爆个料，过去他在苏州生活的时候，经常一大早，有的时候四点半，就开着私家车，来接我们跑步小组的四五个人，打电话叫我们起床跑步。而且是旷日持久的一种活动，我们每次跑步都在十公里以上，甚至二十公里这样一种训练。有时候我觉得自己坚持不下来了，他说服我："不行，你得去！"在这种日常生活当中，他的这种坚韧，有时候也反映在他的散文当中。我觉得，啸峰的散文，除了他讲的散、淡之外，还有一种坚韧的东西，一种精神的东西。这种东西就是我跟他在长期的交往当中，能感受到他的散文是有筋骨、有灵魂的。看似他的每一篇东西写得都很随意，其实他在价值观上有一种很高的要求，有一种进取和坚韧的东西。我不知道大家读了后，有没有同样的感受，如果有，请大家鼓鼓掌！

曾一果：刚才两位老师都讲了，其实我也有很大的体会，不仅是在啸峰的散文里面，在整个苏州人的群体当中，都有一种坚韧的东西。因为我从上大学开始就在苏州，后来又到了南京，找工作时我还是选择回到了苏州，因为苏州是一个让我喜欢的城市，我喜欢苏州的自我约束、矜持和严谨。我觉得苏州人表面上看起来很温润，其实内在有一种坚忍不拔的阳刚气质和顽固意志。你看清兵入关打过来的时候，最激烈的反抗不是在山东、苏北这些地方，而是在江南。

另外，啸峰的散文，与一般写苏州的散文作品都不太一样，有一种古怪的气息在里面。他对苏州的一些老式生活的理解，写得是比较到位的，换我们外来人去观察，往往是看不清楚的，也不会刻意去了解一些生活上的细节，而啸峰能还原出苏式生活的本来面目。啸峰在写人和叙事方面都很擅长，他的作品里我们可以看到苏童、鲁迅、沈从文和郁达夫等人的影子。我觉得啸峰是一位可以写小说的散文家，因为他的作品超过了一般人们对于散文的界限，这是他散文的高明之处。我们读他的散文往往不禁会问这样一个问题，他是在写小说还是在写散文？在他散文中，哪些是真实的？哪些是虚构的？作家又是如何把握真实与虚构、经验与想象的关系的呢？

王啸峰：感谢三位老师阅读并喜欢我的作品。在我开始写作之前，应该说有几个作家对我的影响是非常大的。第一个就是郁达夫，少年时最优美的散文觉得就是郁达夫。"碧落"这个词，我和一果都觉得应该是在《故都的秋》里面出现的，实际上错了，就是在《苏州烟雨记》里面，一开头写道："悠悠的碧落，一天比一天高远起来。"小时候读这个都不知道什么意思。后来才知道"碧落"就是天空，蓝天的意思。《苏州烟雨记》是两个结合点：散文与我的故乡。特别像黑白照片，我觉得郁达夫写的一百年前的苏州，就是黑白的、孤寂的，也引发我头脑里的黑白影像。不要说一百年了，就说我们的童年到现在，苏州的改变，也足够写了。受《钓台的春昼》、《故都的秋》、《春风沉醉的晚上》这些散文或小说的影响，我写文章有一种阴郁的气息在里面。

第二个应该就是苏童大哥。我和他聊天的时候也曾讲到过，我的第一份职业就是抄电表，抄的恰恰是苏童家住的那一片。年轻的我，第一次骑着自行车去抄电表，当我停下车子的那一刻，我不敢相信自己的眼睛。那一片像下了雪一样，但时间却是6、7月份，因为那一带旁边有个白水泥厂，在那里，无数普通人天天要扫地，不扫地一夜之间，全部会变白，苏童的母亲就是这个水泥厂的职工。我和他讲起那一带被拆迁的地名，有些地名他都用到了他的小说当中。我觉得他写出的苏州，对我来说，特别真实。他笔下的香椿树大街，就是齐门外大街，那是一片移民区。苏州文化的边缘，外来文化盘踞着。扭曲的、夸张的、野蛮的，甚至阴暗的。可惜的是，现在全部拆完了，万达广场所在地。

和刚才说的苏童的香椿树大街有所不同，我生活的城西地带的老街有什么特点呢？苏州老居民比较多。深宅大院都被充公了，外来几家人混住在里面。我小时候同学对我的印象是，住在独门独院里，外公是书画家。那条街总体来说，还是普通市民一条街，有很多小伙伴的父辈是从绍兴、苏北等地过来的。绍兴人的特点是克勤克俭，比较会过日子。与苏州本地人不一样，苏州本地人大多条件比较好，有自己的兴趣和爱好，普普通通的一家，就有人可能琴棋书画比较突出。那时候大家能到苏式面馆吃上一碗阳春面就觉得是幸福的事情了。大家有机会在大饼店、卤菜店、水果店、副食品店等地方干活，那么真的是一种宝贵资源了。但是，老街上的事情，总是离不开社会经济大环境，比如"上山下乡"、采购年货、读书求学、严打犯罪、柴米油盐酱醋茶等等。最大的几件事情：拓宽街面、拆迁道路、自杀和被杀等等。我牢牢记得福克纳的话："我的像邮票那样大小的故乡本土是值得好好描写的,而且即使写一辈子,我也写不尽那里的人和事。"我也会尽全力把"邮票大小的故乡本土"写好。

说到真实与虚构,其实我也一直迷失在其中,更多的时候拿起陆文夫、范小青、叶弥等作家的文章,我也分不清哪些是真实哪些是虚构,实中有虚,虚中有实吧。

我一直这样认为,历史人物也仅能提供大致的、决定性的东西是正确的,但在某个细节上,可不一定绝对准确。比如张学良口述实录,唐德刚先生就得出结论,是张学良下令不抵抗,而不是蒋介石。这是根本,至于当时张是不是在戏院听戏、听的什么戏,都不是重要的。细节的东西不可能完全真实,只要大方向正确就行了。所以反过来可以这么理解,文章所构建的整个事件都是虚的,但每一个细节却是真实可信的。若干个真实的细节组成的不太真实的事件,这样的一篇文章我觉得会赢得读者的青睐。范小青老师也讲,完全真实的东西不太好写,有时甚至写不下去。完全真实的东西需要考证,写出来以后缺乏文学性,加入文学性又怕有失偏颇。最好是,它既有真实性的内容在里面,但是又有虚构的一些元素。三岛由纪夫说过一段话,让我对真实和虚构的记忆有了更深的了解:"对于共同的回忆,人们能够亢奋地谈上一个小时。可那并不是谈话,而是原本孤立的怀旧之情,找到了得以宣泄的对象,然后开始那久已郁闷在心中的独白而已。在各自的独白过程中,人们会突然发现,彼此之间并没有任何共同的话题,像是被隔阻在了没有桥梁的断崖两岸。"这就是你说你的，我说我的，其中跟虚构有着十分重要的关系。

我也看过一些心理学的书，有些理论就是讲人的记忆也是选择性的，不愿意记住的，就选择性遗忘掉，愿意记住的，反复加强记忆。人们往往只去记与自己密切相关的、有利于自己的有价值的信息。为了达到某种目的，不断地修订记忆。写文章我是尽量维持它的真实性，也会选择性遗忘一些写不下去的地方。

何平：散文向小说学习什么？按小说家毕飞宇说"'故事'又复杂极了"，说细节说人物言语说心理分析。这些还只是"技术"层面的。散文也是"文"，是"散"的"文"。因此，从小说，丰富散文技术的武库，肯定是有所裨益的。像李娟的《我的阿拉泰》、塞壬的《下落不明的生活》、高晖的《康家村纪事》这些"散文"骨子里都"化"入了"小说"。啸峰的散文也可以从这个路径上去看。啸峰散文的魅力我认为正是在"向小说学习"上。散文在重构日常生活上有着自己独特的文类属性，即便我们谨守散文不能"构虚"的立场，散文依然可以对"实"进行想象性的重构和再造，只是和小说不同，散文，不仅仅"我"是裸露的，它的呈现也可以不借助小说方式的"无中生有"去填充，而可以就是碎片化的、流动不居的。但需要警惕的是，由于"我"的强烈"在场"，散文对日常生活的重建是很容易发展成对生活的劫持。而如果文学对生活的劫持被合法化之后，一个直接的结果就是假文学之名对生活的篡改、涂抹、僭越都是合法的——文学可以在不追问生活之真的前提

下直接去玄想文学之美。这还不是最可怕的，最可怕的是许多
非文学的看不见的手将会在文学与生活的不正常关系下奴役文
学，比如一切主题先行的文学。我不知道有一个问题是不是可
以从生理学和心理学上获得解释，就是我们的身体记忆如何转
换成秩序化的文字？说到底，所谓散文就是对生活的重建，如
果不是劫持，那么我们在怎样的意义上去在纸上书写"文学"
的生活？——文学和生活的关系不是"劫持"，而是随便打开
一扇门就可以进入他那些曾经被深锁着的记忆，这些记忆有着
自己的通道和起止，有着自己的形神和气息。这是文学自由腾
挪的空间。而此刻作为一个写作者，放弃了所谓文字拥有者的
肆意妄为，把生活的还给生活，把文学的还给文学，他们都有
着自由的本性，也能够在彼此的激发中繁衍和增殖，从而通向
更辽远的自由——文学的自由。那么什么是散文中的文学部分
呢？那就是身体记忆和生活的误差，就是文字和身体记忆的误
差。啸峰散文的魅力正是因为这种误差滋生的未知、未完成的
迷幻和不确定，以及对这种未知、未完成和不确定性的追索、
质疑、反思和批判。

小海：在创作中几乎可以说，没有不经过想象的记忆，或
者说没有不经过记忆的想象。受传统观念影响，我们对散文的
印象有时是偏保守的。散文的涵盖面其实是十分宽泛的，它是
常常要侵占小说与诗歌的领地的。因为，现当代的生活本身就
是散文化的，告别了所谓田园牧歌式农耕传统的现代化就已经
是趋向散文化了的生活方式。南方的小说家们，像我们刚才说

到的苏童，比他年长的还有陆文夫、汪曾祺，甚至沈从文、张爱玲，他们的小说都有散文的独特韵味和气质。如果你再拿苏州去比较北京、上海，那么苏州、苏式生活，完全是散文式的。这儿，生活这个词汇的概念不再是高高在上的了，今天，我们和生活本身应当是可以平等相处的一种关系。这是散文化的一种生活伦理使然。我们读啸峰的散文，能感受到他是用平视、平等的视角对待生活。这个视野使得他的散文融合了真实、想象、虚构，杂糅在一起。何平兄说到散文中的真实性问题，我赞同他的观点。真实与否不是判定散文的标准，更不是判定小说的标准。在说到苏州人冯梦龙时，我们会想到"史统散而小说兴"这句话，对史统真实性的迷信祛除之后，文学的空间自然就拓宽了。当然，这里的小说归在笔记小说名下，就可以看作是散文。在后现代的一批西方学者眼里，甚至真实都不是判定历史叙述的标准了。我们在读到苏州人冯梦龙等的《三言二拍》，甚至孔夫子的《论语》、太史公的《史记》的时候，都可以把它当成一种散文来读。散文的创作空间是最大的。而好的散文作家总是在不断扩张散文的传统领地。啸峰的这种努力值得我们去关注。

王啸峰：我要感谢小海，一开始他和他夫人杨新跟我讲，说我的文章里有诗性的成分，我既感到高兴，又觉得惶恐。后来我慢慢琢磨出来，在写作过程当中，不仅在写之前要想，在动笔时还要想，他们对我关于诗性的引导，让我能在写文章时追求一些纯粹的东西。

　　第二点是在写作过程中，如果散文能借鉴一些小说的技法的话，也许能把散文引入一个新的领域。写苏州散文的作家很多，但是我学习的更多的是写苏州小说的作家。其结果就是在我的文章里，用范小青老师《吴门梦忆》序的话，"我却无法断定这应该算是一本散文集还是一本小说集"，这样的问题常常使我感到迷惑，我写的到底是散文还是小说？如果从福克纳、鲁尔福、卡佛等作品来看，显然算不了小说。但是从传统的定义来看，却又像是小说，现在问题来了，贾梦玮、何平等多次跟我提出这样的问题，一篇散文如果被人当作了小说看待，那么，写作应该说是出了问题的。我现在的写作正遭遇瓶颈，在散文与小说之间痛苦地寻找平衡。何平说，从目前散文和小说的发展来看，评判的标准，小说是刻意做出来的。

　　我还有一个不好的习惯，喜欢在文章里讲事情，不管短的还是长的，总认为要有情节，要有人物，要有结局。后来我看了叶弥的鲁奖获奖作品《香炉山》，改变了思维定式。当代小说，特别是短篇小说的"物理"，被王安忆称为"精灵"，她指出："它们极具弹性，就像物理范畴中的软物质。"是啊，我的写作确实很"硬"，缺乏"灵性"。《香炉山》在我看来就是有灵性，它飘荡于我们之上，似乎我们一把就可以把它抓住，却又不那么容易。为了探究小说大师们的想法，我购买了几十本"短经典"。国外的有科塔萨尔、厄普代克、雷蒙德·卡佛、托宾、萨冈、特雷弗等，国内的有苏童、莫言、贾平凹、阿来、陈忠实、范小青等。经典短篇的好处就是无处不可以读书。候车、喝茶、等人、坐地铁，薄薄一册在手，外人怎知道我正沉浸在波澜起伏中。看多了，我琢磨出一个道理来，写作并非专属"天才"，写作是有技巧的，而且是可以传授、掌握的。多萝西娅·布兰德在《成为作家》里回答了很多问题，包括写作需要天才吗？作家是可以教会的吗？文学创作需要什么样的天赋、才能和技艺？她告诉我们要进行模仿练习，学会重新看时空，练习写故事等等。"短经典"提供了很多写作范例。特雷弗的作品波澜不惊，于无声处用人物行动说话。卡佛的极简主义小说，浓缩了他对社会的认识，我把他的一滴浓墨，释放到清水里，才渐渐看清更多内涵。托宾常常描写性取向异常的人物，以至于我前后乱翻书，其实按正常逻辑是找不到答案的。科塔萨尔喜欢诡秘，压迫人心脏的紧张与惊恐，他自己也曾说过这样的话："博尔赫斯的故事是令人赞叹的，但是我写的是另一种。"

汪曾祺、贾平凹、苏童、格非、余华、范小青等当代国内作家对我影响很大，超过了郁达夫、沈从文、梁实秋等现代作家，后来我才发现，他们都在学马尔克斯、鲁尔福、卡尔维诺等外国作家。而我还是偏爱日本作家。甚至不大出名的《冰壁》，我也看得认真。后来又看了不少井上靖的作品，进一步了解他的渊博知识、细腻文风。三岛由纪夫、芥川龙之介、岛崎藤村、川端康成、水上勉等等，我都喜欢并着力模仿。不过以上那么多作家，都不如村上春树对我的影响。那是一家极其普通的华润街区便利店，我和老婆傍晚抱着女儿走进去的时候，根本没有想到要买书。《青春的舞步》、《挪威的森林》等被随意放置在新辟书架上。我随手拿起一本，顿时觉得一直以来追求的"文学感觉"来了。好多作品被追捧、推介后，读来仍然味同嚼蜡。村上的作品对我胃口，忧伤、自由、神秘、性爱，以及介于真实与虚幻之间、对现实世界的不可知等等。虽然那些观点光怪离奇的文章没有收录到我的两本集子里，但是我还是比较喜欢这些文章的，归根到底受了村上的影响。

所以我觉得写作可以有艺术化的处理，不必严格指名道姓。与其借鉴莫泊桑、欧亨利等传统文学的小说套路，还不如从马尔克斯、鲁尔福等作家身上，找一些能使自己在写作上有突破的地方。多看一些西方比较现代的小说作品，可能更有益处。

三、自我与社会

曾一果：写散文不能太过纠结于虚构和真实，大部分人很难去写小说和诗歌，但是就像记日记一样，每个人都有创作散文的可能。从散文的角度讲，我觉得啸峰《吴门梦忆》的第三辑比前两部分更像散文，但人们却往往更喜欢看第一辑和第二辑。这是因为在写人和事方面，啸峰把自己的某种生活感受和体悟放在散文中，啸峰散文中的一些故事都是我们常见的故事，他自然不是写小说，而是将自己浸润在江南的日常生活中，通过回忆重组往昔的生活。在王啸峰的散文中，"自我"时隐时现，很值得回味。

王啸峰：回顾我自己的散文，不管是真实还是虚构，自我的痕迹确实非常顽固。何平在《散文说》里提到了汪曾祺先生说的那句话，我觉得非常有道理，"许多严酷的现实，经过散文化的处理，就会失去原有的硬度"。作家们都会写散文，但要写好散文却不是一件容易的事。我散文下的"自我"不是杨朔、秦牧等笔下的时代代言人，也不是余秋雨、张承志那样的群体性"自我"，有点类似汪曾祺、贾平凹的本真"自我"，这似乎是最原始的本我。我认为散文需要"隐忍"和"张力"，这两者都由"自我"来决定。任何文体都要有隐忍，写散文需要的隐忍更强。不能看见一草一木、一山一水，一下子，一篇一篇地创作出来了。我觉得这就缺乏一种隐忍。山水怡情，确实赋予你一种感情，但是，如果你马上把它写出来，就违背了小海给我讲的。他的老师陈敬容先生曾经对他讲过，写出来的东西不要急着拿去发表，应该经过一段时间的沉淀再拿出来看看，修改一下，效果更好。举个简单的例子，我的《吴门梦忆》里的《评弹》这一篇，是真实故事。一个邻居姐姐，为了抗争父母不让她考评弹学校，自己结束了花样生命，我几乎从那天跟着看热闹的人们挤进弄堂起，就开始准备这个故事了。但是一直没有写，到了一年冬天，外面飘起雪花，我突然感觉自己可以写了，开始只写了一个非常感情外露的散文，自己很不满意，放了起来。这一放就是十年，到了大前年，我写老街系列，才把前因后果都安排妥帖，几乎推翻重写，形成了这一篇《评弹》。所以把自我藏起来，使自己的灵魂高高在上，审视自己文章的布局，那才是理性的写作。我觉得这就是一种隐忍，一个人不能够一见好的东西就抒发感情，经过一定时间的冷却，它才会向着比较正确的方向发展。快乐的东西让人一笑而过，但受苦受难总归是让人揪心的。把这种苦的共通的感觉写出来，使得文章有张力。"张力"就是给人的联想，社会环境对"自我"的压迫、改造，使得"自我"逐渐走向孤独、痛苦，即使短暂的快乐，也改变不了受苦的人生这一大趋势。我们都在期盼内心平静的生活，而实际上，这样的生活只能出现在梦境里。我越是描写自我的个人经验，就会在不同层面的人身上得到印证。我认为这就是张力的魅力。

小海：当问到了自我在啸峰的散文里处在什么位置，啸峰也讲到了他人生的经历、磨砺、苦难对他创作的影响。我谈谈我的感受。当我们阅读历史的时候，往往是当成一种文学作品来读。史书里的人和事之所以打动我们，比如《史记》，其实也是因为史书的作者有自己的创作立场。他写的时候必然会按照文化的立场、政治的立场、个人的立场来写，这些东西是包含在文章当中的。立场就是自我的呈现。就比如我们今天还有一种说法，叫"春秋笔法"，说的也是《春秋》的褒贬和孔子对于历史人物、事件的评价就寄寓在史书当中。

啸峰的散文，有一个非常广阔的背景。他笔下的一花一草、一事一物都那么真切。同时，他又有一个非常广阔的视角和深厚的背景。有了这样一个东西之后，他才能有灵动的东西，从一事一物中又抽离出来。将来我们对于苏州的了解，可能不是从真实的记忆里来，而是从《苏州烟雨》和《吴门梦忆》这两本书中来。

四、关于"苏式生活"

房正良（听众）：我本人是啸峰老师的学生，我觉得今天这场雨仿佛就是为今天的文学研讨会而下的，"日暮乡关何处是，苏州烟雨使人愁"。啸峰的文字里，很多时候读到的是一种愁，愁里有欢乐，有隐忍。关于啸峰的散文里真实和虚构的问题，刚才各位老师都阐述过一些观点了，我觉得胡适曾经说过一句话："历史是任人装扮的小姑娘，想怎么打扮就怎么打扮。"连历史都存在真实和虚构的成分，我们就不必纠结于散文和小说中虚构和真实的关系。关键在于能否触动你，触动你了，对你而言就是真实的。

读了啸峰的《苏州烟雨》，有一种很强烈的代入感，让人记得住乡愁。我们离开苏州，一起在南京工作过一段时间，我对他开玩笑地说："你把苏州写得太让人留恋了。"当我们由于工作的关系要到其他城市工作的时候，往往就非常不情愿离开苏州。散文带给人一种强烈的留恋感和一股浓浓的乡愁。在《苏州烟雨》里给我留下深刻印象的一句话，也是让我觉得最有哲理的一句话："一件事情给你的刺激有多大，留给你的记忆就有多深。"

小海：我和啸峰是很多年的老朋友了，大家看到我手上拿的这本书，是他的第一部散文集，我在他书的前面写了一段文字，不能算作序，是读他散文的读后感，或者说心得。我写道，读他的散文，我有两点心得体会：一个是啸峰的散文是一种对苏州的"私人记忆";第二个是他写这本书的视角是一种"童年视角"。所以说,我非常赞同何平的话,他是苏童之后写苏州的一个有独特个性的散文家。

我们一起聊的主题是关于苏州、苏式生活、苏州的文化。我的感受是,啸峰的散文除了刚才大家说到的特点外还特别的飘逸。我们对苏州博大精深的文化的理解,在过去,更多的是当作一种相对有规定性的文明在接受。而啸峰的散文呢,是在一种文化的概念里面。文化和文明是两个大的不同的概念。请允许我打一个不恰当的比方,文明它是经过很多年的沉淀、聚集而成的一种固化的东西,用一个诗意的语言来比喻的话,它是一个河床一样的东西。那么文化是什么呢?文化是河流、河水,它是活泛的,文化能激荡河床甚至产生新的河床,引领一个新的方向。这是我理解的从苏州的文明衍生到啸峰的散文的这样一种关系。

黄宗莉(听众):刚才几个老师对苏州文化的描述为外柔内刚。我从啸峰老师的作品里面,也能感受到一种坚韧不拔的东西。我是从家乡到异乡,又从异乡回来了的很典型的这么一个人。看王啸峰的作品,弥补了我人生中很长一段时间由于离开家乡而对于故乡记忆的缺失。他描写的老街上的很多小人物,能让我回忆起很多小时候的邻居、亲戚、朋友,甚至自己的影子。

谈到苏式生活,我觉得自己从异乡又回到故乡的原因,就在于我在异乡没有找到我内心真正想要的东西,可能对自己的家乡太怀恋了。但是回到家乡后发现家乡也变了，和原来大不一样了，现在的苏式生活打扮得花红柳绿的，好像没有精神内涵了。我想问问老师们，现在的苏式生活是被发扬光大了呢，还是没落了呢？

曾一果：这个问题太大了，太高深了。可能由于你离开很久，又回来，中间有一点缺失感。任何事物都在变，如果苏式生活是一直不变的，那可能也麻烦了。所以苏式生活的改变也是正常的。从我一个苏北人的眼光来看，苏州不可能一直维持一种上世纪90年代的原汁原味。当初我们在苏州读过书的人，毕业后都不肯离开苏州，其实是因为大家不知不觉地就接受和认同了苏州。

王啸峰：如果苏州一直保持原来的特色，那么到了新的时代，它也是不能够生存的。苏州有了新的城市精神，"崇文、融和、创新、致远"，成为一种标识，引导大家做事情，是在变好，而不是在变坏。新的苏式生活的命脉在延续，内在保持住了。

小海：苏式生活带给我对这个城市的认识和对这个城市的精神的认识是最宝贵的。从刚才的提问表述中，我发现，外来者对苏州、苏式生活都很满意，真正苏州人中的精英们都不太满意（笑）。苏州人、最优秀的那帮苏州人对苏式生活的不满意是我能够理解的，因为康德所谓的实践理性使然，他们对苏州有更高的期待，对真正苏式生活有一种近乎乌托邦式的理解和至高的精神追求。这其实不是不满，而是一种更深的热爱。我是这样理解的，理想的苏州与苏式生活是个完美的乌托邦。这种苏州与苏式生活和文化我可以通过像啸峰这样的一个个鲜活的朋友来感受到。人是文化滋养出来的，人是体现这种文化最好的活的载体。所以，读啸峰的书与他的人是统一的，我是通过他的书、他这个人来感受苏式生活的，来体会和加深这种了解的。

　　张未厌（听众）：我刚听了各位老师的观点，我非常赞同。我是 80 后，我是一个对苏州生活非常满意的苏州人。我自己本身喜欢出去玩，去外面看看比较有新鲜感，能看看和我们苏州不一样的地方。但有时，也会发现，其实很多地方又有共通之处。不论观前街还是淮海路，其实都有很多舶来品牌聚集，有很多共性。在经过了这样一个阶段，你再回过头来看，你又会找到其中的差异性。我在外地的时候，会非常想念苏州，但不是在外地都能看到的品牌，而是苏州特有的东西。这些东西是融入我们自己生活中，有我们自己记忆的，非常琐碎的一些东西。这就是我心目中属于我自己的苏式生活。不论是外地来的朋友，还是土生土长的苏州人，每个人的心中都有属于他对于苏州的印记。这样的印记可能来源于他自身、他周围的朋友，还有像啸峰老师这样的作家创作的文学作品。它们拼凑出了一幅相对完整的苏州记忆。我并不担心它会消亡，因为现在我们还在谈论它，所以我是持一个相当乐观的态度。如佛语所说，一花一世界，一叶一菩提。我们每个人看到的世界是不一样的，是细小而独特的。我今天非常感激，因为从啸峰老师的作品里，我们看到了一个不一样的苏州，可能是爸爸妈妈、爷爷奶奶那一辈人经历过的苏州，带给我一个全新的角度和未曾经历过的苏州。

吴锋（听众）：各位老师，我也介绍一下，我也是从故乡到异乡，现在在苏州生活了很多年了。每一次出差到别的城市，再回到苏州的时候，都会有一种亲切感。对于真正的苏式生活，以前刚到苏州的时候其实体会不深，感到迷茫和奔波。后来在苏州成家以后，真的是安定地生活下来以后，体会得到啸峰老师一开始说过的"静"。今天早上，我在阳台上，抱着女儿，看着樟树的枝叶，安静温暖。读啸峰老师的散文给我最大的感觉是，他笔下的苏州呈现出的不再是平面的，而是立体的、能动的。每当外地同学来苏州，我带他们转的时候，和他们交流起来，都有一个感触，就是外地都是在建古镇，而苏州是在守护古镇。

曾一果：我们今天的主题是：故乡何处是。我也想用一个苏州作家的话来做个总结。叶圣陶曾经说过："我念在哪里，哪里就是故乡。"你怀念的地方，喜欢的地方，就是你的故乡。今天我们跟随啸峰的散文，一方面离开故乡，一方面也是在故乡转了一圈，其实我们从未离开。

再次感谢远道而来的何平老师，感谢啸峰，他特别辛苦，也感谢小海老师能在百忙之中赶来，还要感谢初见书房给我们在木渎古镇提供一个跟大家分享的空间。感谢在座的朋友，在潺潺的春雨中聆听这场富有诗意的讲座！

上世纪的隐情
（代后记）

　　就在我写完《弄堂里的祖母》不久，外婆也离我而去，她攀上家族寿龄最高峰。现在，我的祖辈都已故去。时间继续前行，城市膨胀发酵，顾不上留存普通人印记。他们曾经熟悉的街市、艰辛生存的巷陌，充斥陌生面孔，充盈南腔北调。也许他们，或者他们的先辈来到这个城市的时候，也是如此。渐渐地，才确立了自我。后来，才有了我们。

　　夜深的时候，我经常想起祖母和外婆。倒不是我如何天天深切感念她们，而是，如果我不去想，不去为她们做些什么，那么，她们会"消散"得很快，三代以下就不知根源。于是，紧接着我又写了纪念外婆的《她的一百年》。家里亲戚，热情参与，回忆往事里的蛛丝马迹，寻找尘封资料、泛黄照片。令我感慨的是，祖辈以上的人和事，已经无法翔实描摹。普通城市平民，在灾难深重的 20 世纪，活下去，是第一要旨。我尽可能还原他们的生活原貌，至少能使家族记忆延续得长久些。

　　写作过程中，我必须面对或者说必须秉持的，是真实和勇气。

　　多少年来，事实的真相，只能在弄堂深处、河埠摊头、屋檐底下"窸窸窣窣"地传播。还不到十岁，我就成为靶子，被人指指戳戳。与此相反的，几乎没有人当着我的面说真话，或者真诚的话。整条街上的人都因为知道我的隐情，而变得生动而机智。有些事情是明摆的，有些事情整个家族都遮掩。我为此想过很多种办法：离家出走、外出学艺、考外地学校等等，都未能如愿。命运吊诡，到了中年，我却离开家乡工作。这样，我有条件反观当初思想和行为。正因为那些挫折和磨难，我才获得与众不同的经验。寻常街巷、宅子，维持平静有时需要麻木和虚伪。总有一股势力，胁迫大家不能说实话、不要说真话。他们总试图让我明白：善意的谎言，或者缄默不语，就是真话，就是真诚。

我在摸索中成长，没人指导我。即使有关照，也是箴言般大而化之。祖母说，一切都要靠自己奋斗。外公说，做人最重要的是有风骨。外婆说，你要好好的啊。除此之外，人世间经验都靠自己积累。很长一个阶段，我的心情就像江南梅雨，对任何人、任何事都厌烦透顶。特别对家族，产生强烈逆反。对真实世界的逃避，让我执着于虚拟世界和时空旅行。我幻想骑鹅旅行、滑进鲸鱼肚子，甚至随着单程火箭飞向未知宇宙。学校每次填写家庭情况，介绍家庭成员，这种别人轻而易举的事情，于我却是折磨。渐渐地，我聪明地学会了躲避和隐忍。年纪大上去，阅历丰富了，心就宽。童年遭遇生活磨难和家庭变故，是人生中最大的不幸，也是影响人一生最重要的因素。我时常告诫自己，不伤害别人，尤其是孩子。呵护好自己的孩子，让她平安健康长大。

我鼓起勇气，去触碰内心郁结伤痛，花了半年时间准备写作《弄堂里的祖母》。那些日子里，我寻着她足迹，走过曾经熟悉的小街小弄，坐在星巴克与小姑姑长时间聊天，反复翻阅、琢磨她给我提供的家族素材，我花了很长时间，才让她明白，并不是要塑造祖母高大形象，而是尽量还原真实的祖母。越深入探究，越发现自己陷入家族的、街巷的迷局和困境。

祖母家后院，一对小夫妻谦虚有礼，我每次去玩，他们都热情招待，甚至拿出瓶装橘子水给我喝。但是姑姑、叔叔等人却一直暗示不要去。我渐渐疏远了他们。他们碰到我，仍然笑脸相邀。我很不解。直到最近收集素材，才知道他家老人"文革"时，一直攻讦祖母，祖母费了很大周折才讨回说法。但是，谁都不去挑明伤痛，只是默然处之。

外婆家对门，长期以来只有一位婶子独守空房。忽然，一夜之间儿子、儿媳妇爆出来。再过几天，两个女儿也回来了，一个亲女儿、一个干女儿。同时归家的，还有老头子。正在我努力辨清哪个是哪个的时候，老头子被抓了。再过一阶段，他名字上了布告，枪毙了。罪名是强奸妇女。到底强奸了谁，布告没写。我们猜测干女儿肯定是受害者。但是，隔了一个阶段，女儿走了，儿子和儿媳妇也走了。留在婶子身边，陪伴下去的却是干女儿。各种版本风行，比小说精彩。老街拆迁后，迷局仍在瓦砾堆上继续。

街尾有口双井，井边一间空闲窄屋，忽然住进一个中年麻子，整天与洗衣妇女们打情骂俏。放荡笑声在四岔路口回响。他邻居是修车铺，对面是大饼店，斜对过是皮匠摊。那里的男人们，辛苦劳作，沉默寡言。过不久，窄屋里经常发生怪事。麻子每到半夜就被凄厉哭声惊醒，打开门，街上静谧安详。无缘无故，望砖掉下。水缸刚打满，隔天水就一滴不剩，仔细检查也不见缸上有沙眼。台风来的夜里，麻子卷铺盖走人。后来一对拾荒老夫妻避风躲雨，在废弃窄屋住了下来。他们安稳度日，怪事竟一件都没发生。

那些隐情，深藏在每个家族中；那些伤痛，永远刻在那些人心上。我们都一样，总是不自觉地把自我感受放在第一位，忽略了对整个社会现象的探究。

当我把祖母一生与时代挂钩，越发觉得个人命运就像汪洋里一艘小船。风一吹就转向，浪一大就颠覆。与风浪抗击一辈子的结果，很可能像圣地亚哥那样，只拖回一具大鱼骨架。上世纪普通人的命运大多如此。母亲厂里有个会计，人称"吴一万"，上世纪 70 年代末拥有一万元存款，每天早晨与老太婆把牛奶泡在粥里，还对厂里小年轻说，牛奶泡油条的味道有点像奶油三明治。这个祖上开丝织厂的老头，被当作异类。大家赤贫才是同类。曾经拥有的荣耀、财富，统统是传说，与每天拿着各种票证买计划内粮食、副食品的我们，毫不相干。唯一能点缀的，是夜晚的梦。

当大家隐藏真相，流言就盛行。我的祖辈们，几乎都在做给他人看，把别人怎么看放在头等重要位置。似乎总有监督群体，如影随形。点头、赞同、信任，都限于表面。他们容不得丝毫闪失，生涯告诉他们，必须比别人把嘴看得更紧，灾祸才能尽量避免。集体失语的结果，不著一字、不述一言。对未来，他们没有方向。对小辈，他们无法授业解惑。缄默成为生存法则，流言成为生活润滑剂。

　　我在流言中长大，逐渐变得敏感多虑。我继承了祖辈的习惯，做人做事在乎别人感受。但是，写《弄堂里的祖母》，却是最大限度直接挑战自我。完成文章之后，我更加不安。几次想把稿子给女儿看，但犹豫了几次，都没有拿出来。那几个时间片段，我隐约感受到，祖辈们强大基因在我体内起作用。难道我也要把上世纪的隐情延续下去？

　　其实也没有什么大不了的，个人的体验终将被社会整体记忆湮没。只是我有点不甘心，将一些人和事如实记录、留存纸上。女儿很快就会明白，她也正在努力书写自己的体验。

　　使隐情不再隐藏，现在的我，有足够勇气，呈现事情本来面目。

2015 年 8 月 27 日

南京西桥